八
北

Puny
Loneliness

这些小小的明与寂，乐与愁，

是我怀念的。

每一种相遇
全都妙不可言

[美] 艾米·布鲁姆 著

尹 然 译

Lucky Us

广西科学技术出版社

著作权合同登记号：桂图登字：20-2015-003号

LUCKY US by AMY BLOOM
Copyright © 2014 by Amy Bloom
This edition arranged with Random House, a division of Random House LLC
through Bardon-Chinese Media Agency, Taipei, Taiwan.
Simplified Chinese edition copyright:
2016 Guangxi Science and Technology Publishing House Ltd.
All rights reserved.

图书在版编目（CIP）数据

　　每一种相遇全都妙不可言 /（美）布鲁姆(Bloom,A.)著；尹然译.--南宁：广西科学技术出版社，2016.1（2016.4重印）
　　ISBN 978-7-5551-0497-1

　　Ⅰ.①每… Ⅱ.①布… ②尹… Ⅲ.①长篇小说—美国—现代 Ⅳ.①I712.45

中国版本图书馆CIP数据核字（2015）第244620号

MEI YI ZHONG XIANGYU QUAN DOU MIAOBUKEYAN
每一种相遇全都妙不可言

作　　者：〔美〕艾米·布鲁姆		翻　　译：尹　然	
责任审读：张桂宜		策划编辑：孙淑慧	
版权编辑：周　琳　孙淑慧		责任编辑：孙淑慧　黄圆苑	
装帧设计：所以設計館		封面插图：Deborah Van Auten	
责任印制：林　斌		责任校对：曾高兴　田　芳	

出 版 人：韦鸿学		出版发行：广西科学技术出版社	
社　　址：广西南宁市东葛路66号		邮政编码：530022	
电　　话：010-53202557（北京）		0771-5845660（南宁）	
传　　真：010-53202554（北京）		0771-5878485（南宁）	
网　　址：http://www.ygxm.cn		在线阅读：http://www.ygxm.cn	
经　　销：全国各地新华书店			
印　　刷：北京富达印务有限公司		邮政编码：101117	
地　　址：北京市通州区潞城镇庙上村			
开　　本：880mm×1230mm　 1/32			
字　　数：180千字		印　　张：8.75	
版　　次：2016年1月第1版		印　　次：2016年4月第2次印刷	
书　　号：ISBN 978-7-5551-0497-1			
定　　价：36.00元			

献 给 我 的 姐 姐 , 埃 伦

CONTENTS

PART 3 1945—1949

PART 1

1939 — 1943

Chapter 1

怎 样 都 能 认 出 你[1]

我爸爸的妻子去世了。妈妈说我们应该开车去他的住处看看，那里说不定有留给我们的东西。

她用柚子匙敲了敲我的鼻子。"是这样的，"她说，"你爸爸更爱我们，但是他在外面另起了炉灶，有一个老婆和一个比你大点的女儿。她娘家可是有钱人。去擦擦你的脸。"

没有人比我妈妈更心直口快了。她把我脖子和耳朵擦得闪闪发亮。我们互相帮忙换好衣服：我帮她拉上淡紫色礼服的腋下拉链，她帮我系好粉色裙子上难系的扣子。妈妈把我的辫子扎得紧紧的，连我的眼睛都跟着吊了起来。她戴上紫罗兰钟形帽和她最好看的手套，跑到街对面借来了波特曼先生的车。对于此次出行我倒很高兴，也为自己多了个姐姐感到愉快。我并不为爸爸的另一个老婆去世感到难过。

我们等了他好几个星期。妈妈每天上午坐在窗边，到晚饭时间她就不停地抽烟。她从霍布森家下班回来后情绪总是很低落，即使我帮

---

1. 本书每章标题均取自歌曲或专辑名。

她揉了脚也没什么起色。我整个七月都在房子周围游荡，与波特曼先生的小狮子狗做伴，等着爸爸开车回家。他如果回来的话通常是在两点钟，除非那天有炉边谈话[1]。所有的炉边谈话我们都一起听。我们爱罗斯福总统。周日爸爸回来的时候，给妈妈带回一包好彩[2]香烟，给我带了一条好时巧克力。晚饭后，妈妈坐在爸爸的大腿上，我则坐在他的拖鞋上。如果有炉边谈话，他一定会模仿罗斯福总统："朋友们，晚上好！"他说话时，嘴里叼一根稻草，假装是烟嘴。"女士们，先生们，晚上好！"他向妈妈鞠一躬说道，"亲爱的埃莉诺，来个华尔兹怎么样？"于是他们就跟着收音机里的音乐跳上一会，然后我就该去睡觉了。妈妈往我头发里别几个小发夹好让我头发变卷，爸爸则一边唱着"我多想像姐姐凯特那样跳舞"把我抱到床上。接着他帮我盖好被子，舞动着跳出房间。周一早上他就走了。我得一直等到周四，有时要等到下一个周日他才再来。

　　妈妈停好车，重新涂了口红。爸爸的房子有两层楼，砖红色石头外墙，高高的落地窗后面挂着带穗的蕾丝窗帘。闪闪发光的木质门前，宽阔的棕色台阶像箱子一样堆叠上去。"看来你爸爸确实喜欢把家保

---

1. 20 世纪 30 年代，美国经济处于大萧条时期，为求得人民对政府的支持，罗斯福总统利用炉边谈话节目通过收音机向美国人民进行鼓舞并宣传自己的改革与主张。这是他典型的政治性公关活动。
2. 世界上最老的香烟品牌，也是二战时期美军的特供烟。

持得漂漂亮亮的，即便他不在的时候。"妈妈说。"的确漂亮，"我说，"我们应该住在这儿。"

妈妈向我笑了一下，舌头在牙齿上舔了一圈。可能吧，她说，谁知道呢。她告诉过我她已经厌倦了阿宾顿[1]这个地方。自打我出生我们就住在这里，这里根本就不是个像样的城市，而且她也不愿再在霍布森家当用人。我们一直说想到芝加哥给自己寻找更美好的生活。当我们下车的时候，我哼着："芝加哥，芝加哥，那个蹒跚学步的城市……我看到一个男人，与他的爱人共舞。"我还像电影里那样跳了几个舞步。妈妈说，你还真有能耐啊，小鬼。然后从后面拽了拽我的裙子。她舔湿了手掌，按在我的刘海上，这样它们就不会翘起来了。她整理了一下裙子，让我检查一下接缝。直得像支箭，我说，然后我们就手牵着手走上了台阶。

妈妈上前敲门。爸爸开的门，还穿着他在听总统演讲时在我家穿的那件蓝背心。爸爸拥抱了我，接着爸妈相互耳语了些什么。我则站在那里，尽可能地多看几眼客厅，光这里就差不多有我们家那么大了，还摆满了鲜花。（我感到爸爸在问我们到这来干什么，好像妈妈因为他不回家咒骂了他几句。但我怀疑我听错了。爸爸一辈子都在扮绅士，而妈妈也肯定这样跟我说过一百遍：对付男人得有招数，如果女人对付不了自己的男人那也只能怪她自己。"当我说男人如狗时，"她曾说，"我不是在侮辱他们。我的确喜欢狗。"）这时我看到了一个身材高挑的女孩出现在爸爸身后。

---

1. 地名，位于美国弗吉尼亚州。

"这是我的女儿爱丽思。"爸爸说。我能听见妈妈倒吸了一口气。

"爱丽思，"他说，"这是我的朋友洛根夫人和她的女儿，她可爱的女儿，伊娃。"

仅仅站在他们的门厅里，我就知道眼前的这个女孩拥有无数我没有的东西。装在像水桶那么大的水晶花瓶里的鲜花，漂亮的浅棕色鬈发，以及爸爸放在她肩上的手。她穿着一件白衬衫和浅蓝色毛衣，领口处别着一个蓝色小鸟别针。她似乎穿了长袜。尽管爱丽思才十六岁，但在我看来已是个成熟的女人。她看上去像个电影明星。我爸爸把我们推到楼梯口，告诉爱丽思把我带到她房间跟我玩一会儿，他和我妈妈要说会话。

"你想象一下，"爱丽思说，她躺在自己的床上，我坐在旁边的编织小地毯上。她给了我几颗水果糖，我的心情顿时愉悦起来。她是个健谈的人，模仿能力也极佳，"整个大学的人都来参加我妈妈的葬礼了。我外公曾经是大学校长，但是去年得了中风，所以现在大不如从前了……有那么个女孩，长着红头发，简直太讨厌了。红头发，就好像东西没煮熟似的……"

"我觉得波莱特·戈达德[1]是红头发。"我说。我在上周的《电影

---

1. 即宝莲·高黛（1910—1990），美国电影女演员。20世纪40年代，她是派拉蒙电影公司的主要影星。

故事》[1] 里读到的。

"你多大了？十岁？谁想跟波莱特·戈达德一样啊？反正这个红头发女孩从葬礼回到我们家就开始号啕大哭。于是我们的邻居，德赖斯代尔夫人就问她：'你跟阿克顿夫人关系很好吧？'"

爱丽思跟我讲这些的方式，我仿佛看到了爱管闲事的德赖斯代尔夫人：吃东西的时候把脏兮兮的面纱从嘴边拿开，湿乎乎的手帕塞到巨大的胸前。妈妈说这是很让人恶心的事。

"我十二岁了。"我说。

爱丽思说："我妈妈就像个圣人——每个人都这么说。她对每个人都很好，但我可不想让别人以为我妈妈在这个蠢货身上浪费过时间，所以我就转过身去，说没人知道她是谁。于是她就跑进了楼下的化妆室——这里才好笑呢——结果门卡住了，她出不来了。她使劲敲门，直到两个教授来把门撬开。太好笑了。"

爱丽思说整个大学的人（我倒不知道爸爸在大学教书；如果有人问我，我会说他以读书为生）都来到教堂吊唁她妈妈，向她和她爸爸表达同情。她说他们所有的亲友都到场了。我知道她这是在用她的方式告诉我，我妈妈不可能是她爸爸的朋友。

我们听到楼下传来说话的声音，接着一声关门声，然后钢琴声响起，

---

1. 美国最早的影迷杂志之一，1911 年创刊于芝加哥。

弹的是《我的天使让我变成魔鬼》¹。我从来不知道爸爸还会弹钢琴。我和爱丽思站在她卧室门口，向客厅探着身子。我们还听见了马桶抽水的声音，虽然有点尴尬，但也叫人安心。爸爸又弹了《月光奏鸣曲》，接下来我们又听到了汽车发动的声音。我和爱丽思跑到楼下。前门敞开着，妈妈刚刚钻进波特曼先生的车里。她把一个棕色斜纹软呢旅行箱留在门廊上。我站在门廊那里，手提着箱子。爸爸在摇椅上坐下来，把我拉过去坐在他大腿上。他从去年开始就没这样抱过我了。他问我觉得妈妈是否还会回来，我也问他，觉得妈妈会回来吗？爸爸又问我妈妈那边还有没有什么家人，我则把头靠在他的肩膀上。在我还是个小孩的时候，我基本就只在周日和某些星期四才能见到他。我对波特曼先生和他的狮子狗都很友好，所有的老师也都喜欢我。所有能称得上是家人的人也不外乎就是他们了。

爱丽思打开纱门，像小猫看小狗那样看着我。

晚饭时间我们坐在餐桌前，吃的是肉饼和土豆泥。爱丽思已经第三次告诉我把胳膊肘从桌子上拿下去。"这里不是学生宿舍，"我爸爸说，"注意礼貌，爱丽思，她是你妹妹。"在爱丽思离席后，爸爸告诉我要改善我的举止："这里不是你以前住的那个糟糕的小镇了，而且你也不再是伊娃·洛根了。你是伊娃·阿克顿，我们会称你是我的侄女。"

从那时起过了快一年，我才明白妈妈不会回来接我了。

---

1. 20 世纪 30 年代美国歌曲，最初由美国女演员塔卢拉赫·班克黑德（Tallulah Bankhead）在电视上演唱。

爱丽思不理睬我的时间并不长。她对我呼来唤去。她对我说话的方式，就好像电影《春风秋雨》[1]里克劳黛·考尔白[2]对路易丝·比弗斯[3]说话一样，比如"黛利拉，咱俩是拴在一条绳上的蚂蚱"，表示这个白种女人根本不知道自己在说什么，当然路易丝·比弗斯就只能叹一口气，继续做更多的煎饼。

所幸爱丽思帮我融入了初中生活。入学两个星期以后，一个高大的红脸女孩曾把我逼到角落里问我到底是谁，于是爱丽思把她的一只做过美甲的手放在那个女孩肩膀上说："盖斯，这是我堂妹伊娃·阿克顿。她妈妈也去世了。"那个女孩惊呼（也难怪她这么说）："天哪，你们俩是何方神圣，吸血鬼吗！我只求你们别从我家门前经过。"

我帮助爱丽思准备各种比赛：演讲、朗读、诗歌朗诵、爱国散文，还有舞蹈。爱丽思是个明星，她在学校爱慕者众多，虽然有些女孩不喜欢她，她也不在乎。我也假装不在乎。我是图书馆的常客，门门功课拿 A，但是在我看来，我真正的工作是帮助爱丽思准备各种比赛。

家里的东西不再像我妈妈把我丢下的那天那么美好了。我们不再有鲜花，四周满是灰尘。我和爱丽思打扫了我们自己的房间。我们本来还应该打扫门廊和厨房，但我们没有，谁也没打扫。吃饭时我爸爸

---

1. 1934 年美国的一部电影。
2. 克劳黛·考尔白（1903—1996），著名法籍美国演员。曾凭借《一夜风流》获第 7 届奥斯卡最佳女主角奖。
3. 路易丝·比弗斯（1902—1962），美国黑人女演员。

要么就打开鲑鱼或是金枪鱼罐头，倒在我们盘子里的一片生菜叶子上。有时他就把六个热狗和一罐豆子一起煮，桌子上放一碟芥末。

偶然间我发现夏洛蒂·阿克顿有一本崭新的《烹饪的乐趣》。我问爸爸我能不能拿来看看。他告诉我，我屈尊做什么，他和爱丽思就吃什么。艾尔玛·罗姆鲍尔在第一页上说要从面对炉灶开始。我把一束欧芹和一个柠檬塞在一只鸡肚子里，把它放进烤箱烤了两个小时。后来那只鸡被我们吃得精光，爸爸对我表示了感谢。

在我十三岁生日那天，我做了烤薄饼，我爸爸大声朗读了《强盗》[1]这首诗。我们甜点吃的是菠萝反转蛋糕。爱丽思在上面插了蜡烛，他们为我唱了生日歌。

新年夜，我们的爸爸出门了。我和爱丽思用她妈妈最好的樱花茶杯喝了杜松子酒和橙汁。

"祝我们的友谊链条永不生锈，"爱丽思说，"我是从保姆布丽姬那学来的，在你来之前。"

"对，对。"我说。我们勾着胳膊肘，咽下杜松子酒。

二月的一个夜晚，我被爱丽思的巴掌扇醒了。虽说爱丽思的确不是我梦想中的那种姐姐（其实我根本没梦想过能有个姐姐。我梦想过

---

1. 英国诗人、剧作家 Alfred Noyes（1880—1958）的一首古老的叙事诗：强盗爱上了小客栈老板的女儿，但被官兵追捕，美丽的女子最后用自己的鲜血警示了爱人。

养一只狮子狗，就像波特曼先生的那只一样。这些年我也梦想过我妈妈雇了个私家侦探来找我，不管我住哪里，她都哭倒在门前的台阶上。我却从未让她进门），但是爱丽思从来没打过我。我已经来她家一年多了，她都从没进过我的房间。如果爱丽思想和我说话，她就站在走廊里，用手示意一下，我就乖乖地过去坐在她床旁边的编织小地毯上。

"你这个卑鄙下流鬼鬼祟祟的贱人！"她手上戴的她妈妈留给她的猫眼石戒指缠住了我的头发，我们两个不知怎么回事就纠缠到了一起，一起哭叫了起来。她把我从床上拽下来，在地板上拖着，直到耗尽手上的力气。她把我所有的东西都扔到地上，东西倒不多，而且大部分是她不想要的衣服。"哦，天哪，"她说，"其实我知道不是你干的。"她在我旁边的地板上躺下来，气喘吁吁。

爱丽思说我爸爸曾经偷过她藏在床垫下的一百块钱。一百块他都拿走了。那是在我来之前发生过的事情，于是她就换了个地方藏钱。但现在他又发现了。她手里拿着五块钱，是今晚在普瓦斯基俱乐部演讲时赚来的。这场名为"是什么让美国强大"的演讲算是她最精彩的演讲之一了。如果让埃德加拿到了钱，那可要了她的命了。她在我房间里乱砸乱扔，把小书架上的书都丢到地上。然后她去自己房间里拿了一把剪刀回来，我们曾经用它来把她妈妈的衣服剪裁成她朗诵时能穿的衣服。她把我那本《小妇人》从中间开始挖空，一页一页地剪，从"天才冒火花了……"一直到差不多书的结尾，艾美嫁给劳里的地方。不过反正我也讨厌那部分。

"那是我为我去好莱坞与藤街攒的钱，"她说，"我下一个目标。"平静下来后，她把我的书都捡起来，在书架上摆放好。又把我的衣服和鞋子放回到衣橱里。她给我梳了头。又把原本属于她的开襟羊毛衫叠好。我和我的房间似乎比从前看上去要好了。

爱丽思能从比赛中赚这么多钱让我感到震惊。同样让我惊讶的是她认为把她的钱藏在我的房间更好。我起初觉得是她错认为我爸爸拿了她的钱。但她并没有错。爱丽思就是爱丽思。（她并不比我更加机警，或者有更准确的直觉。我见过很多世面，但却无法完全理解。）爱丽思只能看到与爱丽思有关的事情，但是她事事用心，仿佛一个飞行员在寻找跑道上的闪光信号灯。正是因为她的小心才让她免于坠毁的灾难。爱丽思说我好像身体里有个疯狂的收音机，一半时间收音机里放着值得一听的消息，另一半时间则播放着诸如"密西西比的庄稼歉收"这样的东西。从情人节到阵亡将士纪念日，每次爱丽思比赛获胜，她都把钱叠放在胸罩里。我爸爸每次都等她到很晚。他会问她愿不愿意让自己来帮她存放奖金，每次她都说，不了，谢谢。然后径直回到自己房间，以便干净利落地摆脱他。这种事她处理得非常得体。

毕业之后的那天（我从十一年级毕业，在英语文学和社会研究两门课获了奖。爱丽思高中毕业，受到夹道欢迎。而爸爸在两个毕业典礼上都朗诵了《英雄泪》[1]），爱丽思给外战老兵做了题为"堕落者"的演讲，博得了满堂彩。"真的，"爱丽思说，"我讲得很棒。而且

---

1. 英国现代作家吉卜林（1865—1936）的诗篇。

我那是即兴演讲。"我说她不是一般的棒,简直可以和朱迪·嘉兰[1]齐名,而且比她还漂亮。爱丽思说朱迪·嘉兰可能因为掉了个热狗就哭鼻子,而她知道这些事得靠她自己应付。

整个夏天,爱丽思四处参赛:从扶轮社到各种交流俱乐部,再到美国大学妇女协会的聚会,从温莎到辛辛那提。只要比赛在五十英里之内,她都会参加,哪怕有时需要把衣服和鞋装在麻袋里去搭顺风车。她场场必胜。有时,当爱丽思走进会堂时,你会听到其他女孩的叹气声。她在中西部木匠工会举办的演讲比赛中获得了五十美元的债券,她在盖尔斯堡卡萨意大利酒店演讲的《穆塞特圆舞曲》把来自意大利的女生打得落花流水。她还在那里的贝斯以色列寺以爱丽思·卡茨的名字演讲了《为什么我为自己是美国人而感到自豪》,也轻而易举获胜。我们两个在露天市场的剥玉米比赛上也表现不凡。每个装玉米的货车都装了差不多二十五蒲式耳的玉米。我和爱丽思一起剥了大概六十磅。于是我们在青少年女子组获得了第一名,在青少年高年级组则排在第二,仅次于两个男孩。看他们俩的样子就好像这辈子除了剥玉米就没干过其他事似的。我们互相把身上的玉米穗摘掉,喝着根汁汽水。把赢来的十块钱直接夹进了《小妇人》,现在有时我打开书就是为了看看爱丽思的钱。晚上,我把比赛服装上掉落的小金片缝回去,或者把水手裙上的褶皱抚平,或者在她破了的袖口处缠一条丝带,然后等她回家。每次演出回来,衣服

---

1. 朱迪·嘉兰（1922—1969）,美国女演员、歌唱家,米高梅旗下艺人。曾因主演《绿野仙踪》获奥斯卡青少年奖。

上的小金片都会变松脱落，在我的床上总能看到它们。

那是在劳动节前一天，天气很热，没有比赛，也没有要参加的聚会。爱丽思与我一路走到天堂湖。那是位于温莎大学边上的一个大池塘。我把脚在地上划来划去，掀起一阵小尘卷风。爱丽思则脱掉鞋袜，把脚浸在水里。她点了支烟，我则在她身边躺了下来。爱丽思从包里拿出了两瓶啤酒，我则拿出了上周的《银幕》[1] 杂志。

"那不是你的万人迷吗，波莱特·戈达德，"她说，"她会做的我也会。"

我没怀疑过爱丽思不会。爱丽思吸烟的时候我负责放哨，留意着我爸爸，她却闭目养神。

"咱们下水吧。"爱丽思突然说，于是我跑回我的房间去找游泳衣，看到我爸爸正跪在我的衣橱里，一只手放在我的黑色舞鞋上。

"我以为你们在池塘。"

"我得换衣服，"我说，"爱丽思已经在那里了。她带了游泳衣。"

"还是你姐姐计划得周全，"他说，"但你就不如她了。"

他把我的鞋塞回衣橱，站起身，对我茫然地笑了笑，和他在早饭时的笑法一样，那时我正跟他说话，而他在看报纸。

我把这件事告诉了爱丽思，她听了以后说道："那个狗娘养的。

---

1. 前沿电影周刊，1951 年在印度创立。

你必须照我说的做。"

我说无论什么事我都会照做的。

我和爱丽思在夜里练习在忍冬花棚架上爬上爬下。我的任务还是放哨。爱丽思把她最好的衣服、化妆品和我的必需品放进行李。她说我们到好莱坞以后再买新衣服。她说:"在温莎看上去好看的东西在好莱坞可一文不值。"其实我们俩都没想过给我买新衣服,或者我应该去哪里上学。我应该升入十二年级,却长得像个十一岁的孩子,而且我已经跳了两级了。如果有人问我们,我们会说教育对于我来说就像猫身上的毛——足够了。爱丽思确保我们自己拿得动行李和手提包,无须他人帮助;她说她能想象出有些自以为是的家伙会提出要帮我们一把,也能想象有可能她独自去卫生间五分钟,我就把所有东西都交给一群蠢货了。我告诉爱丽思,虽然我有缺点,但还是带上我比较好。我说我会一直戴眼镜,我会穿我讨厌的短袜,这样别人会疯狂地夸赞她,照顾着这么一个不中用的妹妹。男人不会总约你出去,因为他们不想带上我这么个累赘,我跟她说,而老人还会给我们买饭吃。后来事实就像我说的那样。

我们上车了。爱丽思把她的外套盖在我身上,我一觉能睡好几个小时。我把头放在爱丽思的大腿上,身子蜷缩着,努力让自己看上去可爱又可怜。虽然没人能看到我,但我还是用裙子盖住膝盖。我希望爱丽思为没把我留在俄亥俄而感到高兴。从俄亥俄到好莱坞广场酒店要六十小时车程。酒店是爱丽思在温莎图书馆的《1941加利福尼亚指南》上找到的。

我们从车站走到好莱坞广场酒店，爱丽思给我讲了关于住酒店的事。她曾经和她妈妈在芝加哥住过酒店。她们和她妈妈的妇女联谊会的姐妹及其女儿们去过了一个周末，她们在酒店共进了一顿丰盛的午宴。那是在一个独立的包房里，墙面挂满粉色的丝绸。她们喝了河虾鸡尾酒，吃了纽堡龙虾，还喝了秀兰·邓波儿[1]鸡尾酒。一个穿着制服的看门人为她们拿行李。第一晚，爱丽思和她妈妈还叫了客房服务。一个穿着西装的男人推了一个带轮的小桌子进来，小桌上摆满了瓷盘，盘子上盖着银质的圆顶餐盘盖。爱丽思和她妈妈坐在粉色扶手椅上，服务员迅速掀开餐盘盖，将餐巾铺放在她们腿上。黄油的形状像玫瑰花蕾。吃完了晚餐鸡肉和火山冰激凌，爱丽思和她妈妈穿上睡衣长袍，把女仆合上的窗帘拉开，开始欣赏城市的灯火。

　　但好莱坞广场酒店和那个酒店完全不同。这是个两层楼混凝土 U 形建筑，屋顶的红瓦破旧不堪，院子当中的棕色灌木萎靡不振，被它分成两半的水泥路旁杂草丛生。一个上了年纪的妇人从窗子里探出头来。格鲁伯，她说，一楼。

　　爱丽思把她的糖块吃完，在我的格子衬衫上擦了擦手。她往手帕上吐了口口水，给我擦擦脸，这太让我讨厌了。"咱们快点吧。"她说。

---

1. 秀兰·邓波儿（1928—2014），美国殿堂级女演员，也是美国著名童星，美国历史上第一位女礼宾司司长。7 岁时获得奥斯卡金像奖，成为历史上第一个获得此奖的孩子。

来自爱丽思的信

伦敦，南肯辛敦

昆斯伯里地区 7 号

1946 年 9 月

亲爱的伊娃：

　　我一直在想念你。我的演出昨晚结束了。我表现很好（如果称不上很棒的话）。我们一群女工和几个很不错的女领导去喝了香槟，吃了牡蛎。战争可能是结束了，但这里可不是想买什么就能买到什么（一块像样的牛排我还是买不起）。不过让人高兴的是，从北边运来的牡蛎没问题。正当我仰着头，把一颗牡蛎顺着喉咙吞下去的时候，我看见了一个人，不是别人，正是格鲁伯夫人。她穿的不是睡衣和拖鞋，而是一件蓝色塔夫绸裙子和配套的平底鞋，手里拿着苦味杜松子酒。我差点噎着自己。不过后来证明那个人当然不是格鲁伯夫人——她现在可能已经死了。我无法想象她竟然会离开好莱坞广场酒店，更别说好莱坞了。那个人只是艾琳·哈林顿，一个制片人的老婆。她戴的钻石胸针跟克莱斯勒大楼那么大，我差点没忍住跟她说，我的天，你长得就像我那个平庸的犹太房东，一辈子忍气吞声，现在可能已经死掉了。

你还记得第一眼见到格鲁伯夫人的场景吗？她刚一把头从窗子里探出来，你就跟鱼上钩一样跳过去，气喘吁吁，羞羞答答，你可从来没这样子过。你给她讲旅途上发生的事，讲我们去世的爸爸和勇敢的妈妈，还有我们在中西部日渐凋零的财产。我真不敢相信她竟然相信你说的话，不过她喜欢你，而且不讨厌我。她先收了钱，才把钥匙递给我。咱们的房间是个小屋子，里面有两张床，一台小冰箱，还有带两个炉灶的炉台，走廊尽头是浴室。我见过更糟糕的屋子——估计你也是——但是在那个时候，那里就是我见过的最差劲的地方了。我知道我们到好莱坞得靠自己奋斗，但我以为应该是像电影里演的那样：五个女孩住两个房间，每个人都戴着卷发夹，用旁氏洗脸。当走廊里电话声响起，大家都咯咯地笑起来，因为那是某人的心上人打来的。但我们没有走廊电话，而且我们住在那里的那段时间，除了格鲁伯夫人我就没见过还有别人。我们搬进去的时候，我在角落里发现了一只死老鼠。这时你恰巧走过那里，我就一脚把它踢到了炉台下面，希望你永远也看不见。

　　回想那三个月真是艰苦，但你是个信得过的人。你总把房间打扫得干净整洁，只花一毛钱也能做顿晚饭。你还记得吗，我会把我的小费倒出来，它们可以堆成一堆，有一分的，五分的，一角的，两角五分的，要是看到个五角硬币，我们简直欣喜若狂。我还记得在德比马赛的那天晚上，我唱了《你是我的阳光》[1]。我知道我肯定能赢，我就是知道。你也这么认为，不过你总是个多疑的人，所以在我和米高梅公司签下正式合同之前你都不肯到外面吃晚饭。后来弗里德先生打来了电话。你穿上我以前的蓝色裙子，我买了一条新裙子和一双真正的高跟鞋，我们一起去了塔比餐厅吃牛排。六个月，五部电影，三个带台词的角色：《穿越》、《特别之处》、《暮色浪漫》。（你还记得哈普送我的那条浅绿色睡袍吗？我还留着呢。）

　　有人曾说：上帝赐予我们记忆，让我们在十二月也能拥有玫瑰。但那个人还应该加上：所以我们在六月也会遭受暴风雪，在没东西吃的时候也能食物中毒。

　　请给我写信。

爱丽思

---

1. 是美国早期乡村和福音音乐歌手 Jimmie Davis（1899—2000）的代表作，也是美国乐坛经典歌曲之一。

Chapter 2　　我可能错了，但我觉得你很棒

好莱坞

滕街北段

1942 年 1 月 4 日

亲爱的爸爸：

这里发生了翻天覆地的变化。

我就只写了这么多。我本来给他写了十几封信，但是全都撕掉扔
进角落里的垃圾桶了，我们的房东就在一边看着。我压根不知道为什
么要写信。我没指望着我爸爸来救我，我不认为自己需要被拯救。在
我看来，如果你已经有了一个像丢弃一包脏衣服那样把你丢下的妈妈，
和一个低级到从你（或者你姐姐）那里偷钱的爸爸，那么你已经很幸
运能够拥有那个带你去好莱坞、把你的内裤和她自己的内裤一起洗并
且和你分享三明治的姐姐了。我们的房东，也是勤杂工，格鲁伯太太
在爱丽思出去工作时对我来说是个极好的陪伴。格鲁伯太太谴责了好
莱坞里充斥的尔虞我诈，但是从她的个人经验来看，她知道为了生存，
有一些伎俩是必需的。她会对我说，你姐姐是个不会被生活击垮的人，

我们得钦佩她这一点。格鲁伯太太自己的公寓里堆满了胶带、扳手、线圈和半截的水泥管，她真不太像个管家。我倒觉得她厨艺不错，尤其是煎蛋和奶酪三明治的搭配，是我们娘俩每天的食物。

格鲁伯太太问起了我在学校的事，我就实话告诉她，我热爱读书但是我讨厌小孩子。她说她能理解。她说她会讲四种语言，六年级就辍学了。她说在她们那个地方，上六年学算是多的了。如果有人能读屠格涅夫，那他就算受过教育。

格鲁伯太太和我爸爸一样热爱罗斯福总统。她一直担心有人会暗杀他，直到那个十二月的温暖冬日，日本人偷袭了我们的珍珠港。这一天罗斯福总统对日宣战，而这一天将成为我们的国耻日。格鲁伯太太和我静静地坐着，当一切结束，我们一边哭着一边翻开她的百科全书，研究关于日本的内容。读完以后，格鲁伯太太说，我们应该对此感到高兴。她说现在没人会伤害总统了，因为我们需要他。她说她记得共和党人将罗斯福总统比作希特勒和墨索里尼。她说她曾经在街上看见穿着印有"我恨埃莉诺"[1]衣服的人从她身边走过，她想向他们吐口水，她想杀了他们。格鲁伯太太说，在她还是个初来乍到的年轻人的时候，她常会由于愤怒和挫折而大哭，因为她没法杀掉那些想要杀死的人。她说，有时候，那些她想要杀掉的人，见此情景反而会试图去安慰她，因为他们不知道她在哭什么。

没人再去按那些可憎的按钮了，她说，但很糟糕的是——那些日

---

1. 安娜·埃莉诺·罗斯福，美国第 32 任总统富兰克林·德拉诺·罗斯福的妻子。

本人，包括在这里的和在他们自己国家的，会怎么样呢？她说罗斯福总统不是任人摆弄的傻瓜。格鲁伯太太在两点钟睡午觉。我为她解开胸衣，关上卧室门。我或者去读《初恋》[1]，或者把收音机声音关小一点，收听《费伯·麦克基和莫莉》[2]，或者翻看格鲁伯太太的书信和照片，大部分都是外语的。在一张照片里，她旁边站着个矮胖的男人，长着和格鲁伯一样的鼻子。他们都戴着牛仔帽，穿着骑马裤。啊，她醒来以后告诉我，他们那时正在为来美国作准备呢。

爱丽思拿到了合约。她在好莱坞的每一场才艺表演上都一展歌喉，还展示了迷人的外表和双腿。她说自己试镜时的表现让人连声称赞，而现在自己是米高梅的正式艺员了。她说在月底之前就能演有台词的角色，而且还有走位。于是我让爱丽思下楼去向格鲁伯太太宣布她签了合同的消息，告诉她我们的处境已经大为改善。再来点格鲁伯太太的薄荷甜酒庆祝一下，我知道这是必不可少的内容。格鲁伯太太从她那三只金脚酒杯中递给我们每人一只，并叹了一口气。

"你看上去并不为我们高兴呀。"我说。

爱丽思喝完了酒，检查着她的指甲。她从来不是个多话的人。我看出来她是受够了好莱坞广场酒店这个地方。格鲁伯太太一直用她异

1.《初恋》是俄国小说家、诗人屠格涅夫（1818—1883）的短篇小说，创作于1860年。
2. 20世纪30—50年代风靡美国的广播情景喜剧节目。

国的粗暴、邋遢的方式掌管这里的大事小情。于是我们决定搬到日落
大道上的佛罗伦萨花园酒店,住进一个不错的一居室。第二天在片场,
葛丽亚·嘉逊[1]还和爱丽思打了个招呼,嗨,亲爱的。导演把爱丽思安
排在一群女孩的最前面,她们走在人行道上。爱丽思把帽子往前戴了
一点,领子竖起来,后来服装师说:"这主意不错。"对爱丽思来说,
格鲁伯太太基本已经是过眼云烟了。

格鲁伯太太说她并不渴望幸福。她说等我们见的世面和她一样多
的时候,我们就会知道,马粪后面不是一匹品相上乘能斩获奖牌的小马,
而是更多的马粪。爱丽思笑着站起来。她把长袜扯平,拥抱了格鲁伯
太太。谢谢您对伊娃这么好,她说。

我们一离开格鲁伯太太,就没什么能和我说话的人了。我就开始
给我读的书编续集:《大卫·科波菲尔[2]和他的妻子以及三个孩子住在
海边》、《简·爱和罗切斯特先生和他们开办的先进的盲人寄宿学校》。

虽然还是冬天,但洛杉矶的白天似乎比家里的还要长。爱丽思每
天外出十二个小时。佛罗伦萨花园酒店里没有老人和小孩。我每天等
到三点钟就去图书馆,之后,我背着书穿过公园,书包一直晃荡在屁

---

1. 葛丽亚·嘉逊(1903—1996),英国女演员,曾凭借《忠勇之家》获第15届奥斯卡最
佳女主角奖。
2. 是英国小说家狄更斯(1812—1870)的第八部长篇小说。

股后面，就像其他孩子一样。我读完了圣女贞德[1]三个版本下的不同人生（包括萧伯纳[2]的那版。在我看来，他那一版里的贞德就是典型的大大咧咧呆头呆脑的形象，倒可以成为你最好的朋友，无论她说不说话）。还有居里夫人，她似乎既疯狂又高尚。我还读了克拉丽莎·巴顿[3]和弗洛伦斯·南丁格尔[4]的传记。即便在写给小女孩的书里，你都能感受到这些女人是如此强悍，她们能用叉子挖出你身体里的子弹，眼睛也不眨一下。

　　佛罗伦萨花园酒店比之前那个地方好很多，每个公寓都有独立卫生间。酒店后面还有一大一小两个院子，人们通常躺在院里的沙滩椅上。有一次我也躺在一把沙滩椅上，穿着短裤和衬衫。我用一个大手帕把头发扎起来，尽力让自己看起来像个儿童演员。我正读着关于伟大的护士的书，这时，一个真的女演员走过来，语气坚定地对我说那是她的椅子，问我是否介意让开。自那以后，我再也不去那个大院子了。那里大部分都是演员里的新秀，就像爱丽思一样，整天在福克斯或者米高梅工作。他们对一个乳臭未干、戴着眼镜并且没有入行的小女孩没什么兴趣。晚上爱丽思一回家我们就开饭。有时她会从物资供应所带回来三明治和饼干。那里对我来说就像是人间天堂。我会让爱丽思告诉我一天发生的所有事情，在片场或者不在片场的。有大概一个月

---

1. 法国民族英雄，法国人民心中的自由女神。
2. 萧伯纳（1856—1950），爱尔兰剧作家，1925年获诺贝尔文学奖。
3. 克拉丽莎·巴顿（1821—1912），美国红十字会创建人，有名的"战场天使"。
4. 弗洛伦斯·南丁格尔（1820—1910），著名历史人物，现代护理先驱。

的时间，她早上去化妆，穿好演出服，先演一个在汽车站读报纸的女孩，然后是一个在面包店里给顾客递面包找零钱的女孩，然后是一个推着婴儿车走在主街上的女孩。过了几个星期，正如她所说，拍面包店那个场景的导演注意到了她的发型（按爱丽思的说法是"头发梳上去，衬衣领口低下来"），并给她安排了几句台词，这比和她同时出道的几个女孩领先多了。有时早上，我帮爱丽思选演出服，会聊一聊她可能看到谁，谁可能跟她说话。（"我不会只满足于一句'孩子，怎么啦'，"她说，"我会耐心等待。我会有自己的用武之地。"接着她就用很多不同的方式来说那一句台词。）每一天片场都在上演各种花絮，今天爱丽思看到嘉逊小姐亲吻了克拉克·盖博[1]，明天哈勃·马克斯[2]拍了爱丽思的屁股，后天爱丽思吃到了芝士汉堡，加了泡菜和其他配料。（"永远也别加洋葱，"她说，"为了特写镜头。"）她说她是和几个穿得像美人鱼的女人一起吃的，他们只能站着吃，两脚从尾巴后面伸出来，脚上穿着闪闪发光的绿色芭蕾舞鞋。爱丽思把发型师告诉她的八卦都给我讲了一遍。她的发型师告诉所有人关于所有人的八卦。爱丽思讲到了弗朗西斯科·迪亚戈，他是化妆部的头头，却从来不说任何人的八卦。弗朗西斯科告诉爱丽思，她没有一分一秒是不被人关注的。他做完了拉娜·特纳[3]的造型就让爱丽思坐到自己的椅子上，也给她化了

---

1. 威廉·克拉克·盖博（1901—1960），美国电影演员，曾凭借《一夜风流》获第7届奥斯卡最佳男主角奖。
2. 哈勃·马克斯（1888—1964），演员、编剧。
3. 拉娜·特纳（1921—1995），美国著名影星，米高梅签约艺人，曾主演《冷暖人间》。

同样的妆。她回去拍戏之前得先把脸擦干净，但是人们依然围在她的座位旁。弗朗西斯科给了她一把刷子和一罐 BN[1] 特殊配方粉扑，只给她一个人，让她时刻闪亮。遇到她休假的那天，她就把 BN 粉扑涂在我脸上，再给我涂点口红，我们两人就出去吃华夫饼。距离佛罗伦萨花园酒店六个街区的地方有个高中，爱丽思和我都避而远之。

　　我确实很想念格鲁伯太太。我也想我爸爸。我故意不去想我妈妈，除非她在我的梦里出现，要么是在沙漠里迷了路，要么就是在公路边奄奄一息，每隔几个晚上我都要梦到她一次。我不断给我爸爸写信，然后又撕碎，尽管我知道他是什么货色，我也知道他一点都不担心我。我知道他才"他马的"不在乎——他一直是这样说的，然后他会解释说这不是骂人，他说的不是"妈"，而是一种动物，"马"。所以我也一直这样说，并觉得自己骂人骂得很疯狂，但只是偷偷地这样骂。我一个月给他写一封信，把碎纸片保留到对它们不再留恋的时候，就把纸屑扔掉。

---

1. 美国专业彩妆品牌，面世 40 多年来所参与的电影及电视剧目超过 500 个。

Chapter 3　　**下 流 的 奶 油**

　　爱丽思不确定那是个什么样的宴会。两个穿着配套的粉色丝绸外衣和黑色长裙的女人走到她前面，上楼，进入了一个大房间。看门的人，也可能是男管家，是个身材魁梧的黑人，穿着十八世纪的白色缎子西装，扑满白粉的假发上系着黑色缎带。他镶有两颗金牙，对所有进门的女人都表现出不是一般的高兴，而是欣喜若狂。他帮爱丽思把门打开时，还向她眨了眨眼。

　　排在爱丽思前面的女人把她们的衣服递给了另外一个男人，他也戴着扑满白粉的假发，穿着白色缎子西装。爱丽思跟着她们进入了一个更大的房间，把这样的房间当作客厅来用简直好比把克利夫兰体育场当棒球场用。三个女孩从爱丽思身边走过，向她提供猪肉卷和培根卷扇贝。她们穿着白色缎子打底短裤、白色缎子拖鞋，上身一丝不挂，只在脖子上系了一圈粉色丝带，高高竖起的白色假发上扎着粉色蝴蝶结。这几个女孩的眼睛周围都点了小美人痣，在乳头上涂了红胭脂。爱丽思努力保持平静的表情，跟着刚才那两个穿着黑色长裙的女人走过地上的缎子坐垫和淡粉色缎子沙发床。（"我的天哪，那些东西太不耐脏了！"站在爱丽思身后的一个女孩说道。）

两个穿着白色马裤的高个子男人拿着牛角形器皿，里面盛满了水果。爱丽思猜测他们的白色假发下面应该是金色头发，因为他们的胸部平坦，而且眼睛泛蓝。他们都光着脚。一个走在爱丽思前面的女人拿了颗葡萄，还掐住了其中一个水果服务生的乳头，直到他往后缩了一下才罢手，这让爱丽思倒吸一口气。"多好的宴会啊！"那个女人说着，就把手伸到自己裙子底下解开了袜带。她环视了一下，然后把自己的黑色舞鞋、长袜以及内裤都塞到了沙发床底下。

四个侏儒走了过来，他们裹着白头巾，穿着亮粉色背心和配套的灯笼裤，手里拿着镶有宝石的水烟筒。他们在大坐垫上坐下，女人们在他们周围围了一圈，坐在地上吸着烟，有说有笑。爱丽思很确定自己在其中听到了塔卢拉赫·班克黑德[1]的笑声。这时一个肤色白皙的女人拉住爱丽思的手。她美得像一个默片演员，眼睛被黑色眼线勾勒得发光，黑色鬈发贴在额前，穿着银色露背长裙。她问爱丽思是不是新来的，和谁一起来的。爱丽思告诉她，昨天弗朗西斯科·迪亚戈给她化妆的时候，帕茜·凯莉[2]的助手过来发请柬，是她给了爱丽思一个厚重的白信封。帕茜·凯莉的助手吻了吻弗朗西斯科·迪亚戈，笑着说没有他的请柬。帕茜肯定是看中你了，那个白皙的女人说，爱丽思笑了。西尔维娅，那个女人伸出手来说。爱丽思，爱丽思应声。西尔维娅挥

---

1. 塔卢拉赫·班克黑德（1902—1968），美国戏剧、电影演员。
2. 帕茜·凯莉（1910—1981），美国电影演员。

了挥手，一个戴着白色土耳其毡帽，光着上身的侏儒走过来，手里托着一盘红粉佳人。西尔维娅递给爱丽思一杯。欢迎来到天堂，我的小甜心。她说道，然后和爱丽思在一张沙发床上坐下来。

这时一个女人向她们走来，俯身亲吻了西尔维娅。西尔维娅向她介绍了爱丽思，她也亲吻了爱丽思。她将一根羽毛在爱丽思的肩膀上划过。爱丽思一动不动地坐着，直到那个女人离开。另一个女人又走过来，啜了一口爱丽思的红粉佳人，透过杯子边缘望着爱丽思。她一口吞下剩下的酒，就和西尔维娅走开了。这时爱丽思感到一只手在拉扯她的裙边，只见一个女人坐在沙发床旁边的地上，正把她的手伸进爱丽思裙摆下面，从下向上滑动到她的大腿，指尖拂过爱丽思的大腿内侧，一直到内裤外面。爱丽思尽可能地坐着不动。这个派对和她在家里开的那种派对完全不同，不像是在戴里·布莱森家的地下室里开的那种派对，你可以玩到兴头上扇谁几巴掌，接着开心地玩，全凭自己喜好。爱丽思听见别的房间传来女人的尖叫声，但是不像是因为受到非礼或者受了伤。裙子底下那只手还在，在爱丽思的内裤内外翻腾。有可能在这个偌大的房子里，在所有这些漂亮女人当中（还有那些不算漂亮但有魔鬼身材的，还有那些看起来既不聪明也没什么能力的），总有一只手是爱丽思所喜欢的。爱丽思对坐在地上的女人说了声"谢谢"，尽管听上去很荒唐。接着她走向隔壁房间，那里有自助餐区。

食物已经一字摆好，从晚餐到甜点——甜点就是个漂亮女孩，从胸到脚涂满了厚厚的一层生奶油并点缀着草莓。女人们正往自己的盘子里盛装食物，她们要么穿着衬裙脚踩高跟鞋，要么穿着晚礼服，但后背的拉链只拉上一部分。一个四重奏组合将所有的流行歌曲演奏了个遍，而在自助餐台远端，两个穿着黑色长裙的女人在跳着慢板的狐步舞。一个棕发女人正吃得专注，她穿着红色和服，黑色丝绸裤。她的盘子里堆满了龙虾尾。我爱龙虾尾，她说，说真的，我觉得它们是世界上最好吃的东西。她的嗓音沙哑又温暖，听上去像美国女孩，但是尾音更甜美，更柔和。露丝·索亚，她说，她没有和爱丽思握手，而是给了她一个龙虾尾。咱们找个地方吧，露丝说着，带她来到了有更多女人跳舞的地方。她让爱丽思在一张空沙发上坐下。人真多，她咕哝着，你在这待着，小美人。她再回来时，盘子里放了更多的龙虾尾，对半切开的牡蛎堆得像个不太稳当的小塔，一个个薄煎饼配鱼子酱也聚成了一大张煎饼，胸衣里还塞了两个香槟杯。

爱丽思把手插进头发里整理了一下，这时那个戴着白色土耳其毡帽的侏儒走过来，要香槟吗，他说。哦，请来一点，爱丽思说。露丝看着她，嗯，知道我现在在想什么吗，看看这个小乡巴佬，还有你，正跟个叫阿曼德的乱搞，谁知道还有其他什么人……哦，我可真无耻……来点牡蛎？爱丽思张开了嘴。

在这种派对上，你可不能说：哦，我从来没吃过牡蛎，或者，哦天哪，它们看起来湿乎乎的真恶心，虽然它们的确很恶心。爱丽思心想，如果吃牡蛎是通向这些派对和美丽闪耀、肤色浅黑的露丝·索亚的途径，那她可以像夏天喝啤酒那样把牡蛎吞下去。她吞了两个，并赶快用香槟冲了下去。

"看你多专业。"露丝说。

"没有啦，"爱丽思说，"我是从俄亥俄来的。"她没有理由对露丝说谎。

"你当然是，"露丝说，"你是我的漂亮美国宝贝。跳舞吗？"

爱丽思还从来没有和其他女孩跳过舞，只有为参加宴会或者演出做准备时，和伊娃在房间里乱跳乱撞过。爱丽思总是让伊娃领舞，这样她就可以研究自己的舞步，但是这也意味着她得忍受伊娃的领舞，因为她动作太猛，总迈错脚，而且她的个子才到爱丽思的锁骨。而露丝·索亚差不多比爱丽思还高一英寸。

"谁来领舞？"露丝说。

"我可以。"爱丽思小声说。

"但是你不想领舞。"露丝说，于是她用一只强壮的胳膊搂住了爱丽思的腰。爱丽思以前跳过的所有舞，包括她表演秀的全套舞步，和她爸爸跳的华尔兹，以及毕业舞会上和哈里·布莱索和吉姆·卡明斯这两个温莎最棒的舞者跳的舞，全都慢慢消失在脑后。此刻，才是她生平第一次跳舞。她的脸面对着露丝光滑的、扑了粉的脸颊，她的胸贴着她红色丝绸裹着的胸，她的大腿摩擦着她黑色丝绸覆盖的大腿。她们做了两个侧行步和一个缓慢扭动，好像她们先前练习过一样。露丝将爱丽思拉回到沙发床上。又上了更多的香槟。

看看，露丝说，氪氩大游行。爱丽思并不知道她说的那个词，但是她理解了露丝的意思。到处都是赤身裸体的女人，一丝不挂或差不多一丝不挂，在抽烟、喝酒、跳舞、吃东西。一个矮胖的女孩躺在一个沙发床的靠背上，头几乎要着地了。一个女人坐在她下面，亲吻着她的脸和脖子，摇晃着她的头。而另一个女人则把这个女孩的两腿拉到自己肩膀上，把脸埋了进去。爱丽思只能看到女孩那圆滚滚似珍珠般的小腹起起伏伏，还有另一个女人的后脑勺，她那光滑的白金头发用郁金香形状的梳子高高梳起。一个穿淡粉色雪纺袍子的女人走过，向露丝挥了挥手。她的袍子下摆只到大腿，上面则在肩膀处用一颗大的星状红宝石收到一起。她的一对小乳房和巨大又浓密的亮橙色三角地根本没有被雪纺盖住，只是好像被烛火映衬得柔和了。一个黑人女孩，穿着银色锦缎浅口舞鞋，在钢琴附近独自跳着舞。她把头发扎起来，莱茵石在她的雪纺衫里闪耀，而她又黑又卷的阴毛里还有更多的莱茵石，如露珠般闪闪发光。爱丽思看见在放牡蛎的地方有一个可怜的橄榄色皮肤的女孩，乳头周围长着黑毛，大腿之间的中央地带长着一丛更黑的毛，像是苔藓攀爬在树上，并且一直延伸到她肚子，几乎要长到肚脐了。爱丽思觉得这个女孩肯定很难过，因为没有人选中她。爱丽思琢磨着这个女孩会不会吃几个牡蛎就回家哭去了。这时，一个头上戴着白色蝴蝶结，小脚上穿着绑带鞋的小巧金发女人跳过来，把脸埋在了那个黑人女孩的双乳之间。

"萝卜白菜，各有所爱。"露丝说。她往爱丽思的胸部洒了点香槟，然后像猫一样舔干净。香槟浸湿了爱丽思的胸衣，一直流到大腿，流到她的氤氲。

此时爱丽思觉得能把自己的脑袋拿下来，对着房间扫射，像密集发射炮弹一样。房间并没有旋转，不像在家里开派对时啤酒喝太多以后的那种感觉。它像一朵花一样绽放了，四面的墙壁向后倒去，吸收了所有的烟、气和氤氲——这时又开了一朵，在离爱丽思的香槟杯一英寸的地方，先是金色的，然后被染成了蓝色，还是心形的。墙在变形，开始在人体的各种热量中融化。即便爱丽思长大以后，已经历过好几年的香槟、香烟、丝绸内裤和各种各样让人愉悦的氤氲大游行，她依然能回想起当年和露丝·索亚在好莱坞狂欢的每一分钟。

当她回到家的时候，虽然浑身潮湿，但从袜带到手套还穿戴整齐。爱丽思躺在床上，离伊娃的床有几英尺远。伊娃轻轻闻了一下，闻到了爱丽思衣服里的烟味。她把脸转向爱丽思，等爱丽思开口。

"我遇到了个女孩，"爱丽思说，"我爱上她了。"

伊娃的回答让爱丽思觉得自己会永远感谢她。她的小妹妹只说了一句，那很好。

伊娃的信（未寄出）

好莱坞

佛罗伦萨花园

1942 年 2 月 1 日

亲爱的爸爸：

　　这里发生了翻天覆地的变化。我们搬到了一个特别棒的公寓。现在爱丽思跟米高梅签了约。是阿瑟·弗里德[1]先生签的她——在周日晚上的德比马赛上，一次面试就通过了（后来在摄影棚里又面试了一次）。我们都确定爱丽思会成为明星的。她交了个新朋友，露丝·索亚，你可能在杂志上见过她，大家都叫她美国甜心露丝。露丝一直在尽她所能地教爱丽思绝招，现在爱丽思已经接了两个带台词的角色了，一个是在《暮色浪漫》里（她给罗伯特·泰勒[2]端上一杯咖啡），还有一个是在《特别之处》里。演那部电影的时候，他们跟她说哪都不用变，这很能说明问题了。（这里的女孩得改变自己的鼻子、名字、眉毛和一切。有一个女孩哪儿哪儿都得垫起来，前面、后面甚至侧面。一个

---

1. 阿瑟·弗里德（1894—1973），演员、制片、作曲人。于 1968 年获第 40 届奥斯卡终身成就奖。
2. 罗伯特·泰勒（1911—1969），美国男演员，被誉为拥有好莱坞 30 年代最完美侧颜男星。

和爱丽思一起工作的女孩得把发际线的头发都拔出来，因为他们说她的额头得大一点才行。）爱丽思倒不用费什么功夫，他们往她头发里加了点红色。弗朗西斯科·迪亚戈，那个化妆师，和她现在已经是很好的朋友了，他告诉她要涂粉橘色口红，不能涂蓝红，因为这个颜色是给棕色头发的人（他说就像我这样的）用的。

Chapter 4　我 的 蓝 色 天 堂

露丝把爱丽思浑身上下都涂上了防晒霜。她眯着眼睛看看太阳，又在她每个脚趾上涂了一点。然后每个脚踝涂两圈，胫骨的地方上下涂。从大腿内侧一直涂到白色泳衣边缘。这对爱丽思是个不错的选择，露丝想。爱丽思穿着这件泳衣的确很出众，像一颗璀璨的钻石。而防晒霜让她浑身的白色的皮肤和小金毛闪出淡金色的光芒。露丝总能在她遇到的每个女人身上看到她们最棒最美的地方。她还会给她们指出来，告诉她们怎样还可以变得更美。在摄影棚里，她有时会帮素不相识的女孩打扮，从帽子到鞋，只因为她喜欢。她也是个成长过程中没有洋娃娃，也没有朋友的人。

露丝往爱丽思的脸上涂着乳霜，（"别把鼻子晒红了，"她说，"不然弗里德先生会杀了我。"）还有胸部，一直到泳衣钢圈边缘，并把手指伸到肩带底下。她让爱丽思转过去，帮她涂后背。

"哦，这样很好。"露丝说。

"是啊。"

露丝能听见爱丽思在她耳边大声地呼吸。露丝按摩了她的肩膀，抚摸她的胳膊。她温柔地拉扯着爱丽思的手指。露丝从来没做过按摩，但是她在物资供应所听过两个女人聊起关于按摩的事。她们说海蒂·拉玛[1]每天早上都做按摩，为了治疗淋巴结肿大，所以她看起来总那么精神。你会感觉所有"东西"都从你身上流走了，其中一个女人是那么说的。露丝也想把所有东西从爱丽思身上抽走，于是她往爱丽思的腿后面洒上油，然后把爱丽思的两条腿分开。刚才从爱丽思身上流走的东西现在都聚集了起来，形成小波浪，顺着一条腿往上流，然后是另一条腿，冲到爱丽思的脊柱上，又流到膝盖后面的腘窝里。爱丽思的双脚随着露丝的手来回伸缩，她把脸埋在沙滩浴巾里。露丝把自己能想到的玩意都带来了：三明治、橘子、煮鸡蛋、苏打汽水、一条沙滩浴巾，还有为爱丽思涂的滑溜溜的金油。太阳开始落山了，只落了一点，地平线上面还泛着亮橙色，沙滩也还很暖和。一个只穿着内裤，扎着马尾辫的小女孩，在波涛中翻了几个筋斗，然后被她的父母用一条大毛巾裹住抱了起来。露丝和爱丽思望着这三个人影向停车场蹒跚而行。这时的沙滩上已经空无一人了。

露丝躺下来，解开了泳衣肩带。爱丽思没说话。露丝把泳衣从顶上褪到胸部以下。这儿没人，她说，看。

爱丽思小心翼翼地四处张望。在那次狂欢之后，爱丽思告诉露丝，她在那夜之前几乎从来没看过别人的乳房，而且看过的也都无关紧要。她说她看过她妈妈的几次，现在总能看到伊娃的"一对煎蛋"，还没

---

1. 海蒂·拉玛（1914—2000），第一位在电影中裸露胸部的女星。

发育——想不看到都难。她们在海滩漫步，爱丽思对露丝说，爱不是用眼睛看，而是用心在看。她就是这样看露丝的。

露丝亲吻了爱丽思的胸前，她拨开爱丽思的头发，亲吻了她的额头，脸颊，嘴唇，脖子，耳后。爱丽思也回吻了她。这时露丝把爱丽思推开，站了起来。她脱掉泳衣，全身伸展开来。太阳在她身后闪耀，光芒从她的两腿之间照射过来。

"你也来！"她说。

爱丽思蹬掉泳衣。她们拍着手跑进了水里。

"杰罗尼莫！"[1]爱丽思叫道。

她们像海豹那样游着，天黑之前，她们跑回岸上相互擦干身体。露丝把所有东西收拾好，像爱尔兰女人一样把篮子顶在头上。

帕吉开车从来没超速过。但这次他开车从好莱坞到马里布只用了不到一个小时的时间，十分钟停好车，跟着两个从蒂姆的熟食店走到海滩的女孩。他向北走到公路旁，在那里没人能从海滩上注意到他。二十分钟后，他拍到了所有需要的照片。并且他知道这些照片堪称完美。有了 C3 测距仪和两个赤身裸体在海滩上跳跃的女孩，不会出差错的，帕吉想。他不用在照片上做任何手脚。红头发的性感嘴唇吻着棕发女

---

1. 杰罗尼莫（1829—1909），19 世纪末美国西南部阿帕切族领袖，极富传奇色彩的印第安勇士。

孩的乳头。棕头发和红头发（他注意到不是真的红头发）脱掉泳衣跑到水里。她们的屁股像欢乐的桃子一样弹跳着。帕吉做好了底片和联系单，没等六张冲印的照片晾干，他就把它们放在车后座的几片洗碗布上，开车直奔海达·霍珀的办公室。她让他把照片摆在秘书的桌子上，然后戴上了眼镜。不一会儿就让自己的秘书直接付给他五十美元。

"谢谢，拉斯丁先生。"秘书说。

"这些照片很不错，"帕吉说，"什么都能看到。"

露丝知道海达·霍珀是谁。在露丝看来，海达·霍珀只不过是1942年的好莱坞最差劲的人。海达·霍珀痛恨罗斯福，她还写了一些关于犹太人的坏话，倒没有引起什么反响。她还曾因为评论民权运动对黑人不利而出名。有三千二百万人读过海达·霍珀写的东西。

星期二那天，海达·霍珀在自己的平房里给露丝打电话，邀请她第二天一起吃午饭。露丝把红色指甲油擦掉，涂上了粉色。她穿了一件象牙色华达呢西服，戴了帽子和手套。海达·霍珀点了冰茶和柯布沙拉。露丝本想要一个总会三明治，但她点了相同的东西。海达·霍珀递给露丝一份对折的《洛杉矶时报》，里面放着三张露丝和爱丽思在马里布的照片。

露丝说："要是那个摄影师再多待一分钟，他就能看到我扇她耳光。我人生中还从来没有那么烦心过。"

海达和露丝一起低头看着照片。海达把露丝亲吻爱丽思胸部的照片放在最上面。她喝了一口她的冰茶，露丝也喝着自己的。

露丝说："说实话，霍珀小姐，我甚至没想过这世上还有那样的女孩。她问我愿不愿意和她去海滩。我以为我们是朋友。我不知道该怎么做。"

海达·霍珀一言不发。她的手转动了一下，这样她的戒指正好闪耀出光芒。她吃了几口沙拉。

露丝说："我觉得像她那样的女孩正在毁了好莱坞。她们就不是……不是属于好莱坞的那种人。"

海达要了一些调料。

露丝那双粉嫩的小手在胸前紧扣。

"我钦佩您为净化好莱坞所做的一切，霍珀小姐。就在另一天——在这场糟糕的闹剧之前，我还跟我的未婚夫巴克，巴克·柯林斯说呢；您知道我们订婚了吗？我们一直保守着这个秘密，倒不是说我们觉得像您这样的人会对我们的小浪漫感兴趣——我只是认为在这个圈里每个人都有义务支持对的电影和对的人。"

露丝给她的经纪人打电话说她希望对巴克的浪漫感觉能有点结果，然后她挂掉电话，病了两天。星期四时，露丝的照片登报了。那是她和巴克·柯林斯在摄影棚里拍的照片，他们相视而笑，手持缰绳，牵着他那匹漂亮的马儿，星星。到了星期六，摄影棚又派车送她、巴克和一位摄影师前往离马里布海滩不远的一处平房。周日，报纸上就登出了他们整版的照片，一张是在平房前拍的，还有一张是在圣托马斯使徒圣工会教堂前拍的。露丝紧握着巴克的手。在回来的路上，巴克对她说，我们真的应该一起吃晚饭。我们会的。露丝说着，将头靠在了他宽厚的肩膀上。

在文章中，海达·霍珀引用了露丝的话："如果你坠入了爱河，那还等什么？"霍珀小姐在下一行写道："真的，等什么呢？这对比翼鸟已做好准备在爱巢中厮守缠绵，就让我们一起祝福他们吧！"在接下来周一的专栏中，霍珀小姐写道："好莱坞总是会有不良分子，某些女人——我们实在无法称其为女士，可能会将美好的年轻女孩们带向这个小城最阴暗、危险的地方。为所应为吧，梅耶先生。"

露丝逐字读完。米高梅公关部主管会立刻给某个人打电话，那个人又会联系某个人，等到周二爱丽思到片场时，在大门外就会被拦下。保安会递给她一个纸袋，里面有发夹，她的拖鞋，还有她的真丝长袍。爱丽思的职业生涯就在她快十九岁时结束了。而露丝对于这样的事情大概是司空见惯。

她不会蠢到给爱丽思打电话。爱丽思会在摄影棚周围应聘服务员工作，那里每个人都知道她，喜欢她，而且经理也会给她一杯免费咖啡和一个派，爱丽思知道这意味着什么。而当她去奥尔巴克或者布洛克百货公司应聘时，那里的售货员只会把她的申请表放在一堆申请表上，不发一语。

弗朗西斯科·迪亚戈认为自己是个艺术家。他已经为无数漂亮女人、美丽女孩和一些非常有魅力的男人化妆将近三十年了。他化过深红色丘比特弓唇、优雅粉腮红、贝蒂娃娃大眼睛、用眉笔画的和发丝一样细的极细眉毛、平滑的粗眉、美宝莲睫毛，还有烈焰红唇。有必要的时候，他会用甜菜汁混合滑石粉。他还在他姐姐的腿上画过丝袜，因为他们没有尼龙。他还见过蜜丝佛陀[1]本人。已故的蜜丝佛陀在马里布的几个酒吧里邀请他享受过极好的时光，作为回报，弗朗西斯科给他展示了如何在粉底上更好地使用海绵。他还能和初涉影坛的演员一起跳查尔斯顿舞[2]，或者和男孩们角力。他爱这样的女孩——当他把她们的下巴画得或尖或圆或像方糖一样方，但依然迷人时，她们的眼神里充满了感激。他能让漂亮姑娘变成稀世美人，令人过目不忘。他把甜美的小村姑化成了埃及艳后，让她感到自己就是女王，然后看着她翩跹至摄影场。

　　他还爱那些懂得讨他喜欢的男孩。那些男孩让他给他们画出姜黄色小胡子或高低眉，或者在左肩上垫一块垫肩，无一不清楚是他给了他们立足的资本。他甚至喜欢那些虚荣得没边的人。有一次，一位服

---

1. 著名彩妆品牌创始人，他的同名品牌"蜜丝佛陀"诞生于 1909 年，拥有最纯正的好莱坞血统。
2. 美国 20 世纪 20—30 年代流行的一种摇摆舞，以南卡罗来纳州查尔斯顿城命名。

装师打电话告诉他，说有一个大明星到他店里改裤子，告诉他们要把腰围收紧一点，服装师则跟每个人说，其实问题不是他的腰围小了一点，而是比腰往下一点的部位小了一点。弗朗西斯科想，这么自负虚荣的人一定和女人一样脆弱。而为了对付某些虚荣的人，他让自己看上去像个墨西哥爷爷一样。他自己不染发，不控制体重。他每天抽一支雪茄，买烟的地方就和塔尔贝格[1]先生以前去的地方一样。他有七件灰色的工作服，七条黑色亚麻裤，和七双黑色平底凉鞋。他从不为任何人打扮自己。对于有些演员来说，在经历了半年的无业、停职或者被外派到第一国家电影公司拍个什么垃圾片之后，再回到好莱坞的化妆室，看到弗朗西斯科清洗着他的那些刷子，那感觉就好像在海上漂泊了几个月之后看到了灯塔一样。有时他会带一些水手回家，在自己安逸的小平房里给他们提供临时住处，给他们做饭，给他们关怀，并且没有一丝一毫的妒忌或竞争之心。

　　他在爱丽思第一天开拍时就注意到她了。每星期的每一天，米高梅的片场都会出现十几个她这样的女孩，有的甚至比她更漂亮。但是她动作麻利、头脑聪明，而且很会演戏。有人教过她得体的举止。她观察着每个人，学习该怎么做，不该怎么做。她从不大发脾气，也不向影星抛媚眼。她从来不迟到。有一次他建议她把裙子后面臀围最大

---

1. 西伊斯蒙德·塔尔贝格（1812—1871），奥地利钢琴家、作曲家。

的地方收进一英寸，第二天，这姑娘就把自己的每条裙子后面都做了裙褶。

在海达·霍珀把爱丽思扫地出门以后，片场甚至没人愿意再提她的名字，而他却驱车前往佛罗伦萨花园酒店。他之所以这么做，是因为正如他妹妹说的，他就是那种路上遇到流浪狗和脏野猫也会表示同情的人，他的同情就像身上的脂肪一样泛滥。爱丽思是颗冉冉升起了差不多六个月的新星，现在沦落成了流浪狗，而她自己可能还不知道。他对年轻人疼爱有加，他理解他们不知道自己将面临什么，也不知道有多大程度仅仅是因为运气好。他们以为能永远维持自己所有的资产，他们的那些缺点能隐藏在衣服、假名字或粉底霜下面，直到晚上关灯。弗朗西斯科想，如果你能为一只饿肚子的狗感觉难过，你当然也应该为年轻人和美丽的女人感到难过。

爱丽思开了门，眼睛红得像樱桃。她没有请他进来。

"您能过来真好，迪亚戈先生。"妹妹伊娃说。她给他倒了一杯水，让他坐在唯一的一张扶手椅上。

"我是来邀请你们姐妹一起吃晚饭的。"弗朗西斯科说。

爱丽思退缩了一下。

"您真是太好心了。"小姑娘说着，把眼镜在裙子上擦了擦，戴回到方方正正的脸上。爱丽思则看向窗外。

"大家都喜欢我做的菜。"他说。

他连着三个周二都过来给她们做晚饭，等着爱丽思告诉他他已经知道的事情，这样他就能帮她在别处重新开始。伊娃什么东西都要吃两盘，并且给他讲了 X 光和人工呼吸器的历史。他给姐妹俩讲了他在圣费尔南多¹谷蝎子牧场的童年，后来那里怎么变成了普拉特乳业牧场，还说这差不多就是南加州的历史。他给她们讲了只有一间教室的学校，自己每天骑着巴洛米诺马回家，他对帅气的牧场工人的好感，还有他在九岁时对人生的理解——那就是等他上完高中以后，他要跑去，而不是走去—— 一个大城市。他给她们讲自己的妈妈，和所有墨西哥女主角一样，眼睛闪闪发光，脾气暴躁火辣。她有三个沉默寡言的丈夫，都在当了弗朗西斯科的爸爸以后去世了，还有他的两个同母异父的妹妹——现在都在纽约大获成功，而且据他说，她们和意大利香肠配黑面包一样，是地地道道的墨西哥产物。他给了爱丽思无数次机会吐露实情，但是爱丽思每顿饭都撒了谎。她聊起关于主角和采访的事，她说谎的方式让他佩服。在他递给她们鱼香饺时她开始扯谎，一直扯到吃完奶油山核桃冰淇淋。他和伊娃玩纸牌时她在说谎。她拍着他的脸颊和他道晚安时还在说谎。弗朗西斯科一把抓住她的手。下回，他说，轮到你请我吃晚餐了，得体的简餐就行。之后，咱们玩真心话游戏。

---

1. 美国加利福尼亚州南部的一个城市化的谷地。

Chapter 5　　　如 果 你 哼 不 出 哆 来 咪

　　没有人回我姐姐的电话。我在多数晚上都做了卡夫奶酪通心粉，时不时来点变化。爱丽思一直在找工作。我认得你这张脸，亲爱的，一个在拉尔夫百货商店的女人这么告诉她。所有读报纸看电影杂志的人现在都认识爱丽思的这张脸了。

　　"就好像我得了瘟疫一样，"爱丽思说，"感觉自己就像伤寒玛丽[1]。"

　　我说："你又没有害别人。"

　　第二天早上，我去格鲁伯夫人那里看我们的老地方还能不能住，格鲁伯夫人问我原因，我向她讲述了我所理解的故事梗概。格鲁伯夫人说，真是个贱货，那个露丝·索亚。我听她说过好多次，我自己也开始这么说了。格鲁伯夫人在我们俩的金脚酒杯里倒上了薄荷甜酒，然后对我们说，你们姐妹当然可以住进来，还是老价钱。她说如果有

---

1. 本名玛丽·梅伦，身上携带伤寒杆菌，后相继传染多人，最后被隔离。如今成为美国人对患上传染病的朋友或频繁跳槽的人开玩笑的代名词。

需要，她还会把别人赶走。我们碰了杯。格鲁伯夫人又说，名誉和美貌，相信我，不是说有就能有的。你得坚持戴着小眼镜学习大学问。

　　鉴于目前的状况，我不想出门。我没有去公园，也没有去佛罗伦萨花园酒店的院子。爱丽思没让我和她一起住。她什么要求都没提。她每天坚持练习，自己弄头发，在水槽里洗衣服。然后她开始打包我们的行李，告诉我一周之内就搬家。你不用跟任何人提起这件事，她说。我能跟谁说呀，我说。

　　爱丽思每天早上做发声练习。她默默地熨好了我们所有的衬衫和裙子。她表现得就好像是一个人在生活。这点我能理解。正因为我能理解，我也尽量表现得好像什么也没察觉。我希望爱丽思并不是在想着要离开，因为如果换做是我，我会想要离开。我才不会待在这里遭人唾骂，我也不想要一个十四岁大，却长得像十二岁的跟屁虫，整天什么也不干，只会做盒装食品或者发愁读书。我坐在窗子旁边的扶手椅上读《道林·格雷的画像》[1]，那是我从图书馆里偷出来的。我还读一些旧版《电影故事》，那是我们来的时候就放在房间里的。等我读完了杂志，我发现了一本《圣经》。我跳过了冗长的家谱和一些更恶心的部分，但是我喜欢《新约》，里面满是青山、蓝天、宽恕、微笑

––––––––––––––––––––

1.《道林·格雷的画像》是英国著名戏剧家、小说家奥斯卡·王尔德（1854—1900）的长篇小说。

和隐喻。在《旧约》里就没有隐喻，只有灌木真的燃烧起来，墙壁倒塌，海体分离，任何一个神志清楚的人遇到这样的情况都要四散躲避。在《旧约》中，上帝创造了人，他将人类从敌人手中以及邪恶、饥荒、坟墓中拯救出来。他用万能的手还有一袋饼干护卫他们顺利走出埃及。这就是我印象中的故事。

　　上帝派来的撒拉弗[1]或是别的什么人，按响了门铃。爱丽思正在打包，而我和弗朗西斯科在洗碗，晚饭我做了热狗。等我擦干了最后一个盘子，我们玩了纸牌。后来，我很确定弗朗西斯科在爱丽思的枕头底下放了十块钱，作为我们搬到格鲁伯夫人那里的搬家费用。门铃又响了三次。我们呆立着。我们一直在躲着佛罗伦萨花园酒店的经理。我们要么付给他最后一个月的房租，要么付给格鲁伯夫人下一个月的房租，然后我们就身无分文了。而格鲁伯夫人和好莱坞广场酒店无疑是我们的未来。弗朗西斯科看着爱丽思。

　　"可能是露丝。"爱丽思说。我快步走到她前面去开门。不可能是露丝，而且我不想让我姐姐脑中闪过哪怕一丝这样的念头。露丝·索亚这个名字现在在我这里就是这世界万恶的代名词。跟露丝·索亚比，我妈妈都算是好人了。

　　"哦，小伊娃。"我爸爸说。他拿着一个白色的糕点盒，外面系

1.在《圣经·旧约》中提到的六翼天使，也译作炽天使。

着红色的细线，线头在一根手指边当啷着。胳膊底下夹着一束向日葵，另一只手里拎着手提箱。

"上帝啊，这花太难看了。"爱丽思说。

弗朗西斯科将餐巾叠好，走到门口。他把手放在我的肩上。我爸爸看起来优雅又疲倦。我琢磨着，要是弗朗西斯科不能把他揍得屁滚尿流（其实他可能可以），我和爱丽思就要上了。

爱丽思坐在沙发上。弗朗西斯科一直把手放在我肩上。我回过神来介绍说，这是我爸爸，埃德加·阿克顿，这是我们亲爱的朋友弗朗西斯科·迪亚戈。我对自己的表现很满意。他们对视了一下。没人提出什么索赔要求。没人问别人要钱。没人给埃德加倒杯水或者饮料或者来点吃剩的甜豆。没人请他进来，也没人让他滚蛋。

我爸爸用小折刀把糕点盒的线剪开，把一盒小饼干发给大家，其间没说一句话。我吃了六块，爱丽思吃了两块。弗朗西斯科把手放在肚子上示意不需要了。爸爸把剩下的饼干都吃了。十点钟后，我在沙发上躺下，躺在爸爸身边。他给我腾了点地方，手搁在我肩上。爱丽思合上杂志，站了起来。

"我累了。我要去睡了。"她从打包的行李里拿出了一条毯子给我盖上，然后就回自己房间了。

"多么优雅的体态。"我爸爸说。

"棒极了。"弗朗西斯科说。

第二天一大早，我发现那两个男人交叠着躺在地板上，头低下枕着沙发垫。咖啡桌旁边放着一个空苏格兰酒瓶。我坐在沙发上，看着熟睡中的爸爸和弗朗西斯科。接着我开始哭了起来，起身走到爱丽思的房间钻到她的被窝里。

"真是永远也不嫌热闹。"她说。

早上我们一起到小餐馆吃早饭。男人们走在前面。我爸爸点了鸡蛋和烤面包，并说早饭他请客。他说他非常非常为爱丽思感到骄傲，还说没几个女孩能做到她所做的事。爱丽思说，别扯了，太迟了。我爸爸说他非常抱歉没有早点来，但是他必须得处理好俄亥俄的事情。我姐姐说我们破产了，分文不剩。弗朗西斯科说爱丽思说的是实话。他说发生那件事以后，只要跟电影圈沾点边的行业都不愿意雇佣爱丽思，比如饭店、服装店或者美容院。我爸爸问发生什么事了，弗朗西斯科和我望着爱丽思，因为这件事不该由我们来说。我被人抓拍到亲吻另一个女孩，爱丽思说。那些卑鄙老古董狗娘养的，我爸爸边说边握住爱丽思的手。就这些？他问弗朗西斯科。

我们走回公寓时，爱丽思小声说埃德加很快就会走的。这里没他什么事，她说。弗朗西斯科到院子里去打个电话，留下我们三人面面相觑。

"你打算怎么办？"我爸爸问。

爱丽思说我们要搬回到格鲁伯夫人那里，她会继续找工作。我说我会帮人遛狗。我爸爸提高了嗓音。

他说："这次意外打击的伤害不会那么快就结束的。你不仅还不起现在欠下的债，也没能力偿还以后要欠的债。你必须得认识到你们要去占可怜的格鲁伯夫人的便宜。但凡有办法的情况下，一个人是不该占那些真正的朋友的便宜的。"

我刚要问他又是怎么看待自己这种不请自来的行为，这时弗朗西斯科回到了房间，容光焕发。

"你是以什么为生的，埃德加？"

"哦，写诗歌和散文。我以前是个英文教授。现在退休了。"

"那一定很厉害。"弗朗西斯科说。他转向了我和爱丽思。

"你们知道我的妹妹们在纽约，"他说，"恩卡纳西翁和比阿特利兹，也就是卡妮和贝亚。她们说有个管家的工作，可以介绍给埃德加。"——他没有看我爸爸——"还有你，爱丽思，教小孩子。就算是个家庭教师。"

甚至没有人看向我。

我爸爸顿时握住了弗朗西斯科的手（大恩不言谢，他是这么说的）。几小时以后，他开着一辆1938年的雪佛兰旅行车回来了。不费事，他说。我们把自己所有的东西打包好，也带了几样佛罗伦萨花园酒店的东西，而弗朗西斯科带来了他的两个行李箱和一个巨大的化妆包。我跑到格鲁伯夫人那里，把她请了过来，还带了她的那瓶薄荷甜酒。我们都豪饮了一大口。我爸爸亲吻了她的手。格鲁伯夫人说，再见了，各位。她吻了我的嘴唇，然后就离开了。

"无论你走到哪里，好运将一直伴随。这是丁尼生[1]的诗。"我爸爸说着钻进了副驾驶座。

　　爱丽思和我挤进后座，脚边是一盏佛罗伦萨花园酒店的台灯，弗朗西斯科向我们眨了眨眼。我爸爸则拍了拍手，那基本上，是他最体面的时刻了。

1.阿尔弗雷德·丁尼生（1809—1892），英国维多利亚时代最受欢迎的诗人。

Chapter 6　　**每 天 都 像 在 度 假**

　　我们每天早上都唱歌。我爸爸唱《没有你的裤子很冷》[1]和《一小块黄瓜》[2]，弗朗西斯科和我爸爸唱《嘿！不许亲我妹妹》[3]，边唱边打响指，我爸爸吼唱道："滚回猪圈里，你这只猪！"爱丽思和我唱《你以前一定是个漂亮宝贝》和《不能不爱你》[4]。我们喝着跟水一样的咖啡，爱丽思和我吃新鲜的甜甜圈，上面还在滋滋冒油（还有俾斯麦甜甜圈、熊爪甜甜圈和布朗鲍比甜甜圈，当地有什么点心我们就吃什么，因为，反正，基本上，是我爸爸付钱），我爸爸和弗朗西斯科吃火腿鸡蛋和蓝盘特餐[5]。我们都有自己的任务。弗朗西斯科白天开车，每天早上为加油讨价还价。有连续六个晚上，我们四个睡在一个汽车旅馆的房间

---

1. 东伦敦民间通俗歌曲。
2. 是英国民间作曲家、滑稽演员哈里·钱皮恩（1865—1942）的代表作之一，也是伦敦下层杂耍剧场流行的通俗歌曲。
3. 美国爵士乐大师胖子沃勒（1904—1943）的歌曲之一。
4. 两首歌都是美国20世纪早期广受欢迎的流行金曲，被翻唱成众多版本。
5. 一种特价餐的名称，常见于美国20世纪20—50年代的咖啡馆和小餐厅。用一张带有分隔的盘子盛装"一肉三菜"的搭配，通常每天更换菜色。

里。并没有人觉得惊奇，因为当时在打仗，住旅馆的人都处于没有爸爸、没有妈妈或者没有丈夫的排列组合状态。弗朗西斯科睡一张床，我和爱丽思睡一张床，我爸爸铺一张床罩睡在地上。在堪萨斯停留时，为了打发时间，他教我姐姐开车。而开到密苏里，弗朗西斯科就径直向北拐向了伊利诺伊州。我爸爸说他想看看密苏里，弗朗西斯科说，跟着他可别指望了。他说密苏里感觉像南方，而他唯一想开车穿越的南方地区是南美洲。

在看到公路指示牌之前，我就感觉到我们离俄亥俄的温莎很近。那里有让人舒适的平坦路面，有让人愉悦的棕色雾气，坚实的房子看起来就像那里结实的人们。我觉得我们也没落下太多东西。我有我爸爸，我姐姐，还有弗朗西斯科，他就像我们家的一员，更好的一员。我唯一想念的东西是在我爸爸家里我的那间漂亮的小屋，和波特曼先生的狮子狗。爱丽思捅了我一下说咱们的房子没那么远。我也捅了她一下。我爸爸始终一言不发。他一直在读书，直到天色变暗。到了早上，我们已经完全驶出俄亥俄了。

我爸爸仔细研究着关于管家的学问。（或者叫男仆。埃德加和弗朗西斯科多次争论到底应该叫什么。我爸爸说无论叫什么，到头来都免不了要拍马屁和擦银器。）我爸爸带来了一本艾米丽·博斯特[1]的书，而我就负责问问题来考他。（男仆可以留胡子吗？不可以。餐桌由谁来负责？妻子。关于男仆，到底是该叫仆人还是贴身侍从？仆人，反

---

1. 艾米丽·博斯特（1872—1960），美国作家，礼仪女王。

正这在我看来很傻。爸爸向我保证，他会以**贴身侍从**来称呼他所遇到的所有男仆，他不会留胡子——也不会在袖扣眼里戴花，这个问题是书中 297 页的主要内容。）偶尔，艾米丽·博斯特会写一句让人难忘的句子或者警示语，这时弗朗西斯科就会像唱歌剧一样把它唱出来。在整个宾夕法尼亚西部，我们都用颤音唱着"宁可土气也别粗俗"。我敢打赌，如果你今天遇到我姐姐，她依然能引用艾米丽·博斯特的部分章节和语句。

爱丽思六天后将成为家庭教师。根据艾米丽·博斯特的观点，女家庭教师比保姆受过更好的教育，也赚更多的工资。她们应该教小孩，直到有人认为这些孩子成长到可以上学为止。那些孩子多大了，一共有几个孩子，爱丽思问。弗朗西斯科耸了耸肩说大概有三个，他也说不准。爱丽思说她不知道怎么装成一个大学毕业生；她勉强才从温莎高中毕业，没人指望她做什么事，除了在所有演出中做主演并在各种典礼仪式上帮忙。我爸爸说她的年龄应该是二十一岁，最近刚从一所温莎女子大学毕业。他说他来负责写介绍信。爱丽思说这样的话他应该让她加入美国大学优等生荣誉学会。我爸爸叹了口气，说他不会理会她的好高骛远。我的另一个工作就是数出莎士比亚的戏剧总数，并给爱丽思背诵其中的重点段落。

我爸爸递给我一堆英语文学的"小蓝书"，等他厌倦了那些关于管家的问题，弗朗西斯科也不再模仿阿瑟·特雷彻[1]，爸爸就让我给爱丽思出关于莎士比亚戏剧和十四行诗的测试。其实并不一定要什么都知道，他说，有时候你只需要知道得比他们多一点，只需要一点自律就可以了。每天睡前学习一个小时就能领先，对你也是一样，伊娃。他朝我说，但我不知道我应该领先于谁。

我每天都对爱丽思狂轰滥炸。贝特丽丝是谁？她为什么对培尼狄克那么苛刻？《暴风雨》是关于什么的？当爱丽思结结巴巴答不上来时，我爸爸就咆哮出整段的独白给她。等我们再也忍受不了了，我就大声朗读另一本"小蓝书"里的内容试图盖过他。

这些"小蓝书"简直是一个个小奇迹。《阅读的艺术》、《昨日埃及》、《巴尔扎尔短篇小说》、《亚里士多德导读》。我爸爸说一个受过教育的人——甚至是绅士——需要知道的所有事，没有不在这近千本"小蓝书"里的。伊曼纽尔·豪得曼·朱利叶斯[2]创造了"小蓝书"。我爸爸说他是一个犹太人、社会主义者，同时也是个天才，不是那种"大自然的贵族"。哦，如果你听到有人说这个词，他们的意思其实是指那种曾对他们施惠的乡巴佬——只顾着自说自话但反正你也不会再与之打第二回交道的无聊的蠢人。相信我，亲爱的，这些人可不是我们刚刚说的能邀请来加入我们"乡村俱乐部"的犹太绅士……不管怎样，

---

1. 阿瑟·特雷彻（1894—1975），英国男演员，擅长表演耳熟能详的英国作品中屠夫及管家类角色，后在美国电视上出名。
2. 伊曼纽尔·豪得曼·朱利叶斯（1889—1951），美国犹太裔社会主义作家、社会改革家、出版人。著名小蓝皮系列书的创作者。

我必须承认，在我后来的整个人生中，我都是依靠"小蓝书"来完成我的教育，也逐渐理解了我爸爸为何对它们如此喜爱。

每晚在汽车旅馆，当我想冲澡洗头的时候，一想到有人就坐在墙壁的另一边等着听这边的动静，我就放弃了这个念头。我爸爸和弗朗西斯科会用那间浴室。我姐姐要在里面待个把小时才出来，涂好了雪花膏，面色红润，头发用卷发夹紧紧地夹好。我就坐在外面尽可能憋得时间长一点再去小便。

路途上的最后一天，我刚好十五岁。我一直等着有人能记起来。最后，终于，大约在中午的时候，在一片沉寂中，我开口，哦，祝我自己生日快乐。弗朗西斯科立刻刹车。大家下了车，爸爸拥抱了我。我姐姐和弗朗西斯科都亲了我的两侧脸颊，在一块"缅甸剃须"的招牌前。他们还唱了生日歌。我爸爸说我们应该庆祝一下，所以我们就停下来吃午饭，这在前几天是没有过的。我们都喝了可口可乐，点了招牌菜，其实也就是火腿三明治，面包是自制的。（"猪也是我们自己养的。"服务员说。"棒极了。"我爸爸说，向我眨了眨眼。）姐姐把银色发夹戴在我头上，弗朗西斯科则从他的化妆盒里找到一支红色口红送给我。爸爸说他会等到我们都安顿好再给我生日礼物。我以为当晚他们能开两个房间并出去吃晚饭，但是我爸爸和弗朗西斯科先去了一家自助鸡肉餐厅（"他们就像老鹰一样盯着你。"弗朗西斯科后来说），他俩往口袋里塞了一层蜡纸和餐巾，回来的时候带了鸡腿和压扁了的饼干，于是爱丽思和我就坐在旅馆房间的地上把它们吃了个精光。我们还是按照先前的方式睡，半夜我醒来时看见姐姐紧挨着弗朗西斯科躺在地上。我踮起脚尖向浴室走，却撞到了墙上。

"你就在我们眼皮底下，小寿星。"我姐姐说。

我说我不是有意吵醒他们。

"哦，没关系，"弗朗西斯科说，"我们只是在打发时间。爱丽思在为自己的生活哀悼！"

"才没有，"她说，"别逼我。"

爱丽思就躺在弗朗西斯科怀里，我爸爸还在睡。我回到了床上。

我们在好莱坞住的那块地方跟曾经的俄亥俄的温莎不太一样，但是相比之下，现在在我们眼前的东布鲁克林，感觉就像火星一样。我一直把头伸到车窗外，想要好好看看十五层的高楼和宽敞的街道。人行道上布满行色匆匆的人，公共汽车和货车直接在城市里穿行，饭店外面支起遮阳棚，有中国餐馆、希腊餐馆、荷兰餐馆还有意大利餐馆，和我爸爸在俄亥俄一样的漂亮房子，还有那些又小又破的房子，彼此挨得那么近，邻里之间简直可以直接相互递送早餐。那里有个帽子工厂，现在是战争时期所以改做头盔，还有一家电梯工厂，和一家地毯厂。穿着长裤的女人们在工厂里进进出出，几千人在打理自己的生意，当然不是演艺生意。

我们走上了两段楼梯，弗朗西斯科的妹妹们扑面而来，仿佛他刚从前线回来一样。她们也友好、礼貌性地拥抱了爱丽思和我，并仔细打量了一下我爸爸。

现在回头去看，我对于她们的一切更加理解。她们接纳了一个骨瘦如柴、戴着厚镜片、看起来脾气倔犟的十五岁女孩，还有她的姐姐——一颗高傲的凋零的新星（言行也和一颗凋零的新星一样），还有一个自大的英国人，除了举止之外没有什么其他高贵之处。她们给我们提供了床铺和晚餐，第二天她们没有打扰我们，我们在为大颈[1]的工作面试做最后冲刺。贝亚建议我姐姐应该再多点家庭教师气质（天知道这是什么意思，我们六个人从来没谁见过女家庭教师，也没见过需要家庭教师的家庭），应该少穿点红色，多点鼠皮棕色。然后她俩就上楼去了贝亚的公寓，等我姐姐下来时，俨然就是奥莉薇·黛·哈佛兰[2]。我从来没见过她们的丈夫，但是我认为这两姐妹都结婚了，因为她们都戴着结婚戒指。爱丽思说我就是个白痴，任何一个人，包括我和弗朗西斯科，都能戴婚戒，而且谁也证明不了他们在说谎。

"这就是战争的好处，"她说，"任何人都可以是任何人。"

贝亚问我愿不愿意去周围逛一逛，弗朗西斯科和我爸爸正在进行"艾米丽·博斯特现代生活规则"的最后一轮复习，而我姐姐在背诵莎士比亚和四十八个州名。卡妮给了我二十五美分，于是我出门去到街角的小店，买了点土耳其太妃糖。我围着街区转了几圈，穿过马路，

---

1. 大颈镇。位于美国纽约州长岛纳苏郡。
2. 好莱坞影星。曾凭借《风流种子》和《千金小姐》两次斩获奥斯卡最佳女主角奖。

朝着一些更大的房子和更高大的树走过去。然后路过一个巨大的砖砌建筑，大概有一家医院或者一所高中那么大。高高的白色大门上挂着犹太星，角落里刻着希伯来字母。白色木质牌子上写着"以色列孤儿院的荣耀"。房子后面是操场，有一座滑梯、一个攀登架和一个跷跷板。有五十个孩子在里面玩耍。有一群和我差不多年纪的男孩子在打棒球。他们击球时皮衣跟着摆动。一颗球向我飞过来了，这时其中一个高大的男孩将球铲起，打量了我一下，把球扔给了投手。他身材高挑，一头金发。

"你没上学。"他说。我走到大楼的一角，一半屁股靠在砖墙上，吃着长长的一卷太妃糖。等那个高个子金发男孩再次捕到球，把一个矮胖的小孩触杀出局后，他向后捋着头发，又看向了我。我摆出了个演员的造型，靠着墙，曲着腿，双臂交叉。我把眼镜放进口袋好让他看清我的面容。

后来我每天都走过那所孤儿院，留心寻找着那个高个子金发男孩。我觉得那些人都是我的同路人：被人遗弃，没人爱，极其不幸。而且，他们都是犹太人，年龄跟我一样大，他们在欧洲的表兄弟们大概正每天遭人屠杀。德国人甚至可以侵略到这里，在布鲁克林屠杀他们。他们，和我一样，肯定每时每刻都忧心忡忡。有时我喜欢想象如果自己面对德国人会有多勇敢。我知道自己思量自己的勇敢是件很恶心的事，而且，比这更糟糕的是，我知道爱丽思才是真正勇敢的那个。她会跟纳粹打情骂俏，并把护照塞到胸罩里，来拯救老人和犹太婴儿。而那时我应该会坐在某处台阶上，埋头读书，等他们跑过我身边的时候紧紧抱住楼梯扶手。

Chapter 7　　**梦 见 我 的 美 梦**

　　我们早早地到了，站在马路对面研究着托雷利家的房子。它静立在一棵大橡树下面。院子里没有人行道，却有一条长长的车道，从石头围墙或者是铸铁篱笆延伸到房子有四分之一英里那么远。一团巨大的连翘树丛垂挂在卡妮的车上。我爸爸认为这是很好的掩护。

　　"地中海风格。"他说，"很自然，他们是意大利人。我喜欢红砖墙。我估计里面有个游泳池。"

　　爱丽思说："这里就像好莱坞。比弗利山庄到处都是这种房子。"

　　我爸爸打开他招牌似的朗诵的嗓音："'他们是粗心大意的人……他们砸碎了东西，毁灭了人，然后又自我退却……真是麻木不仁。'《了不起的盖茨比》[1]。"爱丽思从车里下来整理裙子，我也下车帮她。

　　"我不觉得这些人麻木不仁，"弗朗西斯科说，"这些钱，是他们亲手挣的。我跟你说，我敢打赌托雷利的爷爷在他还是个婴儿的时

―――――――――――――――――――――――

1. 美国作家菲茨杰拉德（1896—1940）所写的一部以 20 世纪 20 年代的纽约市及长岛为背景的中篇小说。

68

候就摆摊卖水果了。看看这里，灌木丛，车道，还有很多比利时式石块，一切都是新的。"

我爸爸说："谁会喜欢又新又贵的东西。"爱丽思和我同时举起了手。我们对这幢可爱的房子从各个角度看了又看，甚至想一直看到房间里去。我们研究着二楼的白色阳台，还有蜿蜒至茫茫绿草坪深处的那条悠长的灰色鹅卵石车道。弗朗西斯科再次往姐姐的头发上喷了发胶，还告诉我爸爸戴顶帽子。等他们在车道上走远，弗朗西斯科就和我坐在树荫里，一边玩康奎安纸牌[1]，一边等他们出来。

_____

1. 又叫拉米纸牌，纸牌游戏中的一大类。在美国很盛行。

来自爱丽思的信

伦敦
波托贝洛路 27 号
1947 年 1 月

亲爱的伊娃:

我记得咱们从连翘树丛那里窥视托雷利的房子时, 弗朗西斯科帮我梳了个发髻。

我从第一天开始就认为托雷利一家都是很好的人。(不过, 乔·托雷利看起来好像他整天都在装卸卡车, 他身上总有股波萝伏洛干酪的味道, 而且他的确很爱他的家庭。我觉得我知道的关于乔·托雷利的事就这么多了。) 我记得那对双胞胎, 凯瑟琳和玛丽, 还有那个小男孩, 乔伊, 和鲍里小宝贝。大家基本上就管小宝贝叫"宝宝", 他不需要我来管。估计你会很喜欢他。

当时是托雷利夫人开的门。埃德加介绍了我们两个。关于我们两人的经历, 他编了一些冠冕堂皇的瞎话。他高贵地保持着沉默, 不过在看到高大、深沉的家具和一望无际的绿色景致时, 他没能压制住自己的惊叹声。他拿出了我们两人的介绍信, 我完全学着他的样子来做, 我在米高梅所学的东西也不是全无用处。他把手背在后面, 悄悄走到一扇大型落地窗前。我也紧随其后。我们注视着长岛海峡，而托雷利夫人读着我们的介绍信（那漂亮的字体是弗朗西斯科写的）。过了一会儿，她把信还给了我们。托雷利夫人表示管家这个词可能不太恰当，托雷利家族其实不太需要一个像埃德加这么有身份的人。埃德加面不改色，彬彬有礼。可以说是一个总管，他提议道，总管可以在任何有需要的时候为托雷利先生和家人开车，并在更加正式的场合提供服务，以常规方式管理家族。托雷利夫人可藏不住情绪，眉开眼笑起来。她琢磨着大家应该怎么称呼他，埃德加说叫阿克顿就可以。托雷利夫人试着说了句阿克顿先生，埃德加略微有点不自在。只叫我阿克顿就可以了，夫人，他一边说着，又背过手去。她就在这番巧妙的斥责和欣然谅解中被俘获了。有你和埃德加，我都奇怪竟然是我去当演员的。托雷利夫人不太严肃。她显然还没有习惯当个阔太太。但她是欧洲人，她明白阶级差异，虽然她以前都处于劣势地位。对他们来说，搬到长颈来的这个飞跃一点也不亚于我们。

我们从来都是以爱丽思小姐和托雷利夫人相称。在巨大的紫红色客厅里，她让孩子们围在她身边，那画面简直就是活脱脱的一幅《旧世界》。两个女孩长得不错，身材丰满，穿着深蓝和白色相间的水手裙，上面高高低低地画着黑的曲线。乔伊则像一管炸药，穿着深蓝色短裤和马甲，领结只打到一半。小宝宝则睡在半球形的蕾丝摇篮里，仿佛是个小王子。

"姑娘们明年上学，"托雷利夫人说，"我不想费那个事送她们去幼儿园。她们应该直接开始上一年级。我想让她们……她们应该……"

"做好准备。"我说。

她点了点头，双手放在凯瑟琳（或者是玛丽）的头发上。我感觉我们其实是在做生意。

我感觉很糟糕，因为我卖给她的东西，也就是我自己，是个假冒伪劣产品，而她是真正想要给女儿最好的，这样其他女孩才会和凯茜[1]和玛丽玩。那些女孩的妈妈身材苗条，金发缕缕，穿着休闲的衬衫，开着凯迪拉克。她带我们在房子里参观了一下，我也发出了和埃德加一样的感叹声。这里没什么是让你不喜欢的。厨房堪比高档饭店，光滑的大理石地面，还有一对明黄色的冰箱。这是很少见的。非常明快，夫人，埃德加说。不知道托雷利夫人说了什么，我什么也没说，因为这时芮妮走了进来，抱着一袋杂货，我觉得自己简直要晕过去了。

你还记得她长什么样吗？我想我们好像从来没聊过她长什么样。如果她是个男人，我大概会跟你说，上帝啊，这就是我的梦中情人。你总不能跟你的妹妹说，哦，我的天哪，难道托雷利家的厨师不是你见过的最性感的尤物？看她那宽阔丰满的额头和大眼睛还有大红唇，一切都大得恰到好处，一点也不过分，难道不是秀色可餐？而且即使像我这样不信教的人都能看出来她有一颗圣人一样的心，满心向善。不，你不能这么说。而且我知道在她身上你没有看到我所看到的东西。

我希望我再也不会爱上谁了。

期待你的回信。

爱丽思

1.凯瑟琳的简称。

我们搬进了汽车房，也就是车库的楼上。托雷利家有两辆汽车，一辆黑色凯迪拉克和一辆黑色林肯。我们安顿好自己，其实这里和俄亥俄也没什么不同，就是汽车房的客厅小了一点，但是吃得更好了，不过我们没有钢琴。显然我也不会再去上学了，而且当托雷利家的人不在的时候，我还可以到游泳池游泳。我爸爸和我姐姐每天到游泳池的另一边去工作，我不妨碍他们。我可以到布鲁克林去找贝亚和卡妮，还有弗朗西斯科，他们现在在同一幢楼里有三间公寓，而且依然不见贝亚和卡妮的丈夫的身影。一周四天，我都要去东布鲁克林（我闭着眼睛都能找到路：坐公共汽车到地铁站，坐地铁到法拉盛，换地铁到盖茨大道站，左转，走过六个街区就到了贝亚和卡妮的美容美发店——贝拉多娜）。我每天打扫地上的头发，叠毛巾，清扫厕所，给贝亚、卡妮和我自己做午饭，一天赚五十美分。贝亚教我怎么给客人洗头发（不要拉扯，不要摩擦，要用你的手指肚），夫人们都喜欢我的小手洗头发的感觉。卡妮跟大家介绍说我是她的一个侄女，就像我爸爸告诉托雷利一家的那样。她们说我是个天才，虽然我看起来比实际年龄小一些，但是十五岁就已经高中毕业了。没人问为什么像我这样的天才要在美发店里当勤杂工。我记下了头发和眉毛颜色、嘴唇和指甲颜色怎么搭配，还有美容院的规则。（你绝对不能说，嘿，你的发根露出来啦。你得说，或许该润色一下了。你也不能说，我的妈呀，你怎么啦？你得说，让伊娃给您来点茶或者可乐吧。）此外，我还吃力地读着查尔斯·狄更斯，也一直没落下《电影故事》。在我休息的时候，我仍会走过孤儿院，寻找那个高个子金发男孩。

　　而爱丽思在观察芮妮·海特曼。她的全名是艾琳·隆巴尔多·海特曼。爱丽思在托雷利家的厨房里坐了六个月，假装想学怎么做烤鸡，还有很多用四季豆能做的有意思的事。她把托雷利家的姑娘们带到厨房，和她们一起做饼干。晚饭后，她在厨房中央的大餐桌前坐下来，主动帮忙把盘子擦干或者给芮妮倒水。如果我进来吃零食，爱丽思瞪我的眼神就如同匕首一般刺过来，我只好乖乖地走开。我看不出芮妮哪里好。给我感觉，她就像那些意大利面条酱罐子上印的那些女人，只是身材更好些。为了给爱丽思空间，我每周在布鲁克林住几个晚上，就睡在沙发上。偶尔，如果芮妮回家早，爱丽思就过来找我们，滔滔不绝地谈论芮妮。她会说芮妮是个多么特别的人，多么厉害的厨师，拥有多么美丽的心灵，还有她美丽的眼睛以及左眼旁边那颗美丽的痣。芮妮和她的丈夫格斯在一起多么不开心，因为他们一直没有孩子，但是她又对他多么好。贝亚和卡妮对此始终不做评论。趁天色不算太晚，弗朗西斯科会陪我们一起走到地铁站。有一个晚上，他说："爱丽思，要么采取行动，要么就放手。你现在已经成为美国最无聊的女同性恋了。"
　　爱丽思听了他的话。吃完晚饭，洗好餐具以后，格斯来找芮妮，爱丽思告诉他们我们晚上无聊死了,想要离开托雷利一家。(其实我们没有理由离开托雷利家。他们把吃不完的四菜晚餐给我们吃,都是芮妮做的。他们在我们住的房子里安放了洗衣机。他们还让凯瑟琳和玛丽八点就上床睡觉。我们待在他们家的三年中,他们对我们下班后所做的事情从不过问,也从来不在晚上来敲汽车房的门。)爱丽思对我说过,格斯是个不错的人——试着跟他相处一下,打打牌。

格斯·海特曼就是人们所说的男人中的男人。他会修理东西,笑起来很深沉。他看起来是那种可以从着火的大楼里把你救出来,并且再回去帮你把狮子狗救出来的人。尽管他总拿自己的长相开玩笑(长着盖博的耳朵,杜兰特[1]的鼻子,他说),但我喜欢他那张脸。他长得像一只巨大又聪明的动物,在你看到他之前,他就能察觉到你。没有格斯不会玩的纸牌游戏:扑克、梭哈、21点、拉米,甚至像那些比较疯狂的"埃及切割机"和"父亲们的宫殿",那游戏我至今依然不太会玩,除非你能随时都拿十二张牌。芮妮和格斯每周都开车带我们去他们家,在火车站的另一边。我们四个人就围成一圈边喝啤酒边玩纸牌。如果芮妮想吃夜宵,她不用亲自动手,格斯会做意大利面和肉丸,德国式的,带奶油和小茴香的那种,而且他还负责洗碗。他对芮妮很好,总是彬彬有礼,但是连我都看得出来,那不是爱。有一次我问他他们是怎么认识的,他说:"我们是在市里的一个舞会上认识的。她不喜欢她的男伴,我也不喜欢我的女伴,所以到了舞会中场,我就提出来,

_____

1. 吉米·杜兰特(1893—1980),美国演员、戏剧家。

也许咱们该交换舞伴。于是我们就换了。现在另外那对也已经结婚了，有三个孩子，应该过得不错。"

每当芮妮走出房间的时候，爱丽思的脸色会沉下来，而格斯的脸色完全不变。

酒过三巡，芮妮开始说自己多希望他们也能有孩子，或者说她厌倦了一直做意大利菜，接着她会说自己的脚疼死了。这时爱丽思会向我使个眼色，我们就分成两伙，爱丽思和芮妮，伊娃和格斯。芮妮和我姐姐会出去到后院抽根烟，或者爱丽思会把芮妮带进卧室，用杏仁油给她揉脚，然后芮妮会给爱丽思修指甲，一派祥和。时不时地，芮妮会朝外面叫，你俩玩得还好吗？格斯和我说，我们很好。有时格斯会说，享受你们的妇女聚会去吧。不过他都是出于好意。接着格斯和我就再玩一个小时的纸牌，不带她们两个。

格斯问我对汽车感不感兴趣，我说不感兴趣。他问我对人感不感兴趣，我说我基本上只对人感兴趣，于是他就给我讲他客户的故事。有时他会说，你听听这样一个人，然后开始给我讲，比如有个寡妇的汽化器坏了，她有三个儿子，而实际上小儿子不是她亲生的——那是她丈夫生前和她妹妹的孩子——尽管如此，她还是最爱小儿子。他还给我讲一位牧师，开的是淡蓝色软制动的别克车，他的女朋友每星期三四点钟都会站在格斯的汽车修理店那条街的对面，而且总假装他们是在街上偶遇。我说我觉得这样的话可能那个人不是个牧师。格斯说，他是个男人，小家伙。你是想让我告诉你他不是个牧师么？我告诉他我更愿意听到事情的真相，格斯说我不应该认为事实都是丑陋的。

有一次，他问我多大了，我说快十六岁了，格斯听后用两只手捂住了脸。当他再次看向我的时候，他拿起我的手，掌心向上。让我看看你的未来吧，他说，你不会一辈子都在美容美发店工作。你会在四处遇到一些男孩。他假装看得非常仔细，鼻子都快贴到我的手掌了。我的每条掌纹都能感觉到他的气息。没有我想象的那么多，他说，但是男孩都头脑简单，因此我们这个群体学东西很慢，也就没人觉得奇怪了。然后你会遇到一个很棒的人，一个光明磊落的人，一个疯狂爱你的人，你就会知道，就是他了。

我把另一只手掌也翻过来，让他看看还能看出什么。嗯，他说，你知道他就是那个人，因为当他说他会为你做任何事的时候，他是认真的。别轻信那些大大的红心和鲜花，像演电影一样，都是狗屁！噢，抱歉……但你想要的男人应该是这样的——他夜里去帮你买药，甚至是顶着暴雪，甚至过了二十年依然如此。你想要的这个男人，他每天都能向你证明他有多爱你，他会铲平院里的人行道，帮你拿杂货。不是光动动嘴就行的，伊娃。你肯定是见过我爸爸了，我说。

在回家的路上，爱丽思蜷缩在后座上，格斯会问我关于贝亚和卡妮还有在贝拉多娜的事，他还会跟我谈谈大学的事。有一次他跟爱丽思说："你不觉得伊娃应该上大学吗，她这么聪明。"爱丽思说完全随我的便。

我们最后一次去他家的那晚，芮妮和爱丽思在后院待了很久。格斯再次放下一手获胜的牌，告诉我我已经落后一千分了。他问我想不想来点啤酒，我笑了。他说他们对待我的方式就像对待大人一样。为什么我得承受所有的不幸却享受不到快乐呢？我们分完了一罐啤酒，接着他打了个哈欠，让我去叫爱丽思，他好送我们回家。

我来到后院。那是个完美的春宵。空气刚刚转暖，我可以只穿着衬衫和蓝色牛仔裤站在外面，在潮湿的草地上感受徐徐清风。即使在夜里，都能从上到下看见满眼的绿色。我没看到爱丽思和芮妮，我也不想大声叫她们，因为隔壁的人家里有个小宝宝。我在黄杨树附近沿着院子边缘慢慢地爬，就像小时候假装印第安人一样。这时，在院子里最黑暗的角落，我看到她们的身体叠在一起。街灯照射着草地上芮妮白色的发带。它照射着爱丽思白色的袜子和芮妮白色的胸罩。芮妮肯定看到了我在爬，因为她尖叫了一声，后来又捂住了嘴。

"嘿，"爱丽思说，"别被我们绊倒了。"

"哦，"我说，"格斯想送我们回家。他累了。"

爱丽思在车后座躺下，她说她肚子要疼死了。格斯和我谈论着棒球，我们都觉得它比其他体育项目有意思。他告诉我他看过女子职业棒球联赛，他还说男人们回家以后她们只能停赛，这是我们的损失。我看到格斯握着方向盘的粗壮的手腕，还有脏兮兮的指甲。他抽着烟，我们聊到战争，他受伤的腿，还有我上大学的事。他说他的腿伤怨不得任何人，但是如果我不去上大学，他就认为是我爸爸和我姐姐的错。我说这件事他们完全听我的。他说他知道，也欣赏我的态度，但是我错了。

我们穿越路灯照射的中颈路时，我回头去看爱丽思。她用双臂抱住自己，侧身躺着。她看着我，竖起一根手指，放在嘴唇上。她哭了，她哭得那么厉害，整个衬衫都湿了，手里紧紧握着芮妮的发带。

来自爱丽思的信（未寄出）

英国，伦敦，南肯[1]
1947 年 3 月

亲爱的伊娃：

你可能以为在长岛这个地方，很难把一个人从他平日的生活中分离出来，送到另外一个地方去。至少这样做很别扭。你曾经在吃早餐时大声朗读过那篇关于埃齐奥·平扎[2]的文章，那位著名歌剧演唱家，抒情男低音。而他成名以前，人们只知道他嗓音动听，还有他前妻状告大都会歌剧院的一位女高音破坏他们的夫妻感情。据你和《时代》杂志所说，他和另外一个美国女孩（不是挑拨感情的那位）结了婚，生了个女儿。那篇文章说他被关在埃利斯岛两个月，获释后立即重返歌剧演唱舞台。这就让我不能理解了。那个人一天牢也没坐过。他甚至没有被逮捕。他只是离开了两个月而已。你知道吗？在战争快结束的时候，埃齐奥·平扎还为巴顿将军、杜立德将军和那个下令逮捕他的人演唱了《星条旗之歌》。这也是拜《时代》杂志所赐。

---

1. 南肯辛顿。
2. 埃齐奥·平扎（1892—1957），纽约大都会歌剧院的意大利裔当家男低音。

我内心充满了恐惧，我以为我会吐在公共汽车上。我走过火车站，尽可能和它保持足够的距离。我总是在城市尽头遇到熟人。我包里有一把一角硬币。我在话筒上垫了块手绢。一个男人接起了电话，我以为他的声音听起来肯定和 J. 埃德加·胡佛[1]一样，嗓音高亢却平淡。我挂断电话五分钟以后就想不起来那位探员的名字了。我自己打电话之前也编了一个身份。我是从康涅狄格州哈特福德来的一位单身女士，看望在大颈的朋友。我在银行工作。我告诉那个人格斯·海特曼大概，可能，是个德国间谍。我说战争时期每个人都应尽点责任。我的声音颤抖着，就好像我正在火车上打电话。我说希望我做的是对的。那个人没有说，你这个撒谎的贱人。他说我是在尽我的责任。他重复了格斯的名字和他汽车修理店的地址，并且感谢了我，两次。我此时汗如雨下，仿佛一个妓女走进了教堂。我用我妈妈给我的蓝色蕾丝手帕擦了擦脸，并把它丢在了火车站的垃圾桶里。

　　我知道如果世上真有上帝，那我肯定会为此受到无法想象的惩罚。我的人生会像中世纪的画作上画的那样，畸形的魔鬼从脑子里爬出来，从人们身上爬过去，他们拿着黑色的小叉子，还露出尖利的银色尾巴。我只能说我还没有准备好。但对芮妮的爱已经让我失去理智。我对露丝的感情是欲望（虽然也共同度过些美好时刻，但是依然，只是欲望），

---

1. 约翰·埃德加·胡佛（1895—1972），美国联邦调查局第一任局长，著名政治家、特工。

而我对芮妮的感情却胜过前者百万倍。我会在街上跳舞，在浴室唱歌。走进空荡荡的厨房，我的心会怦怦直跳，如果发现了芮妮的字条，上面用学生一样的字体写着她提早回家了，或者和埃德加一起去杂货店了，我会跌跌撞撞走到水槽边，哭得仿佛我的生命只剩下两个礼拜了。每天早上，走去托雷利家之前，我要试三四套衣服。我用了弗朗西斯科推荐的所有面膜，有时一次用三个，并且在胳膊上用磨砂盐，做我以前在好莱坞做过的练习，一边做，一边唱埃德加的老歌，因为我知道说不定有一天，芮妮会看到我，爱上我，为我而颠覆她的生活。

　　我其实什么也不知道。我看着芮妮和格斯在一起，相敬如宾，温存相依，有时我鄙视他们两个，而大多数时候我只是鄙视我自己。当格斯逗芮妮开心的时候我忧心忡忡，尤其是有一天晚上他把她的一条围巾绑在自己头上模仿朱迪·卡诺瓦[1]，我真希望芮妮觉得他是个傻子。你倒是笑得前仰后合。当他给芮妮泡好茶或者走过的时候拍下她的肩膀，我都心里一紧。我在脑海中不停想象着和一只邪恶的猛兽展开殊死搏斗。他有他的力量，而我有我的真爱，我会像大卫打败歌利亚那样打败他。糟糕的是，格斯并不是猛兽，过了一段时间，我发现那是他的计谋。他聪明地表现出和善、得体的一面，这样她就永远也不会意识到他像落基山脉一样横亘在我们俩之间。我让你去把格斯引开，这样我才能足够靠近她，在他们黑暗的后院里向她示爱。我得道高一丈。我挑逗格斯，向他暗示一个像他这样能干又智慧的人应该开辟一番更

---

1. 朱迪·卡诺瓦（1913—1983），美国喜剧女演员、歌手、电台主持人。

广阔的天地。接着我由衷地贬低芮妮，说她可能配不上像他这样优秀的顾客。而格斯只说了句，别拿我开涮了。你可还记得，有一个早晨，你起得很早，给我做了香蕉馅的法国吐司，问我是否一切都好。我说我很好，你握住我的手说，如果我要死了，应该告诉你，因为如果那样的话你会有很多事情要做。我的确吃了那个法国吐司。我希望我吃了。

后来我在厨房里找到了芮妮。计谋失败了，引诱也不奏效，我只能坐在地上，用胳膊搂住她的膝盖。最后她把我拉起来。（我能说什么呢？我又不是男人，所以我没法单膝跪地，但我的确认为那个时候应该摆个绝望的造型。我当然感到很绝望。）我趴在芮妮的腿上痛哭，然后靠在她的肩膀上。我想要送给她一枚珍珠戒指，是麦迪逊大街卢茨曼那家店的。芮妮把戒指盒放回我的口袋。她向后退了几步。我恳求芮妮把盒子打开，而当她终于打开后，那双美丽的棕色眼睛里盈满了泪水。"我不傻，"她说，"我知道这是什么意思。"我把珍珠戒指戴在她手上，她却把它摘掉了。她站在那里，擦了擦眼睛，看上去理智又和善，仿佛从来没哭过。"我能说什么呢？算了吧，爱丽思，你不能送我戒指。"我把戒指带回卢茨曼退掉，两周没和芮妮说话。

我失败了，比在好莱坞败得还惨。不过从另一个角度看，她至少曾经为我哭过。

每天，我都用我的孤独和心碎来威胁她，因为我们失去了我们本来可以拥有的一切。并且我要很抱歉地说，我曾高调说起我要自杀（我觉得我能看到你听到这句话脸上厌恶和惊讶的表情），这时可怜的芮妮提出来要去别的地方工作。我有时为了阴暗的快感会把芮妮惹哭，感觉就像把手按在别人的伤口上，然后我祈求她的原谅，我也得到了原谅。（"我知道，"芮妮说，"没关系，我知道原因。"）埃德加有时在托雷利家里会遇到我，向我转动着眼珠。

最后，终于，我们在一起了。我走到她跟前，将嘴唇压在她脖颈后面，就是黑色卷发扎起来的地方，以前只要有机会我就会这么做。而这次她转过身来，面对着我，并没有躲开。我们之间的那道大门砰然开启了。托雷利一家都去做弥撒了，于是我们就霸占了客房。那是只属于我们的时光。整个一周，我们耳语着，在厨房里，在玫瑰花园里。她说她爱我。她说她全心全意地爱我，当我们相互拥抱时她觉得她的生命终于开始了。她说她不会背弃她的结婚誓言和想要一个宝宝的愿望。她说她发过誓，不是对格斯，而是对上帝。我吻了她，因为她从来没有说过她爱格斯。她说她会爱我，只有我，至死不渝。我说我能理解，因为我确实理解。我说我也会永远爱她，我会永远在她身旁。我们两人都躺在客房的地上，哭得死去活来。

我打完电话以后，又在火车站附近待了一会，然后开始往家走，等候开往中颈路的公共汽车。那是个温暖的五月夜，人们庆幸夏天将近。家家户户开着前门。男人们只穿着衬衫，抽着烟，喝着咖啡，读着报纸。女人们扎着围裙，洗着餐具。家家开着收音机。

爱丽思

来自格斯的信

美国

1943 年 5 月 20 日

亲爱的伊娃，我的美国佬小朋友：

五月四号，我正在检查米莉·布朗的汽化器，因为没什么生意，我让史迪奇下午休息。本来应该是他来店里的，却来了三个穿着夹克扎着领带的人，还带着机枪。唉，孩子，我当时真不知道该上厕所还是该晕过去。他们把店里砸了个稀巴烂，包括一些艳照杂志（我能说什么呢——芮妮不让我把那玩意带回家，我就照做了），他们把我所有的账单看了一遍，桌子上的东西统统扔到地上。他们还向我的工具发起了进攻，就好像我的月牙扳手能变成纳粹喷火器一样。而我被戴着手铐，坐在凳子上。

我不记得我到底说了什么，但你可以认为我非常激动。我实在感到莫名其妙，声调都变了。我说，我能为你们做什么吗，伙计？但里面最高大的一个人朝我的肚子打了一拳，把我撂倒在地上，差不多快把我的脸塞到地里面去了。然后他把我放回到凳子上。基本就是这样。

你为什么没入伍？里面的小个子对我说。

可能是因为这个，我说着，拉起裤管，给他们看我的左腿。我说我自打会走路开始就一瘸一拐。我说刚才被胖揍一顿也没什么用，但是他们没必要自责——因为造成我腿瘸的真正元凶是小儿麻痹症，也有可能怪我妈妈，因为她不太注意卫生。这点不太像德国人，我说。

接着，我就被其中两个混账带到车上。他们整日整夜地轮流开车。不管我们是在哪，路面倒是出奇的平坦。后来，我在监狱里被关了两天。没有人对我说任何话。再后来，听证会上来了四个新面孔，他们的打扮和把我拽出汽修店的人一样，但是没看见他们带武器。那里有两面美国国旗，不然我还以为我可能已经离开美国了呢。他们身后的牌子上写着"美国司法部"。我告诉你，如果有朝一日你走进了挂着这个牌子的房间，那你应该拔腿就跑，切莫回头。

我和那四个人开始交涉。他们问我和标准石油公司是什么关系，我说我为他们工作了一年，1934年。他们又问，我自己开店的钱是哪来的，我告诉他们我把吉比·施密特的股份买下来了。说这句话就好像在教堂里放屁，又是个德国名字——现在这算得上是合谋了。那你妻子呢？其中一个混蛋说。我告诉他们芮妮爸爸那边有意大利和美国血统，而她已故的妈妈是爱尔兰人——现在我们开始研究起芮妮的基因库了。我提到她父亲曾经是美国一战英雄，而她哥哥是个牧师。我说她父亲的荣誉勋章应该能抵消她那天生不可信的意大利腔调。随后我们又回到了为什么我有时夜里工作和我有什么样的短波收音机的问题上。他们始终不告诉我是谁揭发的我。只告诉我各处体面的美国人都睁大眼睛，竖起耳朵，抵御对美国的威胁，尤其是来自境内的威胁。

我告诉他们，如果他们认为一个又胖又瘸的有德国姓氏的修理工能对美国造成威胁，我得比先前日本袭击我们的时候更为这个国家担忧了。（以后我再给你讲这个监狱里的日本人。他们会种花，男人们会摔跤。你要是没见过日本佬把一个两百磅的巴伐利亚[1]人踢飞出去，让他面朝下摔在帆布上，那你都不算在这世上活过。我们这里见过好几次了。）

看来1798年通过的《敌侨法案》[2]还是很重要的。我上学时应该好好学的。你可能会问自己，1798年的时候，除了一些印第安人，到底谁是我们的敌人呢？但我一句话也没说。坐在桌前的那个老家伙告诉我，根据外来敌人管控计划的规定，他们可以给我两个选择：要么呆在北达科他州[3]俾斯麦市美丽的林肯堡，要么被遣送回德国。有个人一直说，回德国去吧。我告诉他我从来没去过德国，我父亲在家不说德语，因为他想让我们成为真正的美国人。我告诉他们我知道的德语——"闭嘴，孩子们听着呢"和"让我给你点颜色，保证你永生难忘"。那个老头轻轻摇了摇头，意思好像是我这么不学无术实在太糟糕了，但是中间那个人突然将手放低，跟要敲法槌似的说，海特曼先生，此时此刻，你应该在林肯堡居住，享受山姆大叔的热情好客，让我们

---

1. 德国面积最大的联邦州。
2. 1798年美国颁布的关于外国侨民与惩治煽动叛乱的《敌侨法案》，授予总统将任何他认为对美国利益有威胁的外侨驱逐出境的权力。该法于1801年废止。
3. 美国中西部的一个州，是大草原里最北的一个州。

来保卫美国的安全。

你了解我。我喜欢沉思。我花了很长时间思考这件事是谁干的，有朝一日等我出去我该怎么对付他。我想我可能是被路易斯·林格告发的，他是城市边上的一个汽车修理工。那个斜眼的小混账从来都不喜欢我。而我恰巧夺走了他的几个客户，因为他的修理店就像个该死的猪圈一样。晚上，我脑中浮现出路易斯·林格的画面，和他那个硕大的老婆躺在床上。玛丽·林格穿着粉色睡衣，看上去软绵绵的，脖子那有道褶，透过睡衣能看到她的乳头。她那像布娃娃一样的嘴唇上涂着亮红色口红。我把林格从床上拽下来，照着下巴给他一拳。他倒了下去，但是我又把他拉起来，然后我朝他肚子又来一拳。玛丽跪在床上，红嘴唇一开一合，像条红鳟鱼。我把他了结掉，让他躺在卧室地上，他老婆哭着求我放过她。我还想到更多，但是你一直是个充满想象力的女孩，所以我就不讲了。

希望你在"洗剪吹"过得一切都好。帮我跟热辣的墨西哥美女问好，就是迪亚戈家的姑娘们。如果你能收到这封信，看到芮妮的时候帮我告诉她我很抱歉，告诉她我祝她好运。

格斯·海特曼

PART 2

1943—1945

　　　天 涯 何 处 无 芳 草

　　克拉拉·威廉姆斯这个人特别讨厌开普夜总会的换场时间。半个小时当中她一直在出汗，一直得调整妆容。而她的白癜风每晚都犯。她在乱糟糟的化妆间喝了一大杯水和一杯蜂蜜热茶，在栏杆上坐了没两分钟就又要上台了。她的确注意到，当把自己化妆成白人的时候，整个人从上到下都显得更加保守了：涂着淡粉色的口红，戴着珍珠耳环，唱着儿歌。她最近演出机会不多。自从开始打仗，人们相互之间的戒备心更强了。黑人和白人看到黑色皮肤的白人时都要多看几眼，看到中国人和日本人或者说话带口音的人也一样。而在以前，如果你对天发誓说你是白人，别人就把你当作白人。而如果你说你是黑人，人们当然就把你当作黑人。克拉拉想如果经常把自己打扮成白种女人会显得太贪心，但她时不时地又心里发痒，想扮成桃乐丝·黛[1]，需要的粉色紧身连衣裙和白手套她都有。在雷诺，她曾经扮了一个礼拜的桃乐

---

1. 桃乐丝·黛（1922—），美国歌手、演员。美国历来最受欢迎的女歌手之一，也有20世纪50年代至60年代的电影"票房皇后"之称。

丝·戴，身后跟着白人四重奏组合。

组合里有个喇叭手，能吹一整晚的喇叭，但她其实并不是个男人。从来没有人跟她的老婆或者三个儿子（克拉拉曾经对那三个高大威猛的男孩感到好奇）——提起过，她其实是个胖嘟嘟长相甜美的女孩，并且觉得如果自己不是女人会更有前途。当整个晚上乐队的节奏都比自己慢半拍时，克拉拉就想象她要在喇叭手那张圆脸上涂满口红，或者把她的背头拉到前面剪成个公主头，以此来泄愤。只要一个动作，她就再也当不成他了。

当克拉拉把脸画完，把白癜风形成的一块块白色的海洋和水湾填补得越来越小，最终变成和自己真实肤色一样的棕色岛屿，让人无法怀疑她扮演的不是黑人——黝黑又弯曲的眉毛，红宝石一样鲜红的口红凸显出她苍白的嘴唇上的纹路，还有她的鼻子。如果想扮成白人，那她的轮廓无疑是个挑战，因为她长了个黑人鼻子；当她画成黑人时，她有时又会往鼻梁两侧涂点淡棕色面霜来把它拓宽，以防有人注意不到。克拉拉明白，种族不只是外表的问题，但是关系到外表。就像鲁道夫·瓦伦蒂诺[1]的鼻子。哪里有人会不注意到他的大鼻子呢？克拉拉注意到仪表堂堂的白种男人都长着那样的鼻子，从费城到波士顿。她看到纽约的意大利人有一半长着这样的鼻子。她在一个接着一个的新闻短片里看到，几乎每一个帅气的非白人王牌飞行员都长这样的鼻子。鼻骨弯成的弧形和鹰嘴一样的鼻尖。人们怎么能看不出来这都是一样的鼻子呢？有可能

---

1. 鲁道夫·瓦伦蒂诺（1895—1926），美国著名男演员，默片时代最为风靡的银幕情人。

他们的下面也长得一样。克拉拉认识一个女孩，她曾经在好莱坞见过埃罗尔·弗林[1]，她说他的下面还没有你的食指长，但是像圆饼干一样粗。克拉拉听说很多意大利人和塔斯克吉飞行员也是这样。

纽约大颈
庞德路
1943 年 6 月 18 日

亲爱的威廉姆斯小姐：

我在开普夜总会度过了一晚后决定给您写信。我是在换场的时候给您买了杯史汀格鸡尾酒的家伙，但是鉴于您仰慕者众多，单单通过这样的描述您可能记不起来我是谁。您今晚的表演真是太精彩了。我想莉娜·霍恩[2]自己也会为您演唱的《暴风雪》[3]喝彩，还有您那个版本的《有这么一些事》[4]，真是美妙极了。我下周日还会去开普夜总会。如果可以，我还会在换场间歇给您买杯饮料。

仰慕您的埃德加·V. 阿克顿

---

1. 埃罗尔·弗林（1909—1959），演员、编剧。代表作有《侠盗罗宾汉》等。
2. 莉娜·霍恩（1917—2010），美国著名爵士女歌手。
3. 1943 年美国爵士歌舞片。
4. 1942 年美国流行歌曲，有包括弗兰克·辛纳屈等的众多翻唱版本。

这个字条埃德加写了十遍。他没有以"我是给您买饮料的白人"自称，因为可能还有其他白人在其他演出时段也给她买过饮料，虽然他没有看到。埃德加觉得这封信比他预想的更能给人一种乡土版吉福斯[1]的即视感。他此生从来没用过"家伙"这个词，但是他曾经在黑人夜总会当过服务员，他觉得这种傻气可能反倒成为他的王牌。

他没有想过开普夜总会里面是什么样子。恰好有个周六晚上他休息。（他几乎从来没有在周六休息过。周六晚上，托雷利一家通常会请二三十个亲戚来吃晚饭，埃德加要照看吧台，为牧师们服务，监督自助餐制作，还要开车送那些挨千刀的表兄弟回布朗克斯区[2]，因为他没能防住他们偷喝乔·托雷利的苏格兰威士忌。"打哪儿来回哪儿去。"乔·托雷利说。）大颈的爱尔兰酒吧都很简陋，毫无诱惑力。而曼哈顿就是一个大池塘，仅次于俄亥俄。他想找一个能听爵士乐的地方，一个没有人认识他也没有人想认识他的地方。可在开普夜总会里，埃德加也不是隐形的。他很出众，这不见得是什

---

1. 《吉福斯》是英国小说家 P.G. 伍德豪斯著名的系列小说。书中的主角是迷糊的英国绅士和他的聪明机灵、花样百出的男管家吉福斯。这个名字后常被用来比喻聪明男仆。
2. 纽约市下设五个郡之一，最北面的一个。

么好事。门卫是黑人，衣帽间里高挑丰满的女服务生是黑人，肩膀宽阔的秃头调酒师以及他周围所有的男男女女都是黑人。从前在温莎大学[1]，他经常是一屋子女人里唯一的男人，这种情况从来没有让他感到不安。作为唯一的男人没什么不好的，有时候反倒很迷人。好女人从来不对她们认识的男人感兴趣，即使有人感兴趣，她们也不过是女人，她们的武器也不过是语言。开普夜总会里则到处都是疲倦的女清洁工和为了生计努力工作的婴儿保姆，以及几个妓女，还有一些在脸上或者粗糙的手上有伤痕的男人；还有劳工，厨师，卡车司机，战士。埃德加在一个摇摇晃晃的桌子旁坐下来，十分钟后，一个服务员给他拿了一杯杜松子酒。他不情愿地把埃德加的杯子放下，直到埃德加给了他五美元让他收好，他才松手。当这些人的反应变得麻利了，就仿佛表明顾客可以享受他们的服务了。埃德加知道，他的第一反应是做出让步。如果他知道什么能让这些男人微笑，让这些女人宽恕他，他都会照做的。他可以在小小的舞台上穿着软底鞋跳踢踏舞，拿自己的口音和苍白的面孔打趣，显示自己对别人是完全没有害处的，这样他就能留在开普夜总会，和大家相安无事地度过这一夜。

---

1. 加拿大最南端的公立大学。

纽约大颈

庞德路

1943 年 7 月 1 日

亲爱的威廉姆斯小姐：

很高兴再次见到您。恐怕我可能打断了您与您的鼓手同事的交谈，对此我深表歉意。我很高兴您记得在银星饭店门口见到过我。我当然记得您。您能否考虑本周三晚上与我在吉诺饭店一起吃夜宵？我知道西塞罗先生是个忠实的爵士迷，我相信有您光顾他的饭店他一定倍感荣幸。

您的埃德加·V. 阿克顿

想要追求克拉拉这件事必定困难重重。他比她大将近二十岁。他是白人。他也没钱。即便按一个长岛的黑人爵士歌手的标准，他也不确定自己能不能满足条件。他思考了许久，如果他们结为伴侣，会在哪些地方比较受欢迎，他感觉格林尼治村[1]是首选。从开普夜总会的调酒师厄尔给他提供的信息判断，黑人区那里的几家夜总会可能勉强可以作为第二选择。

克拉拉，土生土长的美国人，可没想那么多。

---

1. 纽约市西区的一个地名，也叫西村。住在这里的多半是作家、艺术家等。

"你有自己的家吗？"她说。

　　他们沿着哈德森街漫步。那是个凉爽的夜晚，克拉拉裹着披肩。吉诺饭店的晚餐和他预期的一样。盘子里盛装满满的菜肴，番茄酱微辣且厚重，人们能想象出一个胖乎乎、心地善良的妇女，既不像埃德加的妈妈，可能也不像克拉拉的妈妈，在厨房的炖锅里一边搅拌着热酱，一边哼唱着那不勒斯的曲调。西塞罗先生并没有特意地欢迎他们，但是他看到克拉拉时没有竖起眉毛，并且给他们留了一个好位置。最后他还礼貌地说，晚安，小姐，晚安，先生。今晚是个巨大的成功。他们在众目睽睽下享受了服务，还受到了感谢。埃德加开车把克拉拉送回她的住处，她从鼓手的一个表亲那里租了一间屋子。他们坐在车里。埃德加打开收音机。

　　"像两个小孩。"克拉拉说。

　　"你，当然，是一朵迎春花，"埃德加说，"我应该带你去里兹饭店。"

　　克拉拉静静坐着。

　　"你以为里兹饭店离得更近，我就会让你带我去吗？"她说。

　　埃德加完全赞同。

　　"克拉拉，我对你来说太老了，而且我没什么钱。我总想只要我们有空，每个晚上都带你出来，我想带你去最好的俱乐部，去像吉诺饭店那样最棒的餐厅吃晚饭，但是以我当管家的薪水很难负担得起。如果我真这么做了，那我就得把托雷利家的银器偷来，去铺子里把它们当掉。除非我聪明过头，不然我恐怕余生只得吃牢饭了。"

"我能想到，"克拉拉说，"我能想到你服刑时跟狱友们锁在一条铁链上。我能想到你终日唱着《铁窗生涯》[1]。"

"我不会唱《铁窗生涯》。"埃德加说。

"你肯定会。"

"我可能得找一找调。"他说着，然后就唱了起来，以自己特有的嗓音，唱得还不错。

他如今进了监狱。他如今进了监狱。

我曾告诉他一两次别再打牌掷骰。

他如今进了监狱。

克拉拉笑着，摇着头。

埃德加说："唉，我就知道。我没法打动你。"

他身子前倾，亲吻了克拉拉的脖子和脸颊。

他想把她化的妆都舔掉，去亲吻妆容下面那完美、纯粹的克拉拉。

克拉拉觉得如果他能这样做就好了；如果他真的这样做，那将会是一股清凉的水流，浇注在她红肿疼痛的心上。

---

1. 美国 20 世纪早期经典布鲁斯歌曲。最广为流传的版本由传奇歌手吉米·罗杰斯（1897—1933）演唱。

Chapter 9　　**天 上 掉 馅 儿 饼**

　　在我看来，托雷利一家就像生活在童话里。我相信他们的房子比我们的要好很多，他们的家庭也比我们的稳固很多，因为他们都是比我们好很多的人。我妈妈和我都曾经是最糟糕的人，所以我们的家也是最破的家。我们当时住的是破旧的一楼，在一个破旧的两家合住的房子里。在我被遗弃在我爸爸家的门廊的那天，我感到我们曾经拥有的一切都是破烂的，而且本来就是便宜货，包括我的衣服和我这个人。在我爸爸的房子里，其实那本来是爱丽思的妈妈的房子，所有东西都很漂亮可爱。我爸爸其实算不上是个可爱的人，但是他的确把我们从好莱坞解救了出来，这是我的看法。

　　所有人都告诉我，爱丽思的妈妈夏洛蒂，是个特别好的人。我想她的完美可能弥补了我爸爸的缺点。我相信托雷利一家和我的家庭不一样，因为他们有灵魂。而且如果你把他们的灵魂晾在汽车房后面的晾衣绳上，一定能看到明亮、纯粹的白色随风飘动，闻起来有阳光的味道。托雷利夫人，在我看来，非常重视自己的母亲角色。她告诉芮妮自己的孩子喜欢吃什么，她给爱丽思讲他们的感受（"疯狂的想法"，她是这么形容的。但是依然能看出她很感兴趣），她告诉所有人托雷利先生消化道有问题，还遗传给了小乔伊，当鲍里小宝贝胖乎乎的脖子上起了紫色的丘疹，托雷利夫人第一时间就找费什坎德医生来家里为他治疗。她永远也不会把任何一个孩子抛弃在任何地方的任何一座房子的门廊上，永远不会。

托雷利先生偶尔会和我说说话，当我一大早去厨房里拿东西的时候，或者傍晚他从车库往家走的路上。有时他拍拍我的头说，小天才近来如何。有时他就开始自言自语，像我们和小狗说话那样，而我就跟在他后面，把他送到厨房门口，看他进去。

托雷利一家喜欢让孩子睡午觉，还喜欢佳看大餐。他们喜欢宽敞干净的车，干净的厨房，还有整洁的衣服，上面没有污渍，没有泪渍。只要我们能做好这些，他们就不来烦我们。（在格斯被带走以后，芮妮就放弃了"海特曼"这个姓，改回叫"隆巴尔多"。她也搬到了汽车房和我们一起住，我爸爸只说了句，瞧咱们，简直就是一幕"海边的小丑戏"。）托雷利夫人倒是和我说过，我们能让芮妮住进来很好，她说有一回吃早餐，芮妮吃着哈密瓜，鲍里小宝贝吃着米糊，到最后米糊几乎弄了她一身。"那个可怜的姑娘有点搞不清状况。"托雷利夫人说。

现在芮妮和爱丽思合住一间，爱丽思每周两次到城里去面试。（"我本来想告诉你的，"她说，"我跟了我妈妈的娘家姓——里尔登，但咱们依然是姐妹，这么做很常见。"）爱丽思去赶早班火车的时候，她让我接替她家庭教师的角色去照顾孩子们。我们会玩"地理竞赛"

和"间谍"游戏，这些游戏在我看来是很益智的。有时我们会表演我们自己版本的《小妇人》，其中贝思并没有死，而乔伊扮演马奇家的狗。对此，托雷利夫人毫不介意，她用白胖的手料理着家务，而我爸爸和芮妮的帮助也不可或缺。爱丽思把我陪孩子们的时间称作一种"课外补充"。现在女孩们都上学了，托雷利夫人白天就关注男孩子们。她让他们在花园里奔跑玩耍，直到全身又湿又脏，饿着肚子回来。我在家的时候，会给他们拿三明治和苹果汁。我想，只有芮妮会为爱丽思不在家而感到烦心。爱丽思邀请我们两个去看她演出。芮妮说："我没有时间去。我在工作。""我也是。"我说，从中我得到了一种邪恶的满足感，因为我让爱丽思知道了，现在我有比缝小金片和待在宾馆里等她更好的事情做。

现在爱丽思一次要离开两天了，而且越来越频繁。我就让托雷利家的孩子一个晚上排练，第二个晚上演出。我们演了《灰姑娘》，先让凯瑟琳演灰姑娘，再让玛丽演灰姑娘，每次乔伊都演横冲直撞的南瓜车。我们还演了缩略版的《暴风雨》[1]，基本上就是暴风雨和营救。玛丽演米兰达（"你是公主"），凯瑟琳演爱丽儿（"你是精灵。"我告诉她），乔伊演卡利班（"你把女孩们吓死了"），而鲍里小宝贝演普洛斯彼罗（我抱着他，他的台词由我说出来——去东布鲁克林的长途跋涉也不是全无用处），然后我让我爸爸、托雷利夫人和芮妮前来观摩。

---

1. 1928 年的一部美国电影，由约翰·巴里摩尔主演。

他们鼓了掌，托雷利夫人把孩子们带上楼。我爸爸说："有意思的实验。"然后就走回汽车房了。芮妮坐在厨房的餐桌旁掉眼泪。

"我再也见不到格斯了。"她说。

我说这可不一定呢。

"我永远也不会有孩子了。"她说。我觉得这可能是有史以来最短的哀悼了。

"你相信他是德国间谍吗？"芮妮说。

"你信吗？"我说。

芮妮用洗碗布擦了擦脸。"当然不信。他是个好人。"

我说我也这样认为。芮妮起身摘掉了围裙。

"你可以给政府写信，问问他的近况，"我说，"或者我可以。"

"我写过了，"她说，"这件事不像你想的那么简单，哪件事都不是。"

芮妮穿上外衣，端起一盘烩水果。那是她给我们做的，把一块块快变质的水果放在一起炖，再加入肉桂和白葡萄酒。爱丽思和我吃过好几碗。

"爱丽思很担心他。"芮妮说。

真有意思，我想。芮妮想要孩子，爱丽思想要芮妮，而在我看来唯一听到过格斯爽朗的笑声的人，想念他清晰的轮廓的人，想念他洗牌时粗壮娴熟、堪比赌场庄家的手的人，是我。

第二天早上，克拉拉·威廉姆斯让我吃了一惊。我爸爸把她介绍给我，就像在俄亥俄时他把我介绍给我姐姐一样。一谈到直系亲属，埃德加就只能使最直白的语言。"噢，伊娃，你起来了，真好。"爱丽思一直进进出出的。"这是我非常好的朋友克拉拉·威廉姆斯小姐。我们期待她能常来做客。"

克拉拉·威廉姆斯小姐，脸色暗淡地伸出她那只戴着浅蓝色麂皮手套的漂亮的手（手套的手腕处打了小褶，还镶了两颗蓝色珍珠扣，我妈妈要是看到这副手套准会发狂），我握住她的手，咕哝着。她笑了笑，左脸颊的酒窝像一角钱那么深。我还想让她再笑一笑。她已经坐下来，摘掉了手套。我看到了她的手，上面分布着白色的补丁还有白色小斑点。她说或许我应该留下来和她喝杯咖啡，如果我不是很忙的话。我倒了两杯。我爸爸穿上他的管家服，拍了拍我的肩膀，走到门口。

"为了上帝，为了国家，为了约瑟夫·托雷利。"说完，他就离开了。

克拉拉搅动着咖啡，然后拿着勺子坐在那里，勺子大概离桌面有一英寸的距离。

"对不起。"我说。我连忙拿了两张皱巴巴的亚麻布餐巾垫在下面，它们是我爸爸从托雷利家待洗的衣服堆里拿回来的（救回来的，他是这么说）。

"这不是很好嘛，"她说，"真好。"在东布鲁克林有一家我和我姐姐都很喜欢的意大利咖啡馆。为了犒劳自己，我们有时会点一杯阿芙佳朵，将热气腾腾的浓缩咖啡浇灌在香草冰激凌上，深色咖啡流入融化的乳白色液体里。就像她的皮肤那样。

"你上学吗？"她说。

我开始编瞎话，刚开始是暗示说我已经毕业，而最后却说到我在考虑去城市大学。

"你爸爸说你是聪明的那个。"

"不是漂亮的那个。"我说。我感觉受到了羞辱。

"哦，你可以假装很漂亮。"她说。

打那以后，克拉拉多数晚上都会来我们家，她就住在我爸爸的房间。早上，我会早点起来，看到浅蓝色的出租车来接她，看到她跑下楼，胳膊上搭一条裙子，手里提着巨大的鳄鱼皮化妆盒。我们三个从来没一起吃过饭，而我选择相信这是出于我爸爸的安排，而不是因为克拉拉对我不感冒。爱丽思说，对于克拉拉，我们只不过是等着被击倒的球瓶。我说我觉得克拉拉不是图他的钱。

我十六岁了。我习惯了爱丽思和芮妮在一起，习惯了快乐的托雷利一家，现在也习惯了我爸爸装做一个管家，不过当我看到托雷利先生吩咐他去把车开过来，他把头低下去的样子，虽然只有一英寸，却依然让我很反感。而克拉拉·威廉姆斯对我来说简直是个超凡脱俗的人。我对她那古怪又光滑的皮肤和冷静的举止如此着迷，还被她的声音迷得神魂颠倒，这让我自己都觉得尴尬。我爸爸真幸运。

我们都破产了，但是我的情况更糟糕。我非常小心地从大家打开的钱包里拿出钱来。芮妮在她那个破旧的黑色零钱包里放了几个25分硬币。爱丽思现在重返舞台，所以她总是有些零钱。她演过"爱尔兰女仆"，"初进社交圈的女二号"，"傻乎乎的女售货员"，每晚在百老汇的舞台上或百老汇附近演出。爱丽思很努力，不只是在台上。她告诉我她必须得拍经纪人和舞台总监的马屁。当演出结束所有演员一起出去庆祝的时候，买饮料得自掏腰包，这时你如果往钱罐里多放一块钱，会让大家更喜欢你。她说她每天坚持做练习，而且她在学习舞蹈，还报了个表演班。她说她的嗓音是一件乐器，她的身体也是一件乐器。"我的屁股就是一把斯特拉迪瓦里斯[1]小提琴。"她说。

我只是想开始我自己的生活，没有亲戚的生活。午餐时间，我准时出现在贝亚和卡妮家，多数时候是这样。她们也对克拉拉很感兴趣：她真的是黑人吗，她往皮肤上涂的是什么东西，她是什么类型的歌手，她会让白人给她做头发吗？我喜欢贝亚和卡妮认为我和克拉拉会坐在餐桌旁闲聊。弗朗西斯科则没空搭理我。他店里有一个骨瘦如柴，长着弗兰克·辛纳屈[2]头发的男孩打扫卫生，给顾客洗头发。还有两个理发师给他打工。他说他不需要我。他说虽然他很爱我，但是我最好还

---

1. 取名于意大利最伟大的小提琴制作家安东尼奥·斯特拉迪瓦里斯（1644—1737）的名字。
2. 弗兰克·辛纳屈（1915—1998），白人爵士歌王，20世纪最重要的流行音乐人物。

是给他的妹妹们打工。他帮我修剪了刘海，那个皮包骨的男孩在旁边看着，然后夸张地把地上的碎头发扫起来。我就这样回到了"贝拉多娜"。

贝亚和卡妮说我在店里表现非常好，我应该和她们一起去上门服务，多赚点零花钱。贝亚说我已经不是孩子了，得开始为将来做打算了。上门服务意味着要比在店里打扫得更仔细。我注意到，太太们很乐意让我用粘毛刷打扫她们的家具，给她们沏茶，倒垃圾，还有"好姑娘，不知道你介不介意，在我等头发晾干的时间帮我遛遛狗"。我开始拿一些我认为不会被注意到的小东西。我们上门服务的那些夫人很有钱，但还没有托雷利家那么有钱。香烟打火机会被注意到。胸针会被注意到。我拿了一罐花生，一双海军及膝袜。我还从一个男士雨衣口袋里拿了五块钱。我想，我这是在为将来做打算。

贝亚和卡妮花了几个星期的时间讨论是否应该带我去万道尔夫人家。万道尔夫人是她们的重要客户。她的第一个丈夫是匈牙利贵族（贝亚说的），他死于一战（要么就是死于法国的一次交通事故，卡妮说）。万道尔夫人逃离了匈牙利，来到了美国（只带了些衣服，贝亚说。也可能在内裤里缝了金币，卡妮说），然后嫁给了一个白俄罗斯人，结果他得了肺结核死了。现在她在东布鲁克林最好的楼房里拥有一间漂亮的公寓，并且她是她们最喜欢的顾客，没有之一。

我已经是个不错的助理了。我觉得这一点也不奇怪，但是卡妮说恰恰相反。"你不会想着十年以后还打扫成堆的头发，用抹布擦水槽，或者把别人脸上沾的染发剂擦掉，对吧？你不会想着永远只干这个，对吧？"我说我没有。（我对未来的憧憬就像我看过的关于古老西部的画作一样，神秘，严肃，从各个角度远眺都极为壮美，而且只要有任何人出现都会有坏事发生。）"这就对了，"卡妮说，"我是说，最好的助理是像朵拉的女儿吉米那样，她想要当助理。想要当。你有看到她把地上的每根头发扫走以后是多么兴奋吗？"我看到了。我扫地是为了讨表扬，为了在弗朗西斯科顺路来访的时候给我一个不太显眼的赞许的表情，为了来吃午饭，为了赚一美元，还为了餐桌旁有我的位置。我可不是为了从做好一份工作中得到满足感才扫地的。

吉米是我们的吉祥物。她患有轻微的弱视，导致动作有点慢。我从没见过哪个人对她不友好。当吉米在店里的时候，卡妮会特意说点关于修女或者修道院的好话，还有修女们过得多快乐。贝亚说修道院听起来是个生活的好地方。最后，吉米嫁得很好，即便她有双弱视眼。她嫁给了一个比她大很多的人，有自己的生意，没有孩子，然后他们搬去阿斯托里亚 [1]。后来她妈妈犯了心脏病，于是也搬到那边和他们一起住。卡妮跟我说："看到了吧？世事难料。"

她们可没有把吉米的喜好带到万道尔夫人那里。她们俩都不想打扫卫生。她们喜欢和万道尔夫人一起度过下午时光。我想万道尔夫人是她们认为唯一比自己更世俗、更国际化的女人。她们一起看报纸上的照片，有社交名媛和她们的希腊花花公子，有站在意大利避暑别墅前或是罗德岛 [2] 高端房产前头戴皇冠的女人，还有倚靠骏马或者跑车、

---

1. 美国纽约市的一处居民区，在皇后区内。
2. 美国东北海岸州名，美国富豪们的度假胜地。

姓氏一长串的男人们。对这些我从未听她们有过任何嫉妒或挖苦之声。她们喜欢思考名人们做出判断时犯下的错误，她们对左邻右舍、我的家人及她们自己的家人也是如此。她们经常说，我现在也经常这样说，钱与品位不可兼得，太糟糕了。她们说，我成年以后也可以每天这样说："亲爱的，上帝不会什么都给你的。"

万道尔夫人的公寓之于我所看到的所有房子，就像杰奎琳·肯尼迪[1]之于所有在她以前的第一夫人一样。房间清新别致，但是柔和又有安全感。一旦你走进这间公寓，你就会了解，你家里的陈设全都不对，而且你那天早上还穿错了衣服。谁要是说万道尔夫人不是个异常可爱的人，那我是绝对不能同意的（即使她走进来时拖着一个流着血的尸体，并且继续把它踢得面目全非。况且她没有）。她个子很高，肤色白皙，身材富态，并不瘦（如果我没欣赏过明星，我会说她看起来像只苍白的骆驼），穿着长长的灰色丝绸睡衣，最上面的扣子没有系，里面是一件长款白色缎子衬衫。（对此我实在想不通——我想了好几天。那是件内衣吗？不过它是缎子的。她还会在哪里穿它呢？她是只有在家的时候才穿它吗，就像我妈妈以前那样，在某些礼拜天早上，穿一件全棉的居家服等着迎接我爸爸？）

贝亚和卡妮向她介绍说我是她们的侄女，万道尔夫人说："别开玩笑了——她才不是你们的亲戚。她是个苏格兰-爱尔兰人和俄罗斯人的混血。"贝亚和卡妮看着我，我耸了耸肩。万道尔夫人给我们沏了茶，

---

1. 杰奎琳·肯尼迪（1929—1994），美国第 35 任总统约翰·肯尼迪的夫人。

倒在茶杯里，但我既不敢拿杯子也不敢喝茶。我尽量让嘴唇盖住牙齿，这样我就不会不小心咬到瓷器。卡妮盯着我。我把茶杯放下，茶杯碰到茶碟，发出格格声。然后我拿起了一块姜味饼干（带柠檬奶油夹心），感觉它仿佛救了我一命。

卡妮把万道尔夫人的银发染成灰金色，然后贝亚帮她做了手部和脚部护理。万道尔夫人一直闭着眼睛，直到她们全部做完。我提出清洗茶具，清空垃圾筐，万道尔夫人闭着眼睛说，她不会把干这样的活当成一种习惯，人确实希望自己有用，但不是非那样不可。最后她给了我两美元，和一个邦威特 [1] 的袋子，里面装着书。

"书中自有黄金屋。"她说。她送给贝亚和卡妮每人一条厚重的法国丝绸围巾，红色的给贝亚，翡翠绿的给卡妮，走到门口时，她说："亲爱的，我要出去旅行一趟。我们圣诞节之前再见吧。"（我们不会再见了。）

整个回家的路上，贝亚和卡妮都谈论着她要去哪里，为什么去，和谁去。我从包里拿出《青楼艳妓》[2] 开始读，在去大颈的火车上读，去庞德路的公交车上也在读。

那天晚上，我走进托雷利家的厨房吃零食，差点被我爸爸绊倒，

---

1. 美国老牌百货店。
2. 即《巴特菲尔德八号》，1960 年美国电影，由著名影星伊丽莎白·泰勒主演。

他当时在喝咖啡。我爸爸和我几乎没有独处过。芮妮和爱丽思是一对。我爸爸和克拉拉是一对。我呢，对于大家，也包括我自己，是个局外人。

"你好，局外人，"他说。

他问我对爱丽思和她的朋友芮妮有什么想法，我说："没什么想法。"

"她们看起来彼此很喜欢。"他说。

我说那当然，好像还翻了下白眼，只是为向我爸爸表明我可不像爱丽思那么傻，总是轻易地失去理智，尤其是对女孩。我爸爸笑了。他说你知道奥斯卡·王尔德[1]曾经说过——女人是用来爱的，而不是用来理解的。这话对她们两都适用。我点了点头，虽然我也会成为女人，但我觉得我更希望别人认为他们应该理解我。

"你包里是什么？"他问道。我给他看了里面的书。看到《青楼艳妓》的时候，他吹了吹口哨，问我觉不觉得下流。我说我觉得很悲伤。我能看出来他对我的回答很满意。我希望他能继续问我关于其他书的看法，而且我能想出深刻而又有趣的答案。

"你知道我喜欢读什么书，"他说，"咱们当时在东边长途跋涉的时候读的那些'小蓝书'。有上千本。正如菲尼亚斯·T.巴纳姆[2]所说，所有人都能读。"

爸爸把他的杯子洗干净并且擦干。我们在黑夜中回到汽车房。他

---

1. 奥斯卡·王尔德（1854—1900），19世纪最伟大的作家、艺术家之一，唯美主义代表人物。
2. 菲尼亚斯·泰勒·巴纳姆（1810—1891），美国马戏团经纪人兼演员。

伸出手，防止连翘的树枝划伤我的脸。

每当我需要回忆我爸爸，或者想要感受他的爱，我都会记得在阿宾顿他和我在我的卧室里跳舞的情形，那时我妈妈还没有把我丢弃在他的门廊上。我会想到他领我穿过连翘树丛，在汽车房门前，用手指把我脸上的飞蛾扇走。

我们的汽车房没什么不好。它虽然不及我爸爸在温莎的房子那么华美，但是它实用而且低调。里面所有的东西都有用。有点磨损，大部分是棕色，没什么搭配可言，更没有蕾丝或者绣花。我爸爸和我坐在我们的客厅里，他把夹克挂起来，换上拖鞋，然后把万道尔夫人给的包里的所有书都拿出来：罗伯特·本奇利、多罗茜·帕克、S.J. 佩雷尔曼，还有约翰·奥哈拉以及薇拉·凯瑟[1]的《啊，拓荒者！》。包里最下面是一沓旧的纸牌，背面是绿色格子图案和各种图画。

"塔罗牌，"我爸爸说，"宇宙的秘密。上帝帮助我们。"我并不反对了解宇宙的秘密。我爸爸把最上面的两张牌扔到桌子上：圣杯皇后，那是一个面容冷酷的金发女子，身着白长裙，头戴花岗岩王冠；恋人，上面画着一个长着翅膀头发燃烧的神灵，在他下面亚当和夏娃牵着手。爸爸又扔下三张牌，分别是一个男人坐在床上哭泣，旁边悬着平行的九把剑，一个小矮人站在一张巨大的印着星星的钱币上，还有由十个金杯组成的一道彩虹。我爸爸轻蔑地哼了一声。"从这个女人的藏书来看，我可没法相信她。"他说，"真可怕。"

---

1. 作者所列举的一系列人名，均是 20 世纪早中期美国最优秀的小说家。

第二天早上，我发现门外放着一盒大概三十本的"小蓝书"，附的纸条上写着"自学"。

《进化史》、《约翰·济慈[1]诗歌集》、《自我暗示原理》、《法语自学》（布满了铅笔笔记）、《每个已婚男人应该知道的》、《每个已婚女人应该知道的》、《如何制作各种糖果》、《精神分析——了解人类行为的钥匙》、《日本谚语》、《中国谚语》、《意大利谚语》、《俄罗斯谚语》、《阿拉伯谚语》、《契诃夫短篇小说》。而在另外十几本下面放着《塔罗牌释义介绍》。

纸牌一套七十八张，附有一张小小的褪了色的说明小册子。每幅画都讲述了一个故事。这些故事很吸引我。偶尔，画面很欢乐，比如一个玩杂耍的人手拿硕大的钱币跳来跳去，一个全身赤裸的女子将圣水瓶里的水倒进闪闪发光的水池。但是更多的时候，是死神骑着大白马，烈犬对着蹙眉的月亮吠叫，闪电击中冷峻的高塔，迸射出火花。

我开始爱上高塔这张牌了。不像其他七十七张牌，它们的释义总可以逆转，逆位的时候至少是没有意义。但是高塔始终是高塔，正位表示灾难，逆位表示濒临灾难。当我读到这张牌和其他引申释义时，

---

1. 约翰·济慈（1795—1821），英国杰出的诗人作家，浪漫派的主要成员。

能把我的顾客们吓得魂不附体。最后我选择把它收起来。塔罗牌没有梅花、黑桃、红桃和方块，取而代之的是权杖、圣杯、五芒星（钱币）和宝剑。你能用它们来代表四季和四要素：灵魂、身体、意志和心灵。你能用它们来代表人们想要听到的任何四个东西。

我把牌和说明册带到美容院，问贝亚和卡妮我能否在她们的店里摆摊。贝亚和卡妮都是崇尚经营事业的人，而且因为——如贝亚所说——我不像是那种短期内能嫁个成功的丈夫或者有钱的情郎的姑娘，她们就在等候区给我安排了一张牌桌。她们俩都不了解塔罗牌，但她们都把牌翻了一遍（贝亚迅速在胸前画了个十字），等她们检查完纸牌，确定里面没有什么与"贝拉多娜"的高品位不相符的东西，她们就已经给我制定好规矩了：每次读牌十分钟，因为我们得保持客流量，除非店里客流放缓，那样我可以延长时间。（我对此没问题。我觉得我的那套把戏也超不过十分钟。）每次读牌一美元。（贝亚觉得可能五十美分更合适，但是卡妮说："嗬，难道现在要让她找零钱吗？"）最后她们同意，客人不为此付小费也可以。

"你会告诉他们坏消息吗？"卡妮问。我说我认为来点坏消息也是不可或缺的。卡妮说为了店里的生意着想，我最好别在店里说人家马上要死了或者顾客的孩子要遭遇什么不幸（不会有人觉得我有超能力）。我穿了一条裙子和女式衬衫，卡妮帮我做了头发，化了妆。（"不必到选美皇后那种程度，"她说，"只需要看上去比较迷人就可以了，因为你在我们店里。你代表我们。"贝亚说我需要表现出知道些特别的事，接着在我嘴边点了一颗美人痣。）

她们把我领到卢索夫人面前。卢索夫人的丈夫六年前离开了她，对此她一直难以释怀。她感觉自己到处都能见到他。她每个月报一次警，在过去的两个结婚纪念日当天，她试图自杀。贝亚想，如果有人肯给我一美元，那应该就是卢索夫人了。

　　卢索夫人和我隔桌相对。我事先用爱丽思的丝绸围巾将纸牌包好。打开包裹的时候我大秀一番，然后叫卢索夫人拿着纸牌。她紧紧地捏着它们，仿佛是在捏着卢索先生。我翻过来九张牌，分别代表过去、现在和将来。我说我看到了卢索先生，被邪恶的同伴引诱走了。我说他出了车祸，失去了记忆。我将"现在"描述成充满力量（牌上画着一个女人用一条玫瑰花编成的链条牵着一头狮子），然后说"未来"对于卢索夫人是平静的，卢索先生也没有痛苦。卢索夫人觉得这是她听到过的最好的消息了。她让她的妹妹又给了我二十五美分，只为表达感谢。卢索夫人的夫家表妹，大名鼎鼎的西尔维娅，看着我为她表姐放下纸牌，说道："不错。等我做好指甲花，你也给我测一测。"后来我给了西尔维娅·卢索一个疯狂爱着她的男人，一个想娶她的人。她看上去很满意。我说她不应该嫁给现在这个人，因为这个人配不上她。"他对你不够坦诚。"我说。我告诉西尔维娅，一年之内，等她拒绝了现在这个骗子，另一个男人就会出现。一个好男人。她应该嫁给那个人。卢索姐妹颇具意味地相互交换了眼神。我的事业就这么开启了。

　　那些太太喜欢我的天真，喜欢我像一张白纸。无论将要发生的事情看起来有多的不堪，经过我的描绘，都显得我仿佛完全搞不懂纸牌显示的内容。纸牌和我似乎总能顺着她们的心意，她们喜欢这一点。

经过一个星期，给像卢索夫人，还有像卢索夫人的表妹这样的夫人们占卜，我每天都有顾客登门了。我建议一个境况悲惨又很下贱的姑娘（她的事情我已经听她姨妈讲了六个月）不应该向别人借钱，这是根据"正义"这张牌读出来的，而根据"宝剑六"来看，恐怕不会有好下场。纸牌上面画着一个悲伤的女人和一个小孩坐在皮划艇里从码头漂走，于是我建议索丽塔夫人不要跟一个高中旧识的花花公子去大西洋城，即便只是去快活一下（"五芒星三"，表示隐约的不赞同）。本杰明夫人应该让她女儿上夜校，而珍妮应该先从当地学校开始，然后再申请布鲁克林学院（"权杖首牌"，为教育欢呼）……到我这里坐过的人，我从不鼓励他们放纵自己，或者出国，或者气势汹汹地来到或离开这个世界。

一夜之间，我有钱了。我在理发店街对面的银行开了户。自从我们离开俄亥俄，还没有一分钱不是我偷来的。我爸爸只为自己和晚上约克拉拉出去的时候花钱。爱丽思只为自己和帮助芮妮的时候花钱。而现在芮妮单身了，她也不需要花什么钱。我这四年来一直只穿爱丽思穿过的旧衣服，而且几乎从来没人注意到这点。现在我买了女大学生穿的衣服，梳女大学生那样的发型，还在胸罩里垫了衬垫。我买了两双新鞋。我被遗弃在前廊时就积攒在胸口的痛苦，也开始渐渐散去。那并不是悲伤。那是没有钱花又没有好衣服穿的痛苦。现在没有了。

Chapter 10

对 我 来 说 你 美 极 了

来自爱丽思的信

伦敦，帕特尼
上列治文道
1947 年 4 月

亲爱的伊娃：

以色列孤儿院的骄傲。你对那个地方那么熟悉，就好像你住在那里一样。你是我的向导。那个咱们去看棒球比赛时你很迷的男孩子，你肯定是掐着表算准了时间吧。（你一直没戴眼镜，一直挺着胸脯，一直到运动员们被叫到里面去。）接着小家伙们出来了。我们站在那儿，就好像在博物馆里，欣赏、评价着不同的孩子。其实也没有那么多的种类，对吧？大部分男孩都是皮包骨，黑头发，黑眼睛，扁嘴巴，偶尔有个长着胖乎乎的手腕和膝盖的小胖子，有一个长得很机警，还有几个满头金发的。我说过我喜欢小宝宝，但他们显然已经不是能领养的小宝宝了，而且即便孤儿院里有小宝宝，也会把他们放在室内好好照看。

我知道你理解我需要为芮妮找个宝宝。我肯定告诉过你一百万次她有多想要个宝宝了。现在格斯不在了，她有多悲伤，她可能永远也没法要宝宝了。她这么告诉我，我就告诉你。她研究了如何领养，但是发现领养机构宁可把三胞胎送给一对已婚的怪物，也不会把一个宝宝交给一个单身女人。你曾经斗胆提出让芮妮再找个人，一个可以跟她生孩子的人，但是这个提议被我打压回去了。我很抱歉。我不应该让你去抓那个小男孩。（是的，我现在明白了，砌得不怎么样的砖墙和门楣上隐约刻着的"大卫之星"——显示着犹太人的骄傲，但又不太显眼，以防万一。）

我不太相信人们的记忆。在我看来，我的记忆总是跳跃的。在俄亥俄的有些时刻我能清晰地回忆起细节，但是有些事情却很模糊，就好像溪流上漂浮着的小树叶。记忆，似乎和我们有过的其他想法或者一个闪念一样，会出错，会被误解，会把我们领错方向。我知道当时我也不小了，不能拿年轻当借口；那咱们就姑且说我当时还想着自己是块能成功的料。实际上，老天亏欠了我一次成功。我盘算着送给芮妮一个小男孩，就像一个富翁给自己的妻子买一辆凯迪拉克一样。我想她会因为我出人意料、难以置信的阔绰行为而更加爱我。更何况丹尼是个孩子，不是一辆车，我们会像尼尔森一家一样，只不过我们是哈里特、哈里特和丹尼的组合，而丹尼会表现得异常乖巧懂事。

但我又怎会料到呢，毕竟我是由我那完全正常、可爱的妈妈抚养大的，每天有热腾腾的早饭，洗澡时有泡泡浴，我们还会去图书馆。而她去世的时候，正是我开始变得无理取闹的时候，开始因为长了痘痘，或者发型不对，还有来月经而尖声叫嚷——我还记得你来月经的时候。你当时十四岁，就在好莱坞的一切急转直下之前。你呀，不愧是你，在我的玛格丽特·桑格[1]的书里读到过关于月经的事情。你只是坐在马桶上等我回家，然后你给了我一张杂货清单，写在一个信封背面。你肯定已经在那坐了好几个小时了。等我买完东西回来，你的两条腿都不听使唤了，还得让我扶你起来。我从粉色的大袋子里抽出一片卫生巾，跟你保证说你可以怀孕了，但是这并不意味着在你不情愿的时候要跟男孩子发生关系。然后，我把你的脏内裤扔到了公寓后面的垃圾桶里。

我想让你记住我是关心你的。我想让你看到，我那和蔼的妈妈曾经有一个女仆、两套瓷器和悠闲自在、了无牵挂的一生。而我们的爸爸却漫不经心、难以捉摸、品行不端。夹在他们两人之间——我找不到自己需要的是什么。

你比我更先看到丹尼。我不知道是什么吸引了你。我想，我应该被激起更强烈的感情，我的心中应该顿时充满了爱，因为我知道这就是我们想要的那个男孩（你说他四五岁，我完全没有概念），但是我没有。我当时的感觉，就像让一个对珍珠从来没有概念的人在一堆劣质的珍珠手镯里挑选一样。我们又去看了三次，而每一次我们都寻找丹尼，冲他微笑、挥手，一边把铁丝网上面的洞拉得更大一些，直到足够一个孩子从里面爬出来。最后你找了一些废木头堆在洞口，把它堵住，以防有人看到。我不知道为什么我们当时觉得有人会阻止他，或者我们——那些孩子就是因为没人要才待在孤儿院里的。

你还记得丹尼开始跟我们说话的时候说的是什么吗？他告诉我们他

---

1. 玛格丽特·桑格（1879—1966），妇女节育运动的先驱。

妈妈从房顶摔下来，他爸爸太难过了，只能把他和他哥哥送到这个孤单之家。我们还看了其他男孩，但是你对丹尼心意已决。你说他看上去聪明又懂事。你是对的，但当时我肯定是一点也没看出来。他给我的感觉是又瘦又小，可能还近视，总之很可怜。当他终于注意到我们，而我终于把手从铁丝网的洞伸过去的时候，他却只盯着自己的鞋子看。实话跟你说，我当时还担心他会不会是个弱智，那样的话咱们还得再找个聪明点的孩子。但是你往我的手里放了几块糖来鼓励他，于是他就蹒跚着走过来，像一只来吃零食的獾。这么形容是因为我想起来北边有个旅馆，我去住过几次。（大概有两个月的时间，我经常去，有已婚女人，苏格兰人……）在下午茶时间，他们会放一大盘牛奶，周围放上面包，那些獾就过来吃，像康诺特的主妇们一样。我每天都观察它们。

我们当时有车吗？或者我们是坐地铁带他回去的？那样似乎不太可能，但是我知道我们当时没有车。（我们的爸爸坚决不允许我们因为私事借用托雷利家的车。这可能是他唯一不会逾越的道德底线了。）我想是我把丹尼领进家门的，把他包在红白相间的毯子里。（谁能说咱们不是早有预谋的呢？瞧，我们还带了一包糖和一条毯子呢。）当我们把他从那个开口里拉出来的时候，丹尼一点都没哭。他只是看看身后，擦了擦脏兮兮的鼻子，就拉住了我的手。在我们的浴室里，他整个人穿得破烂不堪，眼珠滴溜溜地转，他的心脏在胸口跳得那么快，我甚至都能看到。芮妮用一块温暖的湿布给他擦了脸和手（她担心他从来没洗过澡，那么多水会吓到他），给他做了一杯奶茶，然后我们把他放在我们的床上。我看着芮妮，小男孩的头枕在她的胸口，她用手抚摸着他的头发，帮他拿着杯子，给他唱意大利的摇篮曲，我此生别无他求了。除了这些，还有哄他睡着以后她露出的迷人的笑容。她的确问过我，我们是在哪里找到他的，我撒了个最不可信的谎，说是迪亚戈家的邻居把他们的孩子抛弃了，回了墨西哥，现在没人知道该拿他怎么办。芮妮得知他是墨西哥人时有些惊讶。"他看上去不像墨西哥人啊。"她说，但到头来她只在乎他甜美的小脸和大大的眼睛，还有他肉乎乎的小手抓着她的裙子。我就算告诉她他是苏格兰的罗伯特，她也会相信的。我当时肯定以为，如果我告诉她这孩子是偷来的，那芮妮会马上收回她的善心，让我们把孩子带回去。我有一次还跟她说她可以和弗朗西斯科生个孩子，我们来抚养，但是她坚决不从。

这时埃德加走进来，脱掉鞋子，看着芮妮怀里悠着这个他从来没见过的小人儿。我给他讲了一遍关于迪亚戈的那个故事，他点了一支烟，"真是不一般啊，"他说，"墨西哥人？还有咖啡吗？"我给他倒了一杯，杯子周围还放了一圈面包干，以此表示"拜托别再说话了"，希望他能理解这一切。他喝掉了咖啡，拍了拍芮妮的肩膀。"我肯定明天早上会有人给我讲一下这件事的，"他说，"我们这个小家伙叫什么名字？"芮妮选择了"但丁"，我们将它改成美国名字"丹尼"，而我建议姓"隆巴尔多"，因为没有墨西哥名字那么多麻烦，芮妮同意了。

第二天早上，你和我去伍尔沃斯给他买衣服，芮妮练习着给托雷利家讲述丹尼·隆巴尔多的故事，为保险起见，咱们把之前虚构的迪亚戈变成芮妮虚构的意大利亲戚。托雷利夫人提出见一见丹尼。芮妮给他洗了个蒸汽浴。五点钟的时候，我们把他带过去。无论托雷利夫人想检查出点什么，丹尼都通过了。他直视着她的眼睛，露出羞涩的笑容。托雷利夫人一想到竟然有意大利母亲会如此残酷，心都要碎了。她向我们道歉说她这里没有什么能给他的，只有女孩儿穿过的裙子，因为乔伊才三岁。幸好丹尼没有露出他那些糟糕的牙齿，而她也没有听到他那可怕的地道布鲁克林口音。我纠正那孩子的发音比纠正自己的都要卖力。你还记得吗，后来一年级的时候，他的发音、朗诵和演讲都得了最高分，非常感谢你。

　　我估计你不主动联系我是因为丹尼的原因。如果你是我，（好吧，又来了对不对？）我知道你会打起精神，包扎好烧伤的手，继续照顾丹尼。我肯定你会的。

　　我在这里附上几个让人高兴的消息。从我出院以后，我一直上BBC，几乎没停过。演过满嘴俏皮话的美国掘金者，绝望脆弱的美国秘书，受骗的南方美人。我也演一些大龄的角色（跟你眼中的我恐怕不同，在你看来我大概永远是那种——总有些出人意表的惊喜——的姐姐形象）。我给BBC省了一大笔机票钱。现在我在拍一部肥皂剧，演一个让那位优雅而大胆的女主角摆脱不掉的诡计多端的美国嫂子。（显然，我们整个国家都贪得无厌，却死不悔改。鄙俚浅陋，让想侮辱它的人都无从下口。见弃于人，还愚蠢得不知收敛。我不知道这些人以为是谁在给他们擦屁股，但我猜不是我们。）此时此刻我真的觉得，除了英国的冬天，我再找不到任何留恋美国的理由了。

　　　　　　　　　　　　　　　　　你的姐姐爱丽思

我的确对丹尼心意已决。他似乎举目无亲，而且可能比举目无亲还更惨。他身子总是向前倾，我能看出来他应该戴眼镜。我要把他交给芮妮和爱丽思，然后自己站在旁边忐忑地观望。刚开始的那两天，他一个字也不说。他也没问我们是谁，要带他去哪，那些人又是谁，他什么时候能回家。当我们跟他说话的时候，他只是盯着我们每个人看。爱丽思还担心他是不是聋子或者哑巴。她在他耳边打了个响指，他退缩了一下，但是没有说话。每天芮妮起床他就起床，自己穿上衣服，跟着芮妮去托雷利家的厨房。当她做饭洗碗的时候，他就紧贴着她。当她伺候大家用餐的时候，他就坐在餐桌旁，头枕在桌面上。芮妮干完一天的活就带他回汽车房，哄他睡觉。她吻他道晚安，爱丽思吻他道晚安，而我和我爸爸则从客厅喊着道"晚安"。这时，丹尼开口说话了。

　　"我有个哥哥，"他悄声对芮妮说，"鲍比。"

　　爱丽思把实情告诉了芮妮，她坚持要去孤儿院。我不去，我已经照着爱丽思说的做了，并且已经尽我最大所能拯救丹尼。我想继续做我的塔罗牌生意（我现在已经有七个顾客了），还有每天化妆，每天读关于战争的消息，而且，最重要的，我还有对我身体的无限迷恋，因为我的身体每分钟都在发生着变化。我站在浴缸边上，努力保持平衡，好好研究镜子中的自己：性感女郎，神秘的女人，农民的女儿。我能花一个小时的时间仔细观察我的腋窝和胳膊肘，再花一个小时研究眉毛。

爱丽思说孤儿院里什么都没变。大点的男孩扔着破烂的棒球。小男孩在垃圾堆上跳来跳去，朝易拉罐里扔石头。爱丽思到铁丝网那里去观察孩子们。她立马看到了鲍比。他跟丹尼长得一样，只是比丹尼大四岁，而且还很漂亮。他站在一摞砖头上，自信地摆好姿势，另一个大一点的男孩在画他的像。爱丽思说他就是个垃圾场里的小莎乐美，她可不想让他靠近我们。

其他男孩看到一个艺术家正在给鲍比画素描，都小声嘀咕起来。那个艺术家是个身材高大的男孩，眉头紧蹙。爱丽思说如果自己是个小孩，也不会想要招惹他。他注意到了爱丽思。

"嘿，小姐，"艺术家说。鲍比提了提裤子，向爱丽思这边微微扭转了一下。他象牙色的身体，髋骨上方干净的小窝，都和他身体的其他部分一样漂亮。

"你是鲍比吗？"她问。

鲍比向后望过来。爱丽思说她立即幻想到了接下来会发生的事：她会跟鲍比聊天，她会告诉他丹尼和我们在一起。最后鲍比会只穿着一件脏兮兮的 T 恤和松垮的卡其色裤子，走出孤儿院，走回到庞德路，满心期待。他会和丹尼睡一张床，把他的玩具玩坏。鲍比会逐渐成为家里的权威，判断事情是否正确，是否正常，以及够不够爷们，而芮妮和爱丽思的想法则不再管用了。鲍比有一副敲诈者的冷峻面孔。他让爱丽思想起了露丝·索亚。

"我听见那些男孩管他叫鲍比，"爱丽思跟艺术家说，"我就是刚好走到这里，来看看朋友。"她的嗓音如同一个彬彬有礼的客人。鲍比的眼睛盯着爱丽思领子上巨大的朱红色胸针看了一会。爱丽思知道自己的想法是正确的。

"我得走了，"爱丽思说，"祝你艺术事业顺利。"

"'祝你艺术事业顺利？'你这么说的？"我问道。

"是的。"

"鲍比看起来难过吗？他看起来失望吗？"

"他看起来像只廉价的小猴子，"爱丽思说，"我要告诉芮妮我没见到他。"

Chapter 11　不 能 不 爱 你

　　我真不是当神仙教母的料。芮妮对丹尼的爱是我这辈子也没在别人身上见过的，这让我感觉有点恶心。她给他清洗苍白的小脸蛋时热泪盈眶。她在他正吃着早饭的时候抓起他的小手，按在自己的嘴唇上，嘴里就是煎鸡蛋。这简直是母爱的狂欢，一整天都是，每天都是。即便丹尼没有活蹦乱跳，他至少也恢复健康了。他没那么苍白了。他开始说话了。他像一只快乐的小拖船一样跟着芮妮。有人跟他说话的时候他也不退缩了。我则躲着他们俩。

　　在爱丽思败落之前，我对杂志里出现的所有明星都有好感。（为什么不呢？格兰特、盖博、弗林和兰道夫·斯科特。多么美好。）而现在我拒绝喜欢上任何人。女人都是傻瓜。男人是幸运的傻瓜。如果让我重新书写我的人生，我会让托雷利夫人当我妈妈，弗朗西斯科当我爸爸，而格鲁伯夫人则是受人爱戴的古怪姨妈，我就是那个软弱、爱哭、没骨气版本的丹尼，一点儿也不显得多余。

　　爱丽思常说我天生就是个搞表演的料。我不遗余力地给托雷利一家排演短剧。芮妮让我往鸡上面涂油，我帮她给豆子剥皮。我给姑娘

124

们戴蝴蝶结，给乔伊洗脸。我把早报（和托雷利先生的赛马消息还有托雷利夫人的发夹）都从早餐桌上收起来，以便迎接客人。我留意窗外，查看托雷利夫人的美发师来了没有（她那位法国美发师星期五和星期一从城里赶过来，只为给托雷利夫人理发）。我留意着英俊的多姆神父，他大概每星期来一次，跟托雷利夫人散散步，对孩子们表扬一番。十月的第一个星期天，也就是那个月最美好的大风天，托雷利家的客厅里坐了三十来个人，等待着多姆神父。托雷利夫人在厨房里告诉我，多姆神父应征入伍被拒绝了，这件事让他悲痛万分，他不仅被拒绝当兵，就连当个随军医生，甚至军队牧师都不让。战争时期，在一次危险的行动之前，军队牧师可以宽恕天主教士兵过去和未来的所有罪孽，包括他们在战斗中可能犯下的所有罪行。多姆神父决定，因为现在在打仗，他可以为托雷利家的成员进行现场赦免。他在日光浴室接受所有的忏悔，点一下他那光亮的头，未来的罪过也就都被原谅了。托雷利家城里城外老老少少，在客厅里单膝跪地，然后吃了一顿大餐，就回到各自的生活中去了。我从厨房里看着这一切，深入思考着皈依这件事（托雷利夫人一定非常满意，我想，我说过的和未来要说的谎言都被原谅了）。后来芮妮说她头疼得厉害，我就说让我来吧，然后帮着端上了奶酪烤茄子。

到了八点，每个人都被赦免了，也吃饱喝足了。大点的孩子都睡着了。托雷利先生出门去和蔬菜水果商们开一个特别会议。芮妮正躺着，丹尼也睡了。爱丽思还在剧院，扮演着某某的莽撞的爱尔兰女仆。鲍里小宝贝今天很不舒服，他正扭动着想从托雷利夫人的怀抱里挣脱出来，蜷曲着身子，像条粉色的鱼。鲍里病得不轻，咳嗽，流鼻涕，在百万美元的小床里被抱进抱出。托雷利夫人把婴儿阿司匹林压碎掺在苹果汁里喂他，结果他三次都吐了出来。第四次，我帮她用小勺喂了下去，他终于睡着了。我让姑娘们安静下来，给乔伊讲"小牛仔乔"的故事，基本上讲的就是"穿靴子的猫"来到了怀俄明。托雷利夫人说我是天赐的礼物，我给我们俩沏了茶。长久以来我像醉鬼寻找酒吧那样寻找着妈妈。年长的，年轻的，意大利的，黑人的。我只是想要一个柔软而坚实的肩膀来依靠，一只能干的手把我领上正路，并且给我做早餐。

我在托雷利家卧室的沙发床上睡着了，夜里被鲍里的叫声惊醒，他叫得像只海豹。我赶忙跑到鲍里的卧室。他不发烧，也没有哭。他身上褶皱的地方闪闪发亮，呼吸吃力，有点出汗。如果说他每次咳嗽发出的声音像马戏团的海豹，那么每次吸气时的声音则像轻声的火车鸣笛。托雷利夫人把我们带到她的浴室。她把开司米睡袍连同上面的丝带挂了起来。

"把淋浴打开，"她说，"热一点。但不要太烫。"

她把鲍里交给我抱着，关好浴室门。她脱掉睡衣，撤下他的尿布，光着身子抱着鲍里走到淋浴下面。"你也脱掉鞋袜，"托雷利夫人召唤着我，"你最好把裙子也脱掉。"我照做了。我数到一百，托雷利夫人唱着儿歌。她还唱了歌剧。后来，鲍里不咳嗽了，呼吸的声音变得柔软，还发出了婴儿的笑声。托雷利夫人关了淋浴，用浴巾裹住温暖粉嫩的小鲍里，并把他放进我的怀里。他把头靠在我的肩上，我把他脸上湿漉漉的棕色小卷毛拨到一边。在托雷利夫人自己裹好浴巾之前，我看到了她的身体，有一系列象牙色的卵形，几条粉色的短线，还有一丛的黑色。我真想一直待在那间浴室里。

　　鲍里睡着了，托雷利夫人和我擦干身体，睡意全无。我让她再唱个歌剧。她瞥向一边，娇羞得像个小姑娘，唱了刚才给鲍里唱的那首《今天对我来说多么晴朗》[1]。她告诉我她的母亲本想让她当一位歌剧演员。托雷利夫人说她是以希望为生、因饥饿死去的人。我说我希望那不是真的。她说："你看，希望。"

　　我提出来给她读塔罗牌。我用的是凯尔特十字法[2]。我把托雷利夫人的一生都算了一下。我给了她健康的孩子，（"还要一个。"她要求道。我说："当然，如果你真的真的还想再要一个。"因为我想可能到最后，她不会再想要了。）而且所有孩子都很成功。我说托雷利家的生意越做越大（因为好像就是这样）。我告诉她她会身体健康，托雷利先生也是。我给她姐姐更好的运气，她患有多发性硬化症（我没说更好的运气会带来什么）。我还给了她恋人和太阳牌，还有女祭司，整齐地摆放在一起。这些都象征着永不磨灭的爱，而我要把它们都给托雷利夫人，这是她应得的。

---

1. 意大利歌剧作曲家贝里尼的代表作《梦游女》的第一幕阿米娜登场时的唱段。
2. 古老的占卜牌型，以十张纸牌排成一个十字，向外逐一展开牌阵。

来自格斯的信

北达科他州，林肯堡

1944 年 1 月

亲爱的伊娃：

我修理了餐厅的屋顶，这样尘土、积雪和粪便就不会整天往屋里飞了。我们建了个棒球场，这样我们就能在那里玩了。大部分时候是美国本地人在玩。我不知道德国人在德国玩些什么，日本人不跟我们一起玩。晚饭后，一个德国人会站起来，修剪一下胡子，唱几句瓦格纳。老人们敲着桌子，仿佛这里是慕尼黑的啤酒屋。日本人晚饭后倒不唱日语歌。在林肯堡，我们都是潜在的或者真实的叛徒，但我们当中有一些是白人。

那个和我一起修屋顶的家伙给我看了一封他寄给移民局的信。他想让我告诉他，移民局读完他的信以后会说："豪泽先生，这是个巨大的误会。你——这样一个快乐又愚蠢的胖子——不可能是德国间谍。虽然你在新泽西镍矿工作，而且是伊丽莎白德美联谊会的成员，虽然你确实极力想告诉别人德国过去的辉煌，但是你不可能是个间谍。"

卡尔·豪泽给移民局的信是这么写的："我已经来到这个伟大的

国家十五年了。我一向是个勤劳的商人，从不逃税。为了提高自己，我上了巴约纳高中夜校。我的妻子，格里塔·马祖尔·豪泽，出生于纽约加登城。她是地地道道的美国公民。我的两个孩子，安娜和卡罗琳也都是美国公民，她们都是在伊丽莎白总医院降生的。我不是纳粹，我也不认同纳粹的目标。就我所知，我的亲戚当中也没有人是纳粹。我们已经来到北达科他州林肯堡这个集中营有一年的时间了。烦请重新审查我的案子。　衷心的、爱国的，卡尔·M.豪泽。"

我告诉他信写得不错，但是帮不了他什么忙。他告诉我，在新泽西，两个联邦调查局探员去了他家五次，并在圣诞节前一天把他带到了马里兰[1]——一个鸟不拉屎的地方。他们盘问他老婆他们是否通过电台跟德国互通信息。又问他的两个女儿，跟美国比起来，她们是不是更爱德国。然后新年那天，两个武装警卫坐火车把格里塔和女儿们带到了林肯堡，而且让她们母女三人独自坐在最后一节车厢。

我从 1937 年就开始读关于德国的东西。我知道我不止一次地告诉过你，我觉得我读的大多数东西都是废话。我说过我认为德国人根本不是书里写的那样。不过，现在我知道了，不仅德国人跟书里写的一样，就连美国人也是那样的。实际上，我们的形象是什么鬼样子，完全取决于政府以我们的名义做了些什么，如果他们使劲踢你的肾，或者把一个人的全部家当都扔到他门前的草坪上让邻居来捡，那我们也不能有任何意见。我听说，我们之所以比他们好一些，

---

1. 美国的一个州，属于南大西洋地区。

是因为我们没有要消灭一个种族。我们的后代会为我们的克制而赞美我们的。

林肯堡这里有十英亩，四周是十英尺高的铁丝围墙，上面还有三英尺高的带刺的铁丝，还有警犬。这里的守卫分为两类，外部监视组主要负责瞭望塔和围墙，内部守卫则更像警察。每幢楼里都有一长串的清规戒律，从教你如何叠被子，到写着试图逃跑的人会被枪毙。

卡尔就像个听话的士兵。毫无疑问他有德国血统。他自愿去北太平洋铁路公司干活，其他人去那里的目的都是为了逃出集中营。有传言说在那里帮忙的人会优先被释放。我也想去，但是我喜欢上了他的老婆，格里塔。我想等卡尔去铁路上干活的时候，帮他料理些家事。

1944 年 2 月 26 日

我们这里暴发了肺结核，据说是在铁路上干活的人跟拉科塔的印第安女人搞在一起的时候感染的病源。更糟的是，卡尔被传染了。但是格里塔没有。我让她离他远远的，并且让她两个女儿安娜和卡罗琳待在集中营的另一边。

卡尔昨天晚上死了。屋顶还挂着冰流，餐厅里到处是冰柱。今天早上，他们带来了更多的家人和单身汉，大概有一百个敌国人。在一片喧嚣中，我跟格里塔说："咱们就让卡尔悄然地去吧，我来顶替他。"没人想在死人堆附近干活，所以我就主动提出帮医院运送尸体。大家脸上都蒙着毛巾，手上戴着手套，我立刻混入队伍中。我跟格里塔说："叫我卡尔。"真是个聪明女人。她向我挥着手，嘴里喊着卡尔，并且让孩子们也向我挥手。她们笑得像小猴子一样。

所以，我现在是个已婚男人，又结了一次婚，还有了孩子。别告诉芮妮。请叫我卡尔·豪泽。也给我讲讲你那边的事吧，丫头。

Chapter 12 　我 开 始 看 到 了 光

埃德加的身体状况不太好。他现在通过右眼看东西时，必须得把脸转向一边，而且身体在逐渐失去平衡。他所钟爱的语言能力也在找他的麻烦。他一生都能准确、恰当地使用语言，精准到单词。哪怕在最糟糕的时候，遇到最糟糕的情况，他总知道该说些什么。他的一生都建立在那些华丽起伏的多音节词所带来的美感上，而现在，这一切都在背叛他。它们出现的同时转瞬即逝。他开车把乔·托雷利送去布朗克斯的内陆贸易区后，花了三个小时在莫特黑文公立图书馆查阅关于他病症的信息。"小蓝书"没帮上什么实际的忙，不过至少他确定自己得的不是性病或者脊髓灰质炎。

他没有指望着他身体不好以后，克拉拉也不好好照顾自己。她上班之前练声，做头发，在皮肤上涂药膏：发际线、前额、眉毛、鼻子、脸颊、唇边、嘴唇。埃德加知道她已经不管自己的肚子和大腿了。她涂的药膏就像磨砂的凡士林，绿色雪泥状，放在和装盐的盒子一样大的乳白色玻璃罐里。他去看她的时候，得扶着门把手才能站直，当时克拉拉正涂到手腕的地方，将细细的白色线条揉得更浅，最后完全揉进皮肤。

"和谐。"

克拉拉笑着，继续揉着手腕上的药膏。他曾经告诉过她，不需要为了他去隐藏她的白癜风。他说那些是神圣的标记，是一种文身，是爱的套索。"爱的套索"这个说法让她笑了起来。

"是的，先生，这就是我的宝贝，和白癜风和谐共处。你和胖子沃勒[1]真是一路人，他要是认识你就好了。"

"然而，我相信，完全、彻底、坚定地相信，
你是我的唯一！"

"你歇歇吧，"克拉拉打断他说，"你呀，你这个傻瓜。"

每当埃德加闭上眼睛，他都能梦到过去。他梦到自己在俄亥俄的温莎和夏洛蒂的生活。他梦到自己在芝加哥的童年。他梦到萨伏伊[2]的矮个子乔治。他梦到"在巴黎"夜总会和它的舞蹈团体里的演员,珍妮特、

---

1. 胖子沃勒（1904—1943），美国爵士乐大师。
2. 法国东南部和意大利西北部历史地区。

格雷西和哈里特。她们曾经让他在中场的时候进入化妆间。格雷西把黑色手套和黑短裙向他扔去，让他被燃烧的欲望和尴尬击倒，意志在角落中瓦解。他梦到和克拉拉跳舞，那种他还是个小男孩时人们跳的舞，伴着苏菲·塔克[1]的《每个乖乖女都有一点坏》的旋律。他们就像弗农和艾琳·卡索[2]。

　　"我给你讲过我的第一个妻子吗？"埃德加一边戳着克拉拉做的木薯布丁一边说。他把布丁沿着碗边推，去掉一些边缘，让她以为他已经吃了一些。这是病号饭，他不得不自嘲。他要保持自己童年时读《玫瑰花园》[3]和丁尼生所培养起来的英国特性，对真实的自我闭口不谈，除非他死了，死于那让他眩晕、视力下降，甚至半瞎的不知道是什么的病症。

　　"说吧，"克拉拉说道，"给我讲讲你的第一个妻子。"

　　她洗好了碗，收拾了桌子。她从来没问过他的童年。克拉拉是个精明又多疑的女人。埃德加不知道她是不是真的相信他是个英国贵族，因为他总在遇见一个又一个艰难的时刻。夏洛蒂是相信的，但是夏洛

---

1. 苏菲·塔克（1887—1966），歌星，20世纪20—60年代美国演艺界女性主义的开路先锋。
2. 20世纪初在百老汇崭露头角的交际舞搭档，两人也是夫妻。
3. 《玫瑰花园》是20世纪鬼魂文学领域的代表人物、英国有史以来唯一专门写鬼故事的短篇小说家M.R.詹姆斯的作品。

蒂对任何一个强势的人告诉她的话都会信以为真。埃德加在禁酒时期[1]之初赚了一大笔钱，并及时地离开了芝加哥，成功摆脱了自己马克斯韦尔街的口音，在笔挺的西装、罗布鞋和在一家当铺买的金表的帮助下，使自己提升为更高层次的人。他找到一个在温莎大学教书的人，他酗酒严重，而且需要朋友，于是埃德加成为了他的朋友，人家后来成为了演说与修辞学的访问教授。最后他遇到了夏洛蒂，与她结了婚。正如他母亲曾经说的："聪明固然好，幸运更重要。"

　　有些晚上，他直挺挺地躺在那儿，这样就不感到晕也不恶心了。在黑暗中，他也不用担心自己的视力每况愈下（确实是这样）。埃德加想要告诉克拉拉：其实我们曾见过，在你还是个小姑娘的时候，你的哥哥斯莫克常常在他当班的时候把你带上，有时我们会擦肩而过。我为杰克·所罗门工作，每天五十美分，而你哥哥则给黑人黑帮干活。我现在依然记得斯莫克的样子，在布朗兹维尔区[2]滚动着一大橡木桶的烈酒。他那皮包骨的胳膊像活塞一样不停工作，而你则坐在夜店门前最高的那级台阶上，看着斯莫克走过来。你在铜栏杆上荡来荡去，舌尖抵在门牙的缝隙中间。而现在我也可以把舌头伸到那里，感受你两边牙齿的轻咬。我经常从雇主那里拿回一把硬币——有时候那就是我

---

1. 禁酒时期是指美国历史上一段推行全国性禁酒的时期，从 1920 年开始，至 1933 年结束。
2. 芝加哥市南部。

所有的午饭钱——但我每次看到你的时候都会给你一个硬币。你会对我笑一笑，但是你从来不发一语。克拉拉·威廉姆斯——斯莫克·威廉姆斯的宝贝妹妹，来自芝加哥盔甲广场。我那时与你相识，现在与你相知。一到晚上，这些就是最令他宽慰的想法了。

"我的妻子家世显赫，是俄亥俄的里尔登家族。我在温莎大学谋得了一个不错的职位，教演说和修辞。夏洛蒂的父亲是校长。那位老人家四十年来只用一张巨大的旧桌子，一直坐在南厅的侧翼。我以为他能活得比我还久。夏洛蒂是在我去学校的那年从温莎毕业的。她母亲多年前过世了，所以她父亲需要夏洛蒂来当家里的……""女主人"这个词从他嘴边溜走了。

他很想说夏洛蒂非常美。克拉拉听了这个会有好处，曾经有个年轻貌美的女人爱过他。夏洛蒂疯狂地热爱莎士比亚，她甜美得像只小猫，而且才二十一岁，青春年少，完美无瑕。她长着波浪一样的棕色头发，大部分时间都扎起来。当女孩们嚷着要去美发店剪头发时，埃德加和她父亲都会同时禁止。这是他们唯一能达成的共识。

而克拉拉，无论是两岁还是二十岁的她，都绝不会让他来决定她该梳什么样的发型。

他不记得夏洛蒂的眼睛到底是什么颜色了。但是她的身材有一种古朴的美，一对柔软的淡粉色丰乳，纤细的腰，即便是生完爱丽思以后也没发福。她拥有世间最美的手臂，光滑、圆润又纤细。他总是尽可能地让她穿白色无袖的睡衣。

"她只是个很可爱的女人。虽然现在人们不再欣赏这一点，但是她非常女性化，非常……女人。"

克拉拉在炉灶上划了根火柴，点燃了蜡烛。他本来应该住嘴了，但是他继续说了下去。

"恐怕，我当时对家里贡献不大。我只是个助理教授，但是她是里尔登家族的，这在俄亥俄不是没有影响的。她们家非常有钱，而且以后还会继承财产。我想我可能说过，我的家庭不过徒有一个英国姓氏而已，简直就是落寞贵族的写照，而且当然我在美国谁也不认识。"他知道他就应该这么说，这样能让人听出他内在的老练、圆滑，甚至是时尚背后的优雅。但是为了说清楚，他还是得把这番话简化一下，最后说出来的就是："我娶了个富婆。"

克拉拉脱掉拖鞋，练习伸展。她练习形体和发声的时间差不多是半个小时。她弯下腰，手掌平平地放在地面上。如果在过去，甚至就在几个月前，看到她前臂挨着地面，埃德加都会从后面抱住她，把她拉到自己面前，而她会说"别烦我"，但她总是笑着，柔软地躺到他怀里。

"夏洛蒂去世的时候我心都碎了。"

"还有可怜的爱丽思。"克拉拉说。

埃德加还记得在追悼会上，他岳父把他拉到后门的门廊上，告诉他要撑住，注意形象。他说如果埃德加无法照顾自己的女儿，爱丽思可以住在他那里，直到她大学毕业或者结婚嫁人。埃德加回到客厅，大声朗诵了勃朗宁的作品，直到房间里的每个女人都掩面而泣。夏洛蒂生前雇佣的全职爱尔兰保姆布丽吉德，在屋里分发三明治，还有随夏洛蒂的嫁妆带来的带有印花图案的亚麻餐巾，上面是米褐色刺绣——高贵的俄亥俄。（他经常跟夏洛蒂这样开玩笑，关于俄亥俄，甚至还包括家境殷实、阔绰而乏味的里尔登家族，还有她那位总是与人意见相左的父亲。有时夏洛蒂会笑一下，但是自从爱丽思出生后，每到这时，她就会抱着孩子离开房间，于是他明白，再嘲笑他妻子的娘家人就是愚蠢之举了。）她嫁妆里的所有东西都是由波纹绸，或者苏格兰羊绒，或者像生奶油一样僵硬的重亚麻做的。布丽吉德的一些远亲看到这些刺绣简直欲罢不能。它们的颜色恰到好处，一点也不扎眼。他告诉布丽吉德把家里所有印花亚麻布都拿出来用。饮料下面垫着圆杯垫，客用的印花巾挂在架子上，方形亚麻垫则垫在盘子下面。

爱丽思坐在她外公身旁，握着他的手。她用自己沙哑又有穿透力的嗓音重复着客人们对他说的话，或者把他们的话加以修饰。埃德加接受着来自教授们和教授夫人们的同情，直到太阳下山。他的岳父离开了，心中满是悲愤，想着棺材里的为什么是夏洛蒂，而不是埃德加。布丽吉德把家中所有的灯点亮，自己躲在厨房里哭。埃德加给了她一篮子剩菜，就去看爱丽思了。她此时正和衣睡在沙发上。对于接下来的六个月所发生的事，他已经完全不记得了。对黑兹尔的到来和离去，他的记忆模模糊糊，同样模糊的还有爱丽思和伊娃的生活。他只记得生活一团忙乱，两个女孩要么打得不可开交，要么就是伊娃闷闷不乐，再者就是两个小毛贼在密谋着什么。后来证实，她们确实带着所有家当匆匆逃走了，除了里尔登家族的银器。而他后来不得不在离开俄亥俄的时候把它们卖掉。然后就是伟大的东部之行，姑娘们排练台词，和弗朗西斯科放声高歌。他会一直把弗朗西斯科当哥哥来爱戴，他的威猛的墨西哥同性恋哥哥。虽然工作和生活已将他们完全分开，但他们约好每年会在萨帕塔[1]生日的那天一起喝一杯。如果有需要，他们还会喝得更多。现在，在大颈，托雷利一家和善可亲，从不多管闲事，简直就是天赐的礼物。还有，最近来的那个奇怪的小男孩，什么丹尼的，不管他是谁，倒是个好孩子。还有他的女儿们，爱丽思的那个意大利女伴，还有克拉拉。记忆中一切的一切都像被洗的纸牌一样坠落，但是他和克拉拉每天在一起的所有细节却一直伴随着他。

---

1. 萨帕塔（1879—1919），墨西哥革命领导人。

Chapter 13 **没 有 一 天 不 想 念**

来自格斯的信

1944 年 5 月

亲爱的伊娃：

他们又开始提供去德国的单程火车票了。在我们为才艺表演搭台的那天晚上，我和伦纳特上校谈了话。他告诉我他已经看过正式文件，让集中营做好准备，战后依然关押我们一部分人，这是为了保险起见。等到战争结束，他们会让日本人回家，理由是想再找到他们也不难。但德国人是白人，而且会说英语，我们可能会成为希特勒伺机作乱的党羽，所以他们会一直留心着我们。

格里塔和你那个姐姐爱丽思的性格有相似的地方——她也有专横跋扈的一面。她说："我在普福尔茨海姆[1]有亲戚。"因为我自小就在

---

1. 德国西南部城市，18 世纪起一直是珠宝饰物和钟表业中心。

140

美国长大，我们海特曼一家没人去过莱茵兰[1]度假，所以我也不知道普福尔茨海姆在什么地方。

"那里很美。市中心非常大，是中世纪风格。那里被称为'黄金之城'，"她说，"我们做手表，做珠宝，我的姨母和姨父都还在那里。"于是我直接找到上校，开门见山地告诉他，我们要自愿被遣返回国。

我们明天就走。

再会。

卡尔·豪泽即格斯

美国
1944 年 10 月 8 日

亲爱的伊娃（和山姆大叔）：

埃利斯岛[2]，自由女神的家。我们像敌军的沙丁鱼罐头一样挤在一起，已经好几个星期了。其他的沙丁鱼是来自南美洲的德国人，他们常见的名字有卡洛斯或者胡安妮塔·亨氏。我不知道我们怎么会跟他们在一块，或者他们是怎么被自己的政府绑架并且送到我们这里来的，

---

1. 旧地区名，今德国莱茵河中游。
2. 位于纽约市曼哈顿炮台西南部，离"自由女神像"仅有 300 米远。现为博物馆，现代美国人的寻根处。

但是他们有好几百人。脸颊发红的男人们穿着白西装，女人们穿着明亮的丝绸长裙。我们可能都是敌军联盟，但是，我对天发誓，这些人真的是外国人。他们中的大部分人甚至都不会说英语。你只能听到他们用西班牙语嘶吼，或者在大厅的另一边哭得撕心裂肺。我们的姑娘们感觉很疲乏，整天和另外几个美国女孩玩捉人游戏。没有日本人被送往日本，我不知道这是因为我们要给他们点更厉害的颜色看看，还是仅仅因为日本实在太远了。有传言说爱尔兰人正和德国人联合起来，但是我没看到有脸上长雀斑的人被送回都柏林。

他们给我们八百人找了一艘瑞典的老船，格里普斯科尔摩号。船体是明亮的白色，船身灯火通明（亮堂得像是要庆祝圣诞节，他们大概希望我们到达德国之前就会被机枪扫射吧）。对我们来说，这是第一次跨洋之旅，但是有些年纪稍大的人已经经历过一次了，只是方向相反。而几个星期之前，南美人刚刚下船上岸。当我们望着自由女神像越来越小，很多人都开始哭起来。于是我把姑娘们带到了船的另一边。

你认识我的那时候，我并不是个当爸爸的料。芮妮和我努力过——或者说我们没有努力避孕——但是没有结果。我希望这是我的错，是我无能。我希望芮妮继续好好生活，如她所愿，生上十几个孩子。

我很爱现在的两个女孩：有趣的胖安娜，保证你没见过像她那么大的蓝眼睛，还有卡罗琳，脸上长着雀斑，俨然是个严肃的女人了，她就是六岁的埃莉诺·罗斯福，但更漂亮。她们是我的孩子。也不知道为什么，但我特别希望你能见到她们。

1944 年 11 月 19 日

他们在港口的地方安排了一辆接我们的火车。于是我们就上了敌军联盟的诺亚方舟：悲惨的德国人、茫然的巴西人，还有十个美国侍卫。

蒙特勒[1]简直滴水成冰，瑞士人和他们的天气别无两样。他们把食物放在桌上，就转过脸去，直到我们吃完离开餐厅。有些老人拄着拐杖，走路不稳，而瑞士人就冷漠旁观。无论你是跌倒了，还是小便弄了自己一身，还是吃萝卜的时候卡住了，他们都无动于衷。格里塔找到了地道的德国人来帮忙绘制了一张地图，帮助我们去往普福尔茨海姆。南美人来吃饭的时候是把自己裹在毯子里的。他们盯着看天上飘下的雪花，仿佛下的不是雪，是屎。

瑞士人不愿意让我们来这里。但我肯定德国人高兴坏了。

1944 年 11 月 30 日

我们到了布雷根茨[2]。大家商量着要举办一个简朴的感恩节庆祝活动，但是那些在德国出生的人不想庆祝，我们剩下的人感觉自己更像是印第安人了。南美人已经被冻傻了，完全不明所以。格里塔和我对

---

1. 蒙特勒，瑞士沃州的小镇，位于日内瓦湖东岸。
2. 奥地利城市，依偎在博登湖边。

孩子们说"感恩节快乐"。格里塔让厨房给孩子们做了苹果派（苹果没有切丁）。

他们今天交换了德国战俘和美国战俘。美国人欢呼雀跃，相互拥抱。而后他们把我们交给德国人，就好像在漫长的一天之后把猫放出牢笼。德国人见到我们并不高兴，而美国人才不在乎我们的死活。而那些南美人立刻就被接走了，我不知道他们后来怎么样了。

我们沿着破旧的铁轨走了几英里，提着行李箱，我把钱缝在我的短裤里，带着两个冻得哭哭啼啼的孩子。我们到了一间寄宿公寓。格里塔说明了来意，给她姨母和姨父打了电话。

她姨父是这么说的："你们怎么在这儿？"

"你们要待多久？"

"你们吃什么？"

我甚至不觉得被冒犯了。哪个不长眼的人会想要离开美国来德国呢？

卡尔·豪泽，你以前的格斯

---

1. 德国腓特烈港，位于博登湖畔。

Chapter 14　一起飞走吧

　　我爸爸的病演变成一条漫长、颠簸、糟糕的路，把我们引向不想去的地方。只是这条路本身如此曲折，我们又迫不及待想走到终点。克拉拉告诉我她妈妈去世时她没能看上最后一眼，而且哥哥的死也只是听别人说起，现在这些漫长的日子一定是有人刻意安排来弥补遗憾的。

　　有时我爸爸以为克拉拉是他第三个女儿。有一天晚上，我们三个围坐在他的床边吃晚饭，盘子搁在膝盖上。他说："我真不知道没有我的姑娘们我该怎么办。我就是快乐版的李尔王，如此幸运拥有三个女儿。"爱丽思和我面面相觑。克拉拉等我爸爸睡着以后说："这样对我公平吗？第三个女儿，还是个黑人，给他刷牙洗澡？我怎么不记得《李尔王》里有这样的情节。"

　　爱丽思有别的事要忙。她在百老汇的角色越来越重要，经常凌晨两点才回家，回家后就跑到楼上去找芮妮。爱丽思和芮妮都觉得没有理由让小丹尼待在病号房里，跟一个他从来不认识的人在一起，何况这个人现在也认不得他了。白天，芮妮做饭，晚上，她照顾丹尼。这样我和克拉拉在一起的时间就多了起来，我们洗衣服或者晾衣服的时候都一起聊天，当然还包括给我爸爸喂饭的漫长又痛苦的时光。

克拉拉说："我第一次看到你爸爸的时候，我正从银星饭店出来。"

我说我喜欢他们家的法国吐司。

"他向我举起帽子，就好像我是个白人一样，"她说，"我喜欢这一点。我身边的绅士并不多。"

我点了点头。

"你爸爸倒不在乎自己的傻样。这一点很不错。"

我从来没觉得我爸爸哪里傻。在我还是个小女孩的时候，他在我眼里就是个神，慷慨地给我好时巧克力。而现在我觉得他就是肤浅的聪明。"镍上镀了薄薄一层银"，这是我当时的想法，而这想法肯定是写在我的脸上了。

"你觉得这对你爸爸来说容易吗？你爸爸曾经住在自己漂亮的房子里，有自己的爱尔兰女仆，美满的家庭，每星期教三天英语诗歌，而后来却成为了象征乔·托雷利成功的符号——托雷利家的罗切斯特先生[1]。你认为这就是你爸爸想要的生活吗？去为乔·托雷利打开前门，自己却只能从后门走？"

她把双手放在身体前方，仿佛是在祈祷上天赐予她忍耐的力量，不要一巴掌扇到我的脸上。

我爸爸睁开他那只能看得见的眼睛，看着克拉拉。他把自己的左

---

1. 罗切斯特是经典文学作品《简·爱》中的男主人公。

手按在心上。他现在如果有什么强烈的情感无法表达时就会这么做。

"我在这儿，"克拉拉说，"没关系的。这里只有我。只有克拉拉。还有伊娃。"

他把自己的左手放在她手上。"我忘了跟你说件事。"

"没关系的。"克拉拉说着，躺在他的身边。她把她的头枕在他的胸口，把他的手拉下来放在自己的肩膀上。我则把早餐的剩饭收拾起来。

"亲爱的，"他对她说，"我的爱。"

然后他说了声，*母亲*（也许是用的罗马尼亚语）。克拉拉抬起了头。

"哦，天哪！"她对我说。

"亲爱的姑娘，"他说，"我认识你。"

"我也认识你。"她说，还是看着我。

"不。我真的认识你。你哥哥带着你到处走。我从来没见过对自己的妹妹爱得这么疯狂的家伙。斯莫克·威廉姆斯。我认识你。"

我爸爸转过头，进入了短暂而不安宁的睡眠。

此后他的话都说不太通了。他说到了绿色的瓦伊河[1]，英格兰富丽堂皇的家，有时也说到我和爱丽思，说我们都很小的时候在一起玩（其实从来没有）。有时他会非常忧伤地说起我妈妈。每到这时我就觉得难以忍受，但是又不知道该怎么告诉濒死的爸爸闭上他的嘴。

克拉拉说："我的确有个哥哥叫斯莫克。他本来叫亨利。我很爱他。

---

1. 英国主要河流之一。

他当班的时候我就和他一起去，给各个俱乐部送酒。无论我们去哪里，他都让那里的人给我一杯牛奶，或者一块饼干，或者一个小三明治。但我不记得你曾经在那里。”

"我们玩过台球，"我爸爸闭着眼睛喃喃道，"格林磨坊，斯莫克一杆清台……谁能忘记他呢。"

克拉拉对我说："亲爱的，我得去准备今晚的演出了。我能把他交给你吗？"

我爸爸执意不肯。"不记得了？伊兹·沃格尔，那个在'在巴黎'的犹太男孩，你不记得我了吗？看看我的耳朵，看看我的大蓝眼睛！你哥哥怎么样了？"

"他在暴乱中死了，"克拉拉说，"我会记下这件事的。"她说着，就离开了房间。

"愿他伟大的名字……愿他……"，我爸爸说着，把手抬起来，伸向空中。

从那以后，我爸爸说的话听上去几乎都是外语了。克拉拉说那是意第绪语[1]。他用意第绪语给我们唱歌。他坐在床上，皱着眉头，说："芝加哥，我在沃伊大道……"

有一天下午，我爸爸把双手放在克拉拉肩上，站了起来。他比画

---

1. "依地"原意"意第绪"，在语言学上又称犹太德语。

着要穿拖鞋，但是我没法把他那肿胀的双脚塞进去。他耸了耸肩。他拉着克拉拉的手走了几步，光着脚，把她领到了舞池，或是其他什么地方。

"哦，土耳其快步，"克拉拉附在他耳边说，"很多年以前，我的姨母和姨父曾经跳过这些疯狂的舞蹈。土耳其快步，骆驼舞，灰熊舞。"

我爸爸又跳了几步，然后在房间中间站定。

"哦，我多想像姐姐凯特那样跳舞……"他说着说着就全身瘫软，倒在地上。

医生四月份来到家里，那会儿遍地都是郁金香和连翘。在院子里开花不多的地方，托雷利家就放了粉白相间的塑料小鸡，还放了一对三英尺高的瓷兔。他们还在车道的两端摆放了一束束巨大的粉色和黄色丝带。每当有人在车库按铃，克拉拉无论在哪个房间里，都会坐下，说门铃响了。

"我可不是女仆。"她说。

克拉拉和我都读《大颈》杂志的文章，是由匿名的女仆们写的，抱怨恶心的剩饭、主人对于假期和薪水的苛刻、没有隐私之类的。克拉拉告诉我有一天晚上在开普夜总会，有一位常客，那是一个壮硕的女人，从阿拉巴马[1]来的，在台上大声朗读了整篇文章，然后说："我

---

1. 美国东南部的一个州。

告诉你们，女士们先生们，下次再有白种女人问我是否介意星期四晚上给她看孩子，那她得到的回答将是——我才不干，小心我用脚踢你的大白屁股！"

"你知道后来谁给她买了一杯酒吗？"克拉拉说，"是那位善良的奥齐·帕特森。帕特森清洁公司、帕特森制服公司的帕特森。你知道他还干什么了吗？他给我买了一杯曼哈顿。他给我买了两杯，然后开车送我回家。开着他的奥斯莫比尔[1]车。"

"那很好啊。"我说，就好像这个拥有两家企业，一向以好性格而著称，并且显然身体康健的奥齐·帕特森跟我没什么关系一样。

托雷利家请了一位牧师和我爸爸坐在一起，这是典型的托雷利家的风格：一心向善（另外都有点儿五音不全）。我们新组建的这一大家子没人信奉宗教，除了小丹尼。实际上他每天晚上都跪地祈祷，祈祷他的奇迹出现（自行车，火车套装，悬挂滑翔机）。丹尼虔诚地信奉库比蒂诺[2]的圣·约瑟夫，他是飞行家的守护神。这肯定是他从芮妮那听来的。当芮妮得知多姆神父要来后，她走出厨房，到花园里透了口气，接着回到屋里，告诉丹尼到外面去玩，然后就来到汽车房，开始布置餐桌。（当时才是中午。）

---

1. 通用收购的品牌之一，上世纪 70—80 年代流行于美国市场。
2. 美国加州圣塔克拉拉县的一座城市。

"小姐，你愿意帮我搭把手吗？"她跟我说。

晚餐后，芮妮把盘子扔下，说她已经放弃教堂了。她说她不是那种咖啡馆里的天主教徒，挑三拣四。她知道那些一边用着子宫帽[1]一边吃圣餐的女人，她也知道每星期都通奸但是依然坚持忏悔的男人。他们对基督的肉体和鲜血[2]张开自己污秽、邪恶的嘴。芮妮不信这一套。她说她明白教堂不会接纳她的，如同她妈妈一样。大部分意大利男人都像她爸爸一样，她说，愿他安息。他们对待牧师的态度就是"你管好你的事，我管好我的事"。芮妮说她不喜欢庇护十二世，因为他对波兰天主教徒被屠杀的事情一言不发，更别说犹太人了。她说她认为有两种可能，要么基督就像《圣经》里描绘的那样，她的灵魂被妥善照管与祝福，要么基督就是被一群自鸣得意的神父和被威胁的修女糊起来的纸板人。这样的话，她的灵魂，如果她有灵魂的话，就是自由的。"你们的也一样。"她说。

如果一会儿不是芮妮送多姆神父回家，那就是克拉拉了。克拉拉斜靠在门廊上，看着芮妮对餐桌展开猛攻。克拉拉说她不喜欢跟神父们说话，也不喜欢跟浸信会[3]牧师说话，但是她显然知道该如何和他们说话。她告诉芮妮她完全搞不懂天主教徒。"都是对玛利亚的赞颂，"

---

1. 一种子宫内避孕器。
2. 这里是指基督的救赎。在基督教里，基督被钉十字架，用血救赎了信他的人。
3. 即浸礼宗，是17世纪从英国清教徒独立派中分离出来的一个宗派，因其施洗方式而得名。特别是反对婴儿受洗，坚持成人才能接受浸礼。

她说，"苦活累活都让女人干，让男人跑到教堂，给大家买酒。"她说她小时候的牧师长得很英俊，闪亮的黑色鬓发一直垂到雪白的衣领上。女士们随着自己的心意引用他的话，对他嘘寒问暖，但是她们没法用自己粗壮的棕色手指玩转教会的世界。这时门铃响了，芮妮给我们每个人倒了一杯酒。五分钟之后，多姆神父从楼上下来准备离开。他显然知道什么时候该接受忏悔，什么时候该转身离去。芮妮回到房子里，看上去像一个刚刚经历了一场角力并且获胜了的女人。

"如果我们的人生早有交集，"克拉拉说，"如果在你还是个婴儿的时候就有人把你带到芝加哥的'朝圣者的希望'浸信会教堂，你就能听到我在那里唱歌，那时我十四岁。我有着蜂雀一样的颤音。你几乎每个星期三的午夜都能听到我唱歌，"她说，"而那些素不相识的人都在谈论我和我甜美的歌喉。你信基督吗？"

我说我不相信，因为我们家没人相信。

"很好。"克拉拉说。她说白人信基督就已经很糟糕了，而黑人信基督那就是疯了，不过她并不是这么表达的。她从来都不相信基督会在任何地方给她任何东西。她说她绝不相信两千年以后一个白人会在受过私刑以后回来救出克拉拉·威廉姆斯，或者握着她的手，或者和她成为朋友。

"当我的皮肤开始出问题的时候，"她说，"我问来了一些医生的名字，买了几罐子的灰色粉末，还有一瓶蓝色药膏。躺在特殊的灯光下，涂起来灼得厉害，我一打开罐子就开始哭。但是你知道我有一件什么事一直没做吗？""祈祷。我知道你妈妈离开了你。"我说。"是我离开了我妈妈。我有漂亮的嗓音和丑陋的皮肤，我认为我理想的生活就是粉色的镁光灯和厚重的妆容。你知道我告诉我妈妈我要离开的时候她做什么了吗？她给了我五美元和一个火腿三明治，然后她就去了教堂。换做是你妈妈她会给你什么？"她问。

"我妈妈给我留了个旅行箱。"我说。我一直就是这么说的，无论我讲给谁听。"一个旅行箱"总是足够博得一个同情的眼光。我当初给弗朗西斯科讲的时候，他还流下了眼泪。

"旅行箱里有什么？"克拉拉说。

我描述了我的两件白衬衫，我的开襟羊毛衫，两套内裤，以及两双袜子。还有我的洗漱梳妆套装，最漂亮的发带。我说她都没给我留一张她的照片，或者我们两人的合影。

"她是对的，"克拉拉说，"她是在告诉你，向前看，不要回头。"

门铃又响了起来。

"少突神经胶质细胞瘤。"医生说这话的时候爱丽思和我们坐在一起。她听着我们跟医生讲述所有的症状：会说一种新语言，全天头疼，现在还伴有呕吐和腹泻，右侧全部瘫痪，大部分时间在睡觉。医生说，"对，长了这种瘤的症状就是这样。"他还说，"你们知道，他不是学了一门新语言。不管他说的是什么，那是他儿时的母语。"

他在说*母语*这个词的时候，我仿佛听见的是意第绪发音。

Chapter 15

码 头 灯 火

我闻到了烟味。我跑进我姐姐空荡荡的房间，听到爱丽思在外面声嘶力竭地吼叫，就在厨房门旁边那一小块草坪上。我应该跑去看丹尼，或者去我无助的爸爸那里，但是我跑到了楼下。没有火光。芮妮和爱丽思抱在一起在草地上打滚，缕缕黑烟从她们身上往外冒。爱丽思起身，单膝跪地，芮妮则躺在草地上，发出微弱的呻吟声。我跑进屋子，叫了救护车。然后我把丹尼抱到我爸爸的房间，让他挨着埃德加躺在那里。

"你们？"他稀里糊涂地用法语说，"你？"

我让埃德加的胳膊搂住丹尼。

"让他待在这，"我说，"我们很好。"

"当然，"他看向丹尼，"看上去是个好孩子。"

我听见楼下传来的警笛声。在闪烁着的红蓝相间的灯光下，三个穿着白大褂的壮汉把芮妮抬上担架。我想说的是"救救我姐姐"，但快要死去的并不是爱丽思，而她正呼唤着芮妮的名字。

我一直说着"我在这儿"，他们把芮妮抬进救护车的时候爱丽思一直在哭泣。两个壮汉来到我们身边。

"现在，你，这位小姐，"最壮的那个人对爱丽思说，"别着急。"

我抚摸着她温暖的头发。

"让我死吧。"爱丽思说。

壮汉轻轻点点头，另外两人把她也放到担架上，然后关上了救护车的门。

"你可以跟着，"那个人对我说，"莱诺克斯山医院。"

"我不行，"我说，"我不会开车。"

托雷利先生和夫人下楼来到沙砾车道上，他们穿着厚厚的浴袍和天鹅绒拖鞋。托雷利夫人搂着我，问我发生了什么事。我说刚才起火了，但是没有烧起来。她说谢天谢地。托雷利先生问我他们要把她们带到哪里，后来他说莱诺克斯山医院是家很棒的医院，那里的医生很好。"我的堂弟是位医生，"他说，"我明天给他打个电话。"托雷利夫人捋了捋我的头发。"你需要洗个澡。"她说。我能看到她手上的烟尘。

我回房去看了看我爸爸和丹尼，他们两个头靠在一起枕在枕头上。厨房灶台上留下了黑色的条状痕迹，在厨房门口，一锅汤泼在地板上。我擦了地，刷了锅，关上了厨房门。托雷利先生会找人来修的。我把熏黑的睡衣扔进车库。洗澡的时候，我看着灰色的水流在我脚边汇聚。我用了爱丽思的特效栗子香波，涂了她的玫瑰水面霜，把自己裹在漂亮的蓝色浴袍里。这样看着很坚强，我想。

来自爱丽思的信

伦敦，南肯
昆斯伯里地区 7 号
1947 年 4 月

亲爱的伊娃：

    卡妮店里的一位夫人在伦敦遇到了我。她知道咱们俩是姐妹，也知道我是演员，这让她觉得很兴奋。她现在已不再是东布鲁克林聪明又年轻的小姐，（看看你的大客户！）而是城中的一位 VIL[1]——非常重要的女同性恋。她来拜访我是想给我讲讲家乡的新闻，并且从我这里打听点好莱坞的见闻。我像个街头艺人一样讲了撒尔伯格[2]先生抽着雪茄劲头十足的故事，还有嘉宝[3]不穿内裤，是个十足的蠢货——这些都是真的。所以，戴安娜·拉皮德斯，和以前一样，告诉我你很好，很快乐，还在看手相。她一边眨巴着眼睛，一边用胳膊肘轻轻推着我，说她听说你有个儿子，我估计就是丹尼了。肯定是丹尼；你不会不管

1. Very Important Lesbian 的缩写，意为"举足轻重的同性恋"。
2. 欧文·撒尔伯格（1899—1936），米高梅传奇制片人。
3. 即葛丽泰·嘉宝（1905—1990），美国 20 世纪著名影星，被誉为"默片女皇"，曾获奥斯卡终身成就奖。

他的——尽管你可能不想管他。他肯定不会是最帅或者最好相处的孩子。当然，我也可能说得不对。

让我重新开始。我在想咱们的两次长途旅行，从俄亥俄到好莱坞，从好莱坞到布鲁克林。我人生的上坡路和下坡路。

我知道我把中间的部分略过去了。

我几乎每星期都做一次这个梦。我有时候吃宁比泰入睡，这样就只记得梦中支离破碎的情节，醒来后，床上和脸上都是梦里哭过以后留下的湿漉漉的痕迹。

在梦中，你和我正在和着《我们坐在钱堆里》[1]跳舞。你还记得吗？你刚开始来和我们一起住的时候，（你说烦不烦？我觉得世上不会再有哪个父亲会对自己刚刚丧母的16岁女儿说："对，他妈的，别烦我了。显然，她是你妹妹。现在有人跟你玩决斗了。"他是不是很奇葩？）有时候你会跳完《1933年掘金女郎》[2]里的整套舞蹈动作。我不知道你是着了什么魔，但是你的表现完全超出了我对一个戴着厚镜片、梳着小齐头的姑娘的预期。我想，你可能以前和你妈妈跳过这个舞，或者是为她跳过。虽然我一直不觉得你妈妈是个会表演的人。

---

1. 1935 年美国电影。
2. 1933 年美国经典歌舞片。

首先你跳了《记得我遗忘的人》[1]里的游行舞步，非常搞笑。你在整个客厅里行进，头上先是戴着帽子，然后换成头盔、报童帽、棒球帽，然后你定在那里，眼睛向下，手放兜里，表现出无家可归的人的困境。突然，你像那些活力四射的女舞蹈演员一样昂起头，开始跳踢踏舞，就是那些戴着金币帽的女孩跳的舞。我们有一次一起跳了那段，就在我们离开俄亥俄之前。扶轮社员年度才艺秀，一等奖，一百美元债券。我给咱们俩做了金帽子，德赖斯代尔夫人（就是隔壁那个胖寡妇，似乎一直对埃德加有好感？）给了我好几码长的金色穗子，于是我们把它们缝到我们运动夹克的翻领和袖口上。我在你的腿上和我的腿上都用粉饼扑了粉。你穿踢踏舞鞋的时候我不让你穿袜子，因为我觉得那样太老土。后来你脚上起了像葡萄那么大的水疱，我非常抱歉。我不知道怎么用金币做裆，所以我们就只能穿金球流苏短裙，这也是承蒙德赖斯代尔夫人的好意，她为了得到埃德加的赞赏会任劳任怨。可怜的老太太，我一个字都没对埃德加说。当然，我们也没告诉他演出的事。两天以后，我们就带着我藏起来的所有债券和美钞坐上长途汽车了。

在梦中，我们还和着《我们坐在钱堆里》跳踢踏舞，我们跳得实在太棒了。"我们坐在钱堆里，来吧亲爱的，向上看，天空晴朗……"我们在闪光，我们戴着金色的帽子，披着金色小披肩，穿着金色亮片露背上衣，下面是镶着巨大亮片的超短裤和金色踢踏舞鞋。我们是通

1.《掘金女郎》原声碟中的歌曲。

俗和欢乐版的金格尔·罗杰斯[1]。我们也像白人女孩版的尼古拉斯兄弟[2]——时髦又性感、大胆又活泼。我们不用取悦别人，我们是快乐之神，谁能看到我们算是他走运。我们从桌面跃到钢琴上，然后回到台下，光点像我们的金币一样跃动，我们挥洒着金色的汗珠。我们走下两级长长的台阶，又跳了一次。我给你旋转一圈，你给我旋转一圈，然后我们搂在一起——我听见我对你耳语："一，二，三，四，开拍。"——我现在发现我们像是在演电影，这是最后一幕，是我们两人身体的长镜头，前面是一座金币喷泉，画面充满了整个银幕。

如果梦到这儿结束就太好了。

在梦中，我在一个餐厅里，和现实中那天晚上一样，我演出完以后在萨尔迪餐厅与福克斯先生和弗莱彻先生见面。他们说我有当明星的潜质，他们想让我演点重头戏。就是这番话让我上了钩。相对于头脑简单的演员（你从我身上看不出来），导演们往往是复杂而理性的存在，给点甜头我们就被牵着鼻子走了。只要几句从大人物那里获得的夸张的赞美（不是那种"亲爱的，你是怎么做到的"），既不用体现在工资上，也不是哄人的枕边话，我们就任由摆布了，当牛做马在所不辞（抱歉我这么形容）。

---

1. 金格尔·罗杰斯（1911—1995），美国女演员。1940 年凭借《女人万岁》获奥斯卡最佳女主角奖。
2. 美国著名踢踏舞组合。

在梦中，福克斯和弗莱彻穿着绿色西装，我坐在他俩中间。餐桌上摆满了食物，而其实不是这样的。我不想看上去，一、大惊小怪。二、不淑女。三、自以为是。所以我点了一小份牛排，蔬菜沙拉和一杯红酒。他们一直在说："来份大虾，热月龙虾怎么样？"而我想说："不用了，我吃不了。"在梦中，和现实一样，我感觉既兴奋又充满怀疑。我在好莱坞吃过这样的晚餐，看看结果怎么样。在梦中，那里就好像衰落前的罗马一样：小鸟的肚子里填满了闪闪发亮的东西。所有菜品旁边都有用带霜的葡萄和蔬菜雕刻成的花朵装饰，一大瓶香槟放在一个硕大的桶里（我终于在过去的一年亲眼见到了这样的桶，是在新年的时候——特别大），还有两尾巨大的龙虾挂在一个水晶碗边，都朝向右侧，像要跳水的埃丝特·威廉斯[1]们。

在梦中，开车回家的路上，我把装着大虾的水晶碗放在副驾驶座上。我真的想这么做。当时桌子上有一大碗虾，我想带点回去给芮妮。她会为我们做炸大虾，或者我们可能就坐在厨房餐桌边上直接吃掉了。现实中，我那晚没和弗莱彻先生和福克斯先生过多交谈。"感谢盛情款待，感谢二位对我的赞扬，感谢你们对我表达的浓厚兴趣。"在梦中，我说了谢谢，然后一直注视着巨大的大虾，心想着芮妮会有多高兴，看到这些大虾，还有我。

在梦中，和现实中一样，芮妮在等我。她穿着粉色和服，头发高

---

1. 埃丝特·威廉斯（1921—2013），美国知名女影星，曾主演《出水芙蓉》。

高盘起。在梦中，她见到我很高兴，眼里闪烁着光芒。在现实中，她在生气。我每次回来晚了她都会这样。她对我大呼小叫，她不是为了给我当情妇才离开格斯的（我倒不会这么说，但是……），她不是为了成为我肮脏的小秘密才背弃她的信仰和她的家人的。有一次她往墙上摔了一个盘子。还有一次她打碎了我的玳瑁太阳镜。我向她走过去，想对她说"对不起"——我的确很抱歉，但是我确实认为我的慎重考虑不无道理，我还没准备好邀请弗莱彻先生和福克斯先生来家里的汽车房吃晚饭，听着丹尼大喊妈妈，看着你和埃德加在前屋玩多米诺牌。

此刻的梦，和现实再无差别。芮妮的确在炉灶上热着一锅汤。她的确说了："以后你不进门我就不做饭。我再也不坐等饭菜冷掉了。"我也确实说了："亲爱的，我吃过了。"她在炉火上点了一支烟，而我再也无法知道她后来想说什么。一股火苗瞬间从炉子上蹿到她手边，然后迅速裹住她前胸和肩膀，在她身前形成了蓝黄相间的火幕，有点像舞台特效，把她拉向舞台上空。火苗沿着她后背的长袍往下蹿。我开始大声尖叫，把她拉出厨房，在湿漉漉的草地上一圈一圈地打滚，直到我的手被烧得失去了知觉，而芮妮也不再喊叫。

在梦中，就和现实一样，院子里漆黑一片，只有门廊上昏暗的灯光。我能听见芮妮的呼吸。她整个身体都烧成了黑色，还有红色，还有灰烬，在暗夜的草地上留下浓重的阴影。我没法把她看清楚，这对我倒是件好事，不过我能感觉到我的胳膊上有她的头发，我却感觉不到我的手，它们好像我手腕上长出的两团暗红色的肉。我的手指则像粗实的布条一样抖动。

在梦中，门廊的灯光渐渐微弱，最后我什么也看不见了。整个过程中，埃德加一直在睡。你从楼上跑下来，穿着我的绿色丝绸睡衣，哭着找到我。梦里没有丹尼。他没丢。就好像他一直都在孤儿院一样。

现实中，我最后看到你穿着粉色睡衣在我旁边，笨手笨脚地摆弄你的眼镜。你后来告诉我埃德加和丹尼一直在睡。

我记得我没去参加芮妮的葬礼。我希望葬礼很温馨。我希望有人唱了《日日夜夜》[1]，因为那是我们的歌。我住院的时候想象着葬礼的场面。我们真幸运，托雷利家除了擅长招待完美的水果蔬菜还有其他专长。安德鲁·托雷利医生，比乔·托雷利高，可能也比他聪明，在哥伦比亚长老教会医院烧伤和创伤科的事业如日中天。你有见过他吗？在我的回忆里，我大多数时间都独自躺在医院里。托雷利医生检查了我手上烧得最厉害的地方，他说治疗这种创伤最好的人选是亚瑟·利顿医生，托雷利医生在哥伦比亚曾是利顿的学生，他正在英国执业。他们在那里见到了很多战争中的伤员。托雷利家派了司机把我送到机场，并送到登机口。我的双手基本派不上用场，所以大家在飞机上帮我料理一切。不过我可以用我左手手掌外边缘去翻书，还可以用两个前臂拿起杯子。八个小时的飞行中，我喝了好几杯杜松子酒。后来有人把我送到维多利亚女王医院。在那里，简单说，我恢复了双手功能。详细点说，我经历了八个月的鳞片脱落，嫁接失败，还有物理治疗，那种惨烈场面简直就是再现《苏格兰女王玛丽》的囚禁片段。护士们

---

1. 由弗兰克·辛纳屈唱红的流行杰作。

全都麻木不仁，或者说就如她们照顾的飞行员一样坚强（我知道，她们告诉过我，她们是去照顾飞行员的。我告诉大家我是在救我妹妹的过程中烧伤的，她不幸去世了。这样说的确为我博得了点同情）。夜里，我为芮妮和我的双手哭泣。两个月前，一个护士在给我的热牛奶里面放了一点可待因。后来她发现我有点上瘾了，所以就断了我的奶。她说，"够了"，意思是可待因够了，悲伤够了，还有可能是说她受够我了。

利顿医生年轻有为，是那里的二把手。一把手是麦克因多尔医生。他是皇家空军和其他烧伤飞行员的救星。我见过麦克因多尔医生一次，当他发现我面部完整，腿部活动正常（显然不是飞行员），至少有八根能独立活动的手指（不像其他很多人的手成了一片片粉色小肉饼），他就对我失去了兴趣。"不是我的菜。"就跟合唱团女孩对牧师说话的口气一样。不过他还是收留我住院了。

飞行员们给了我希望。我估计他们一开始也并不都那么出众。他们年轻、爱国，浑身充满男性与生俱来的要历练自己的那股兴奋劲。总的来说，就是自我膨胀。他们有个"豚鼠俱乐部"（因麦克因多尔医生在他们的四肢和脸上所做的无穷无尽却经常成功的实验而得名），他们也习惯了我在场。那些男孩，有的只有半张脸，有的从脖子到屁股的皮肤都和红色的真菌一样，有的没有腿的男孩会自己滚动轮椅去给我拿啤酒，因为那天豚鼠俱乐部要举行什么庆祝。我们庆祝星期五的到来。我们庆祝这一星期没有人死掉。庆祝威廉·贝斯特在英国空军的办公室找到了工作。庆祝汤姆·马歇尔的玻璃眼球和他的眼睛完美匹配，因为前面换了三个都不成功。我喜欢当他们的女孩，每一次我都为豚鼠俱乐部真情献唱。我给他们唱诺埃尔·科沃德[1]的歌，唱得他们热血沸腾。我给他们惟妙惟肖地模仿最后的性感妈妈[2]。我无法用语言表达我有多希望我能一直记得在那里学到的一切。你知道，危机过后，考验结束，我们有一点进步，但变化不大。我每天都在表达谢意，我努力让自己保持迷人，因为我们的钱只够支付得起第一个月的治疗费。

你还好吗？丹尼好吗？

愿我们的时代安宁。

爱丽思，维多利亚女王医院的演唱小豚鼠

---

1. 诺埃尔·科沃德（1899—1973），英国演员、作曲家，曾因影片《与祖国同在》获 1943 年奥斯卡荣誉奖。
2. 粉丝给美国女星苏菲·塔克起的绰号。

Chapter 16   **你 走 以 后**

芮妮去世后的日子，我尽可能地行动迅速。我的计划是要帮助每个人，但是悲伤让我耳聋眼瞎又笨拙。我给丹尼梳头的时候把梳子捅到他耳朵里。我把煎鸡蛋掉在我爸爸光溜溜的前胸上，因为克拉拉不在，她不能喂他。我拿邮件的时候摔了一跤，两个膝盖都擦破了皮。丹尼看到我过来都躲着走。我不明白为什么我一直摔倒。这比我的焦虑更糟糕，更愚蠢。焦虑是我的天性。如果说我爸爸一直是个懂礼仪、有高见的大烧杯，爱丽思是个迷人的花瓶，那我就是个焦虑的棕色小水壶。我担心我的爸爸，他除了微小的颤抖和突如其来的无意义的手势以外，几乎无法动弹了。我担心爱丽思，因为我最后一次见到她的时候，她正哭喊着被推上救护车，身上有一股烧焦了的肉味。我担心丹尼，因为我没有选择。克拉拉本来可以分担我的焦虑，帮助照看丹尼，此时却又出行三个星期。等她回来的时候，我想好了我不要跟她说话。她会求我给她讲讲这段艰难的时期，会想要把两只手放在我的手上，而我只会转身背对着她说："哦，现在一切都结束了。"

那是我人生中最糟糕的一天，告诉丹尼芮妮死了，爱丽思在某地医院进行长期康复治疗，而现在和无限的未来要照顾他的人，是我。我宁愿余生的每天都被遗忘在门廊上，看着我妈妈开车消失在马路尽头，恶心到想吐，也不想回忆起告诉丹尼他妈妈死了的情形。

他的嘴开开合合了几次，然后抬头望着天花板。他笑了，仿佛这是我们开的某个古怪的成人笑话，他虽然听不懂但却一直想听懂的那种。他满脸难受的笑容逐渐消失，然后转过脸去开始哭，把自己埋到沙发靠背里。老天，我们怎么会变成这样。

"我很抱歉，"我说，"非常抱歉。非常抱歉我们让这一切发生。我知道你一点也不想让我来照顾你。我不怪你。我知道我完全当不了妈妈，但我会尽力的。丹尼，我对上帝发誓，我不会离开你的，我会尽力的。"

"尽力……"他啜泣着。我们躺在地板上，为我们失去的一切痛哭。

芮妮的葬礼就在四天后举行，简短而且简朴。我让多姆神父主持（除了我还有谁会反对呢，何况我也没有精力反对了）。托雷利夫人安排好了一切。弗朗西斯科来了，作为代表。托雷利家的教堂在中颈路上，我们五个人坐在小礼拜堂里。多姆神父慈祥甚至温暖地讲述着芮妮的生平，她的可爱，和她对托雷利家的贡献（没有讲爱丽思，也略去了格斯，那个德国间谍）。他重点讲了丹尼，这一点我很感激，还讲了上帝的意志。如果我爸爸听了，他肯定会说，太可怕了。他半小时之内就结束了仪式。我感谢了托雷利一家和弗朗西斯科，然后就带丹尼去吃冰激凌了。

第二天，托雷利一家拿来了一篮水果，让我给爱丽思送去，那时她在哥伦比亚长老教会医院刚刚苏醒。迪亚戈家的所有人也来了，说一起带我过去。但我一个人要确保丹尼赶得上车，还有我爸爸不会从床上掉下来，如果忙不过来，就根本不能去看爱丽思了。卡妮早上 7 点来敲门，我告诉她我不能放下这边开车去医院，于是她拿起了托雷利家送的果篮，直接把便鞋递给了我。丹尼站在他房间门口，揪着嘴唇，这让我抓狂。

"咱们穿上鞋吧。"我对他说。我找到了他的"破烂安迪"，带着他的大半个面包圈，我们一起去了医院。丹尼时时刻刻黏在我怀里。

贝亚把丹尼留在了医院的咖啡厅里。（"他能做什么呢？"她说，"芮妮死了，爱丽思一团糟。谁需要去看她？你必须得去，他不需要。"）卡妮和弗朗西斯科退后一步，让我先进入爱丽思的病房。我想找个既温柔，又能表达深切情感的方式拥抱她。我的深切感受是这一切就是一场噩梦。被丹尼和爱丽思深爱的芮妮，不可能就这样死去，撒手人寰。我没有爱过她，但是我喜欢她，而且她悉心照顾着丹尼，让我姐姐开心。这，基本上，对我来说足够了。

爱丽思睁开了她的左眼（她右边的脸和脖子盖着纱布，缠着绷带），即便这只眼睛也不像我姐姐的眼睛。那明亮的，有时带点讥讽，如新叶般嫩绿的光芒，彻底不见了。弗朗西斯科亲吻了爱丽思的额头，我也照做了。卡妮坐在床角。她给爱丽思讲了几个"贝拉多娜"开心喧闹的趣事。我找遍了篮子里的东西，用巧克力搭了一座塔，还剥好橘子。

弗朗西斯科说家里一切都有我照料，倒不是说家庭重担都压在我的肩上，但是我做得很好，爱丽思完全不必担心。爱丽思闭上眼睛。卡妮去找贝亚，弗朗西斯科说："你需要休息。我让你们姐妹单独待一会儿。"他拿着橘子走向大厅，没再回来。

我在病房里走来走去。"你知道吗，"我说，"我觉得丹尼还是最好不要进来看到你这个样子。"爱丽思点了点头。粘在她胸前的管子还有胳膊和肩膀上裹着的厚厚的绷带跟着轻轻地动了动。我说："我们可能还可以在托雷利家待一个月。他们需要一个男管家，一个厨师和一个女家庭教师。我觉得丹尼和我肯定做不来那么多事。"爱丽思闭上了眼睛。

我们又坐了一会，她又睁开了眼睛。

她没有发出声音，通过口形说出了"芮妮"。

"你能碰你这里吗？"我说着，把手靠向她左腿上。她点了点头。"我以为有人已经告诉你了。"

爱丽思盯住我的眼睛，怒气冲冲。

"我很抱歉，"我说，"他们已经尽了全力。她……她没能……她没能坚持到医院。"

她又用口形说出了"我知道"。

"你知道？你是说你已经知道了？"

爱丽思点点头。

"那由我来告诉你会让你感觉好点吗？"我说。

"不会。"她说。

在回家的路上，弗朗西斯科让贝亚开车，他和我坐在后排，丹尼横在我们俩中间，半睡半醒。弗朗西斯科告诉我等爱丽思的手伤治好，他能略施魔法来帮她，让她的手漂亮起来。在车后座的阴影下，他在我的手上设计着线条。（"得把指尖涂上珍珠色，"他说，"这样比较容易聚光。如果有烧伤的地方，你就先涂一层粉底，然后涂一层桃色粉底，接着只用一点点棕色让手指变纤细。而且，她还得涂指甲油，一直涂，让她的手看起来精巧。"）

爱丽思在特殊烧伤科又待了两个星期。托雷利又给她，还有我，送了更多的果篮。丹尼和我吃着精美的梨和姜饼，还有金冠苹果。我必须说，他从来没有主动要求过吃一顿好的。我发现当他躺在床上，用他自己神秘的方式祈祷的时候，他会问上帝："什么样的人把你从你的生活里偷走，无论那生活是如何悲惨，去给你一个更好的生活，无论那生活多么奇特，正当你感觉有一点点舒适的时候，就又把它拿走了？"

每天早上，我喂我爸爸吃荷包蛋和果酱，果酱装在小罐子里，罐子塞在果篮下面。然后我送丹尼去上学。我不再去"贝拉多娜"，虽然我知道这样做很傻，但我已经没办法给那些女人预测她们将来会发生什么事。我在家照顾爸爸，但他其实除了一杯奶昔和一个便盆外也不需要其他东西了。

我会走路送丹尼上学，在他教室门外坐到打铃。我们会坐公共汽车进城，买一些我们喜欢的东西。我给我自己偷指甲油，给他偷来《神奇上尉》[1]的漫画。我们买克里格尔的冰激凌甜筒，然后走到格雷斯大道公园去涂指甲、读书。我们看着孩子们玩耍。等到天凉一些，天色晚一些，孩子们都回家了，我和丹尼就把买的东西放我包里，在每个器械上玩一遍，在滑梯上完成一个完美的站立双人滑，然后我们坐车回家吃晚餐，有水果，奶酪，还有饼干。

　　我不知道还有谁去看了爱丽思。虽然，打心底里，我认为我是个比爱丽思更好的人，但我知道，如果是我躺在医院里，她一定会一直守在我病床边的椅子上。

---

1. 虚构的以超级英雄为主人公的漫画，最先由福西特漫画出版，其后由 DC 漫画出版。

Chapter 17 **希 特 勒 只 有 半 个 胆**

来自格斯的信

> 普福尔茨海姆
> 1945 年 1 月 2 日

希特勒万岁！和你开个玩笑。在这里，人们打招呼的方式千奇百怪。

"骑[1]你和你骑的马。"或者："哎呀，老天爷[2]！！这仗什么时候能打完？"或者："你要是给我们你的鸡我就把妹妹给你。"或者："你看什么看？狗娘养的[3]！"或者："我已经尽力了——别开枪（或者别偷我东西或者别告发我）。"（我正努力学这句，希望它某些时刻能保我们一命。）

小姑娘们嘴里不停地喊着："胜利万岁！"[4]如果这个国家不被狂

---

1. 原文为 Fick。德语，粗俗的话，表示"与……性交"。
2. 原文为 Mein Gott。德语，意为"我的上帝"。
3. 德语，原文为 Hurensohn。
4. Sieg Heil，德语。纳粹时代的口号。

171

轰滥炸，我们没有饿死，我们就得带她们到城里去买"女军大联盟"服装。
这帮 BDM[1] 就如同你们的女童子军（如果女童子军有杀犹太人徽章并且
统治全世界的话）。姑娘们整个早上都围着房子门前的一小块土地走
正步。我不会阻止她们。我希望她们的热情能让我们看起来好一点。
不像格里塔，她总是应付地挥挥手就看向别处了。

她的姨母和姨父都是体面的人，和我们印象中的老乡下人差不多，
社会中坚。我们没有黄油，没有鸡肉，没有煤气。那老头就帮别人修
这修那，或者磨刀，如果有可能还在黑市上卖点烟。她姨母每天打扫
两次厨房，会用十六种方法做土豆。偶尔，我们看被碾成泥的萝卜，
都可以用来补车胎了，如果我们有车胎的话。两位老人家大概是很不
待见我们。每次我一踏进厨房，老太太就对我发出嘶嘶声。我只好让
姑娘们一直在外面玩，直到嘴唇发青。每天晚上，他们准时和我们分
享晚餐。大多数早上，我都和老头子一路步行。有时碰到需要磨刀的人，
我们就用劳动力换他们身上带的几个鸡蛋。有两回，我俩搭便车去了
一个农场，修了一辆老旧不堪的拖拉机。

他们在苏联战场失去了两个儿子。他们不知道自己的三儿子在哪
里。我在普福尔茨海姆还没见过一个四十岁以下四肢健全的人。我在
路上遇到个年轻小伙子，坐着个四轮小车，看上去像是给小孩坐的小
车，但是空间足够容纳他这个成人了。我估摸着他双腿还在的时候得
有一米八七高。他叫汉斯。我们彼此很友好，有时候，喝了几杯以后，

---

1. Bund Deutscher Mädel 的缩写，德国少女联盟，希特勒青年团的分支之一。

汉斯让我给他讲讲来德国的故事。他会哈哈大笑，一直笑到痛哭流涕，有时候我也是。

城里没有我能做的工作。曾经街角有钟表匠或者珠宝匠，但现在什么都没有了。

1945 年 1 月 28 日

昨晚我们第一次遭到轰炸。格里塔正往院子里倒洗碗水，因为下水管道已经往上返水了，而我在拉窗帘。姑娘们站在门廊上逗猫。这时炸弹开始往下掉，而姑娘们在向上看。我觉得她们不知道自己看到的或者听到的是什么。刺耳的警报声响起，我们急忙跑到酒窖。我抱着卡罗琳，格里塔带着安娜和老人，那只猫也急忙跟在我们身后跑下来。灯灭了。我们就在酒窖里过夜，乌烟瘴气。第二天早上，霍斯特姨父和我从后门把厨房里剩的东西都拿下来。我们一切都好。

你的朋友格斯

格斯和汉斯听着收音机，那是哈里斯元帅[1]在伦敦的演讲。元帅说："应该强调的一点是，摧毁房屋、公共设施、交通和生命，造成前所未有的大规模难民问题……是可以接受的，而且是我们轰炸策略的目标，而非我们为了轰炸工厂而产生的连带结果。"

这个人还真是说到做到，格斯想。

德累斯顿比普福尔茨海姆早十天遭到轰炸。赫尔·奥尔特曼的哥哥开着他的旧卡车从三百英里外的德累斯顿市郊过来，那里还有几条通往普福尔茨海姆的路。格斯帮他从卡车里出来，姑娘们正在院子里玩，而格里塔在帮老人更换脖子和耳朵上面已经脏掉的绷带。他不停地说了一个小时，格里塔给格斯当翻译。德累斯顿市中心已经被摧毁，很多人应该是从酒窖里逃出来的。他开过来的路上，经过了一堆堆比人还高的碎石堆，他说那些碎石堆里有砖、石头、自行车架、烧焦的轮胎、木框、人们的衣帽鞋，在它们下面和中间，还有人。他说他路过的死人身上没有任何受伤的痕迹，他们是窒息而死的。格斯问格里塔她是否确定他说的是这个意思。格里塔说："我确定。他的名字叫克劳斯。"格斯和他握了手。

两天的时间里，格斯和三个年长的奥尔特曼以及格里塔、卡罗琳、

1. 亚瑟·特拉弗斯·哈里斯（1892—1984），英国空军元帅，二战中首先实践并指挥了对德国的饱和轰炸，人称"轰炸机"哈里斯。

安娜出出进进酒窖六次。时不时有小的炸弹落下来，小型飞机在头顶上低空飞过。格斯让格里塔问克劳斯，德累斯顿的轰炸是不是就是这样开始的。克劳斯说不是——德累斯顿的轰炸是嘭的一声开始的，格斯和克劳斯都在酒窖里笑了起来。

　　第一轮轰炸后，格斯和克劳斯还有赫尔·奥尔特曼开着破卡车去考察普福尔茨海姆各处的破坏程度，看看有什么他们能做的。他们看到了残缺的楼房，只剩窗框的墙，没有门的门楣。一个教堂的塔尖躺在路上，斜靠在图书馆外，挡住了路。一个护士从它下面跑过去。在另一所房子里，火苗像顽皮的孩子一样在屋子里上蹿下跳，把窗户冲破，把房顶掀开。

　　他们开车回家，刚下卡车炸弹就落下来了。"姑娘们，进酒窖，"格斯喊道，"格里塔，快！"[1] 他感觉有火球正从台阶上滚下来，可能是旧木头或者泥土台阶。火苗追着他和姑娘们往酒窖里冲。几罐樱桃蜜饯炸开来。酒窖的灯闪了几下，忽然大亮起来，然后就是漆黑一片。轰炸停止了，安娜站起来，跺着脚，要出去。克劳斯说："有时当人们急着跑出酒窖的时候，他们会被门上的金属烫伤手或者胳膊。"于是格斯用衣服包住自己的手，推开了门，只开了两寸。他发现外面火光冲天，把天空完全点亮，整个城市像在过新年。火焰在冰冷的地面上聚在一起，依然明亮地燃烧着。血橙色的火焰在他们院子里蔓延，烧过他们的铁栅栏。

---

1. 原文为"mach hinne"，德语。

整整三天的时间，灰烬如雪花飘落。格斯让姑娘们待在屋子里，她们就看着火星落下又浮起。格斯认识的所有德国女人都收集东西；他妈妈和他祖母收集陶瓷的小雪人。他妈妈尤其喜欢那些浑身雪白的白雪小宝宝，那样会显得光滑粉嫩的脸颊和乌黑的眼睛格外醒目。而现在，所有一切，雪片，被白雪覆盖。房子所剩下的一切都仿如雪片。最后一轮轰炸持续了差不多一天。他们一家人把衣服扑在地面的碎玻璃上，在酒窖的泥土地上躺了好几个小时。外面的声音震耳欲聋，余下的房屋通通被炸飞。他们头顶上的天花板像一块破旧的地毯被炸得掀了起来。等格斯恢复了意识，三个奥尔特曼兄弟已经死了，并排躺在酒窖台阶附近。安娜和卡罗琳在格斯旁边，也死了，胳膊和腿伸展开，像两只海星。他找不到格里塔的尸体。

　　后来，人们说德累斯顿比普福尔茨海姆死的人多。"东京比德累斯顿死的人多，"格斯说，"谁又在乎呢。"离开普福尔茨海姆之前，格斯去了他朋友汉斯家。汉斯的尸体还在院子里，胳膊搂着他妈妈。小车的四个车轮像花圈一样躺在他们身上。

PART 3

1945—1949

Chapter 18

回 家 ， 回 家

　　我已经几个星期没去美容院了。我又破产了，也没有人借钱给我。如果我爸爸还能说话，他肯定会说："人们只应该占那些富人的便宜。"我告诉丹尼他得开始坐公共汽车回家了，而我得回去工作。等我为卢索夫人和她那位再未谋面的丈夫读完牌，我又和卢比奥夫人在海上失踪的儿子通了灵。贝亚说："留下来喝一杯吧。"这时弗朗西斯科带了一盒饼干来到了美容院。贝亚说："快来，我们爱你。""那个丹尼是个好孩子，很有意思。"卡妮说。"你们知道吗，"她说，"贝亚上星期在这里结婚了。她要和那个阿蒂私奔了，他们就像两个孩子似的。"

　　我说这真是个天大的惊喜，然后卡妮说："可以这么说——她有制胜法宝。""哎呀，到感恩节的时候我要看起来像只搁浅的鲸鱼了，"贝亚说，"卡妮告诉你了吗？东布鲁克林有个牙医在满世界地追她。还带着个女儿。他妻子死了，不是离婚。""他人很好，"卡妮说，"叫拉比诺维茨。"

　　我说我为她们两个高兴。我说她们为我们做了很多，没人会对我们这么好。"那个牌桌，"我说，"你们帮我开始了生意。你们和万道尔夫人。""我们还不知道万道尔夫人发生了什么事，"卡妮说，"她的生活是个谜。我觉得她和她的钢琴老师跑了，那个施莫特拉克先生。"贝亚点了点头。"我们的确是这么想的。那个人很好看。是个外国人。"

"我还能在这里读牌吗？"我说。她们看上去有点尴尬。"当然，"卡妮说，"没人要赶你走。只是世道变了，所以我们没法再收留你俩，虽然我们希望可以。"

"弗朗西斯科是愿意的——他像爱自己的女儿一样爱你（'你知道她的意思。'卡妮说），而且他真心喜欢丹尼——但是他忙不过来了。""我理解。"我说。贝亚和卡妮瞪大了眼睛，看向弗朗西斯科，然后摇了摇头。"他忙不过来了，"她们一起说道，"他要在佩恩车站开一家新的理发店，有美甲师和擦鞋摊。"（"就在理发店里，"贝亚说，"你看他多聪明。"）

我说那太棒了。弗朗西斯科说他的妹妹们都非常慷慨地支持他。而她们也对他的谢意表达了感谢。接着大家都吃了点饼干，各自沉默看向各处。

这时候真需要一个像万道尔夫人或者夏洛蒂·阿克蒂这样的人，拿起装饼干的盘子说："这饼干多好吃啊！"

"还有，"贝亚说，"弗朗西斯科的家里也忙得不可开交。"卡妮看起来好像想哭一样。"我那里有个男孩和我住在一起，"弗朗西斯科说，"他不是同性恋，是墨西哥人，工作勤奋。在他能自立之前都住在我那儿。""你的小尤物。"卡妮说，然后她们开始叽里呱啦地用墨西哥话聊起来，但是声音很小，直到弗朗西斯科把手啪的一声拍在桌子上，姐妹俩才住嘴。"只是暂时的。"弗朗西斯科说。"相信我，我把我知道的都告诉你们了。"他对他的妹妹们说。"我教他英语，"卡妮说，"你给他做饭。""是的，"弗朗西斯科说，"我给他做饭，我还和他玩康奎安牌。是的，恩卡纳西翁，我们玩牌。我知道这听上去让人吃惊。他就睡沙发，豪尔赫是个漂亮的男孩，"弗朗西斯科说，"他很漂亮，但我也不是傻瓜。他两星期以后要开始上夜校。"

　　卡妮转动着眼珠，说："我们走着瞧。"事实上我们的确瞧见了后来的一切。豪尔赫上了夜校，遇到了一个叫格雷西·什里夫的英裔女孩。她来自长岛市。他带她去见弗朗西斯科，为了得到弗朗西斯科的祝福。不久他们就结婚了，弗朗西斯科去参加了婚礼，还在家里挂起了婚礼上的照片，有格雷西和豪尔赫一起切蛋糕，有弗朗西斯科和什里夫一家人一起举杯，还有弗朗西斯科和新娘一起跳华尔兹，所有人都好像一家人。打那以后，每年圣诞节格雷西都寄来一张贺卡，还附上一张她和豪尔赫以及他们的两个小儿子的照片。他们看上去都很好。弗朗西斯科把它们挂在理发店的镜子上，就在弗朗西斯科和拉瓜迪亚和奥德怀尔两位市长合影的相框旁边。

　　弗朗西斯科叹了一口气，手放在我肩上。"我车里有给你的东西，"他说，"在你走之前送给你。"在车里，他四处翻找，终于找到一个梳子套装，上面放着给丹尼的消防车，还有几把人工钻石梳子，是给他妹妹们的。我们回到美容院里，只见贝亚和卡妮静坐在那里，胳膊放在我的塔罗牌桌上，僵硬得仿佛她们从身后遭到了枪击。

"是总统，"卡妮说，"他死了。"

"在沃姆斯普林斯[1]，"贝亚说，"啊！他死了。是谁杀了他？我们的总统。"

弗朗西斯科把我拉到脏兮兮的天鹅绒沙发上。我在他怀里哭泣，贝亚和卡妮抱在一起哭。我们都围坐在桌子旁，一边流着泪一边听着收音机。收音机里在报道关于总统的动脉瘤，关于他最后晕倒的所有细节，他说着"恐怕我现在头疼欲裂"。我们都能想象他原来说话时圆润、贵气的声音——属于富兰克林·德拉诺·罗斯福的声音，他就是用这样的声音，为那些从未像他那般说话、像他那般穿着打扮、踏足过他所去到的地方的人发声，为像我们这样的人发声。

"我得去接丹尼，"我说，"你们觉得学校告诉孩子们了吗？"

弗朗西斯科说："你告诉丹尼，总统是个伟大的人。你要保证，无论那些共和党的混球骗子老师跟你的孩子说什么，他都得知道，我们再也见不到比他更好的人了。你得告诉他。"

"我们都得回家了。"贝亚说，然后她关上了灯。

路上已经塞满了车。从我身旁开过去的人脸上都流着泪水，他们都往城里的方向开。我能看到在我斜上方的公共汽车里的人，用白色的手帕捂住灰暗的面庞。我去接丹尼的时候他整个人在发抖，我把弗

---

1. 美国佐治亚州西部梅里韦瑟县的一座城市，第32任美国总统富兰克林·德拉诺·罗斯福逝世于此。

朗西斯科让我告诉他的话说了一遍。到家以后，我们两人躺在我的床上，整晚听着收音机。那天晚上，我无比想念我的姐姐。

　　我们自己的未来，我是说我和丹尼的未来，还不明朗。即便明朗，也不晴朗。我们搬家了。托雷利一家已经是我们所能遇到的最好的人了。我当然希望，如果我也特别有钱，有四个孩子，住着建在水上的大房子里，如果我的管家病了，我的厨师死了，而我孩子的家庭教师匆匆忙忙去了英国，我也能像托雷利一家那样慷慨、耐心地对待仍然活着的人。但是我对此深表怀疑。托雷利夫人说我们可以把他们客厅的沙发拿走，还有他们的储藏柜和锅碗瓢盆。她还给了我一个信封，里面装着老树巷一所小房子两个月的房租。她是通过新来的女仆的姐姐找到那所房子的，还没等我去看房子，她就付了订金。（这倒也合情合理，基于我刚满十八岁，同时照顾着一个生病的老人和一个八九岁、我几乎不怎么认识的孩子，在东布鲁克林以算卦为生的境况。）但是我还是不可思议地说出："不了，谢谢您，这个房子不太好，咱们再看看别的吧。"托雷利夫人跟我们道别的方式跟她和我们打招呼的方式差不多——和善的同时还有点吃惊，竟然和我们这群人在一起。托雷利先生对如何处理损坏的物品很有经验，他还深谙那些诡计多端的表亲们奉上的希望和祝愿。而我猜，他最后也算认识我们了。他站在车道的分岔处，看着奥齐·帕特森像抱一堆柴火一样抱着我爸爸，然后把他头朝里边慢慢放进车后座。我则抱下来一个又一个大箱子，像在泥汀的山坡上行走的一头牛。当我差不多要去楼上进行最后一番扫荡的时候，托雷利先生给了我一张五十美元的钞票。

"我母亲在我八岁的时候去世了，"他说，"祝你好运。"

我把丹尼和他的"万能工匠"、"破烂的安迪"娃娃还有芮妮在他上一个生日送给他的飞行员夹克一齐塞进车里。我站在宽阔、曲折的车道上，许下我一直都在许的愿，那就是我能向左转，走进托雷利的家，而不是向右急转，拐进汽车房。那才是一种真正回到家的感觉。

克拉拉在新房子等着我们，在厨房的餐桌前啜着冰冷的饮料，监督着奥齐的傻表弟（这是她的话，不是我说的）把我们的床从西尔斯卡车上搬下来。那张床是奥齐·帕特森送给我们的礼物。西尔斯的卡车司机是个黑人。我们的左邻右舍也都是黑人。街对面的老人是个白人，坐在门廊上，抽着烟，看着我们。小露丝·波斯特，她家只和我们隔几个街区，后来成了丹尼最要好的朋友。她逛过来（她总是表现得好像她只是在她家周围闲逛，碰巧经过我们的小木屋而已），邀请丹尼和她一起去公园，因此他就逃过了转移和搬运我爸爸这一痛苦的过程。还有搬家具，搬芮妮的衣服。她的衣服对我来说太大了。我还要搬爱丽思的衣服，这些衣服我没有寄给她。

奥齐抱着埃德加上了阁楼，把他塞进去，等他下来的时候，他简单清洗了一下，向克拉拉伸出胳膊拥抱，他们就走了。我记得那天我辛苦地打扫（后来又有很长一段时间放弃了打扫），给我自己和丹尼做了煎饼，给我爸爸做了软软的炒鸡蛋。丹尼向库比蒂诺[1]的圣·约瑟夫祷告的时候，我和他坐在一起。他让我在他的新卧室亲吻他，和他道晚安。他的床是新的，地上的小地毯是飞机的形状，这还得感谢奥齐·帕特森和他对克拉拉的热爱。

我又回到阁楼上，和我爸爸坐在一起。他的脑瘤让他痛苦不堪。他既不会好转，也死不了。人们虽然都说要死的人好像听不见别人说什么，但其实他们能。在新房子里度过几个夜晚之后，在换便盆的时候，我告诉他："没关系的——你可以放心地走了。"我爸爸一定是把这句话当成了战斗号角。他重整旗鼓，开始每天有好几个小时睁着眼睛，用意第绪语咕咕哝哝。克拉拉说我们（意思是我）应该找一个会说意第绪语的人来鼓励埃德加。我照做了。我找到了伯纳德干洗店的伯尼·斯麦德里斯曼。斯麦德里斯曼先生身材矮胖，乐善好施。他就像一颗善良的保龄球。他给我们拿来衣物和面包圈。有时候克拉拉和奥齐也一起过来吃面包圈和熏大马哈鱼。斯麦德里斯曼先生还带来了泡在奶油汁里的鲱鱼，但是只有奥齐尝试了那个。

渐渐爱上了奥齐·帕特森的克拉拉，并没有中断指导我照顾我爸爸。她会监督我给我爸爸做什么吃，在我喂他的时候她会讲明应该由我给他擦浴，而不是由她来。而我每天都为她的到来而感谢她。如果我爸爸死了，估计二十分钟之后她就会一溜烟地走掉，但是我不怪她。她差不多每个早上都过来给自己泡一杯咖啡，亲吻我爸爸的额头，给

---

1. 是一座位于美国加利福尼亚州旧金山湾区南部，圣塔克拉拉县西部的城市。

他唱几首歌，下楼来抽几根烟，然后嘲笑我。"真乱呀，"她会说，"一个带着孩子的孩子。"她会戳丹尼的后背，让他站直，讲礼貌，告诉他没有女孩想要一个油嘴滑舌、弯腰驼背的男朋友。她会递给他一本漫画书，送给我她的红色口红。"打扮一下，吃顿好的，"她说，"天知道，照你现在这个样子，得再胖一圈才能照出个人影。"

　　战争结束了。停电演习结束了，街灯又都亮了起来。我们的房子里从来没有过花园里的浇水管，金属桶，或者长柄铁锹，虽然我们应该有这些东西。我们有的不过是一把扫帚，一块海绵，还有一盒硼砂。我们甚至连把梯子都没有。如果丹尼把球扔到了房顶上，我就得从我爸爸身上爬过去，爬到阁楼的窗子外面去帮他捡球，这时丹尼会告诉我小心点。1月12日，胜利游行的队伍走上了中颈路。他们一路从诸圣堂走到大草坪，就像城市里的大游行一样。有两个指挥，一个带领着海事学院的鼓乐队，一个指挥高中女生们分发鲜花和旗子，还有一辆装饰着红玫瑰的吉普车，上面载着的三个士兵木讷地挥着手。牧师们、一位神父和一位拉比[1]站在图书馆后面草坪上的露台上，朗读着我们阵亡士兵的名单。丹尼和我为活着的人欢呼，为已故的人哭泣，就和其他人一样。我希望格斯属于前者，但是我深表怀疑。

　　如果你问我，我从占卜当中明白了什么，我会告诉你，没有哪个

―――――――――

1. 有时也写为辣彼，是犹太人中的一个特别阶层，是老师也是智者的象征。

幸福的人会来找做我们这行的人。我会说："人们来占卜是因为他们太害怕了，他们晚上惊醒时大汗淋漓。他们向真我的井里望去，看到自己行为的后果，被吓得毛骨悚然。于是他们跑到我的小桌子前，让我告诉他们，他们看到的事情不会发生。"

战争的结束让所有人的生活陷入一团混乱。（也许德国人和日本人没有，但是他们不会到我的小桌子这来。）人们结婚生子，购置房产，上学深造，离婚，一切都在提速。有悲痛欲绝的母亲每星期都来，因为她们的儿子获得了金星勋章[1]，她们想来看看我能否给她们一个活下去的理由。除了她们，来"贝拉多娜"的女人们都在向我问未来，而不是过去，而且她们不接受否定的回答。卢索夫人的一个朋友过来跟我说，她在考虑一个人搬回宾夕法尼亚，不带她丈夫。"我在那有个农场，"她说，"还有朋友。纸牌上怎么说？"还有一个女人找到我，她是个新娘。她只想知道自己会生多少个男孩，多少个女孩，到圣诞节能不能怀上孕。"每样生两个，"我说，"肯定能。"

等士兵们都回到家，汽车经销商的生意兴旺起来，美容院也是，还有我。

在丹尼上学的第一天，弗朗西斯科和我一起给我的生意找了个新地方。弗朗西斯科不停地喃喃自语："车流量大，房租低，容易停车。"而他找到了理想地点。他和一个与他年纪和身材相仿的人谈房租价格，等他们谈完，他们在后门台阶上抽着雪茄。"你跟他说我是谁？"我问。

---

1. 为阵亡士兵而颁发。

"你就是我的小女儿，"他说，"而且，你有一种天分，就像我去世的妻子，愿她安息。如果他找你读牌的话，你不要收他的钱。你每晚八点准时关门歇业。不能做不道德的事。"

我们搬上去的东西除了我那盏带牧羊女装饰的台灯，还有我从"贝拉多娜"拿回来的两把小椅子和折叠桌子。（"把椅子拿走吧。"卡妮说。"把桌布也带上。"贝亚说，"亲爱的，祝你好运。"她们在"贝拉多娜"门外的台阶上流泪送别。）我们从五金店买了四根胖墩墩的蜡烛，把爱丽思的旧裙子裁剪开来盖住家具（桌子上铺的是带蕾丝边的黑色丝绸，椅子上钉的是绿色棉绒），弗朗西斯科把所有玻璃都涂成了黑色。他在窗子外面装上铁丝网，又盖上旧围巾和床单，直到屋里黑得伸手不见五指。

灵媒，就像服装设计师、心理医生还有鸨母一样，他们做生意的场所至关重要。如果我有钱，我就会用豪华的布料和东方风格的小地毯，可能角落处还会有一个俄式小茶壶在火炉上吱吱作响。孔雀石的物件点缀着书架，旁边放着一个神秘的桃心木大盒子，还有一张照片，里面是一个眼神忧郁的小姑娘，长长的鬈发上戴着缎子蝴蝶结。遇见的客人不同，小姑娘的身份也千变万化。她可以是某位亲戚、一个被谋杀了的皇室成员、小时候的我（"谁能断定你不是个逃跑的皇室成员呢。"我爸爸肯定会这么说），也可能是我的灵魂导师。（你肯定会觉得惊奇。所有的小孩，所有的中世纪医生，所有那些可亲的已故的姨妈，都可以成为某个人通往灵界的导师。我注意到没有外国人当通灵师，除非他们听懂他的口音。比如，你没见过哪个意大利的灵媒说自己的通灵师是挪威人。反之亦然。否则他们的来世要比东布鲁克林的情况还糟糕。）

弗朗西斯科喜欢我的布置。因为女士们可以同时来点斯特里考夫面包店的饼干，或者享用阿伦代尔烤肉店的烤鸡，在孩子放学回家之前听我给她们读完牌。他说他不知道男人们会不会欣赏我所做的这一切。"但是，"他说，"要是一个男人需要去看灵媒，那他一定是遇到了大麻烦，他也就不在乎周遭环境如何了。"

我在窗子上挂了一块小牌子，上面写着"形而上学研究协会"。就像丹尼的孤儿院上面悬挂的"大卫之星"，只有了解内情的人才知道是什么意思。我免费给斯特里考夫面包店的女士们读牌，作为交换，她们把店里快过期的东西送给我。然后我再转卖，让修女们买一送一，给那些可能有需要的顾客五个打包出售。忽然间，整个世界都充斥着吸引女人来买的东西，我是其中之一。

Chapter 19　今 年 的 春 天 要 迟 到

来自格斯的信

　德国，图茨海恩
　1945 年 8 月

亲爱的伊娃：

　　所谓盖棺定论，对于林肯，他们就是这么说的，现在对于罗斯福他们也会这么说。我听说在特拉维夫，人们把国旗都涂上了黑边，并且降了半旗。我听说当送行的队伍穿过佐治亚的沃姆斯普林斯时，一个黑人用手风琴演奏了海顿的曲子。这里的女人哭得仿佛她们都是埃莉诺一样。可能所有的犹太女人都确实是埃莉诺·罗斯福——虽然比她好看，但没有她文笔好，可都和她一样心地善良，思维敏捷，而且永远都要掺和别人的事情。我们现在有四位拉比了，所以我们这里的追悼会举行得非常生动。这里之前有个家伙，说在圣路易斯号被要求返航的时候，他弟弟就在船上，后来解救他的人把他带到了以色列，他现在正在那里吃橙子呢，既没受到伤害，也没受到污蔑。所以你看吧，在这里不会有人说"他（罗斯福总统）做得还不够"，这里的人都爱死他那个色彩明快的烟嘴了，还有他的坚定沉着和他昂贵的大衣。他是我们的异教徒。不过我记得那些共和党的银行家和达官贵人曾经指控他隐藏自己犹太人的身份，把"罗斯福新政"说成"犹太人的勾当"，还叫他罗森福总统[1]——显然，如果一个人又体面又关心穷人，那就只有这个解释了。他会感到受宠若惊吧，我猜。

犹太人说我们有三个世界：

Die velt（现世）。

yene velt（来世）。

罗斯福。

我会用意第绪语开玩笑了，所以——

我现在是犹太人了。我们刚认识的那会儿我还不是。（我觉得你不会觉得这有什么问题，但那些体面的反犹太主义的人总是出乎我意料。）因为我们这里有四位拉比，所以我们压缩了皈依的进程。

恐怕等我们下次见面的时候，出现在我面前的你就是个成熟的女人了，聪明利落，风趣直爽，而你将看到的我则是一块风干的萨拉米

---

1. 罗斯福的德语发音为"罗森福"（Rosenfeld），听起来颇像犹太姓氏。

香肠，瘸着一条腿，还少了一颗门牙。你上大学了吗？有没有哪个聪明的小伙子求婚呢？

我得告诉你，我还没有开始自谋生路。我进了个图茨海恩的难民安置点，不好也不坏。图茨海恩人干掉了所有的纳粹罪犯。（不过有一些没被干掉的还在以前的办公室里，假装自己是君主主义者。我倒更喜欢那些诚实的混蛋，在监狱里还不忘往鞋上吐口唾沫，把鞋擦亮。每天早上互相打招呼都说："嗨，希特勒！"）后来安置点里得给波兰人腾地方。（请原谅我，但他们是这个地球上最反犹太主义的人了，可能除了乌克兰人以外，因为他们是屠夫。我希望你周围没有这样的人。）我们这里有波兰犹太人，一些修女，一些妓女，还有一些德国贵格会[1]教徒。这里的虱子真是势不可挡，就算你星期一剃了头，到星期五就会发现这些小混蛋又回来了。这里食物也不够吃，有些人还穿着集中营里的制服，把祈祷面纱裹在脚上，再把脚塞进统一发放的靴子里。愿上帝帮助他们。我们每星期都清点一遍人数，看看谁又死了。

我到这来的时候和大多数人一样，一瘸一拐，光着屁股，脚上穿的鞋其实就是个鞋底板系着一根绳，或者是半截的衬衣捆着半块木板，系在脚上。我们学会了舍弃一切，除了食物和武器。我有一点兔肉，腰带里别着一把刀。我旁边是个迷了路的吉卜赛人，他每个口袋里都有黑面包，还有一根铁的撬棍直插进裤腿。我们架着其他人，拖着快死的人，把尸体扔到护士脚下。这些人里有些就是神的化身。其他的则是些凡夫

---

1. 又称"公谊会"，兴起于17世纪中期的英国及其美洲殖民地，外界认为其属于基督教派。

俗子：有骗子，懒鬼，还有虐待狂——他们在公平的战争中一个敌人也消灭不了，却会从长着脓疮的四十个孩子那里克扣一条肥皂。

我在教英语——你觉得怎么样？我们管它叫"基础英语会话"。我给每个人都起了个美国人能叫得出的名字。如果你在纽约遇到一个叫鲍勃的犹太人，操着浓重的口音在刷盘子，你可别太吃惊。我教他们所有人统一回答："是格斯让我来的。"

我有个伙伴，叫列夫，从莫斯科来的。他告诉美国人如果他回家的话会被人折磨死的。他把我们的《独立宣言》背了一遍——按照发音来背的。他还不会说英语。他说："波兰人坚定不移，我也是。"

七月份，他们把几百个波兰犹太人送回了家。他们穿着打了补丁的裤子和夹克，还有借来的袜子，每人拿着一条面包。他们在索斯诺维茨的克拉科夫还有卢布林都遭到了屠杀。在凯尔采[1]，他们被八百个波兰工人党的英雄活活打死，这些人拿着铁锹和木棍向他们砸去。有些正直的人把犹太人送到医院，波兰士兵马上将他们洗劫一空，连那些还处于昏迷状态的犹太人的鞋子都被偷走了。犹太人跑到火车站，登上了开往各处的火车，乘客们就把犹太人从行驶的火车上往下扔。我们的波兰通信员报告说，何隆德枢机[2]说凯尔采的暴力行径是不幸的，可能是由于波兰人担忧自己的孩子的安全而引发的。而亚当·斯特梵·萨

---

1. 波兰东南部城市。
2. 枢机，罗马天主教中仅次于教宗的职位，源自拉丁文 cardo，有枢纽、重要的意思。因穿红衣、戴红帽，又被称为红衣主教。

皮阿枢机则说犹太人是自作自受。所以，去年，有十万名犹太人——别说我们不明白暗示——离开了波兰。在图茨海恩这里，我们哪儿也不去了。显然，我属于特殊情况。连国际红十字会的工作人员都不相信我会在这里。他们说这是一场"误会"，我想我同意"好像是出现了一些误会"这个说法。

献上我的爱和吻，孩子。

格斯

1946 年 1 月

展信佳[1]，伊娃！

上面这句意思是"祝你健康"。我现在满口意第绪语。我现在是图茨海恩免费大学的英语高级讲师（没有初级讲师）。我负责制作模拟工作申请表，让人们练习填写。我给他们讲美国人跟德国人一样准时，但是讲话时更随意。我告诉他们如果有人给他们起外号，他们应该接受。但我没告诉他们，即使是美国，也会把人集中到一块，用铁丝网圈起来，干吗要在人家的兴头上泼冷水呢？这里的每个人都将会在布朗克斯、布鲁克林或者皇后区安家，那些地方我连门牌号都知道。我已故

---

1. 原文为 Zei gesundt，意第绪语。

的父母现在赞助着二十七个人。而且，我给这里的每个人都颁发了一个 1932 年的高级学位（那时候很可能是有这个学位的）。我给我自己颁发了波恩大学的证书（工程学），还有普福尔茨海姆大学的高级学位（数学专业）。

你还记得普福尔茨海姆吗？也不知道你收到之前那些信了么，又收到这些了么。有那么一次，我们收到信了。一个女人收到了从新泽西寄来的信。集中营里的每个人都上前摸了摸，以求好运。

在过去的三个月里，我们举办了六场婚礼，有四个宝宝出生。列夫把名字改成了卢·斯特恩。刚开始几天，他叫路易斯·史密斯，但因为他发不出自己名字的音（他总说成"路易西·史密特"），我们决定把标准降低一点。

两个饥肠辘辘的犹太人，科恩先生和埃伦博根先生，正坐在公园的长凳上，分享着最后一块面包。

他们看向公园的另一侧，一个牧师正在自己的教堂前挂一块大牌子，上面写着：现在皈依，我们就给你 1000 美元！

"哦，天哪，"科恩说，"我要去！"

一个小时以后，他出来了，看上去很高兴。

埃伦博根对他说："他们给你钱了吗？"

科恩往他的方向吐了口口水。"你们这些人整天就想着钱吗！"

你的格斯

1946 年 2 月

亲爱的伊娃：

我们有六个足球俱乐部。有一个全部由孤儿组成，叫"孤儿队"，还有一个叫 "一个丑闻和一个耻辱"，专招瘸子。这群狗娘养的，个个粗暴，有的连牙都没有。看着他们拄着拐，在球场上摸爬滚打，你就会相信……一点什么，你知道的。

那位左胳膊上文了六个青色数字文身的施瓦茨沃德先生，他管沃伯格先生叫纳粹，沃伯格先生的左胳膊上也文了六个青色的数字，他们都在奥斯维辛集中营里待过。昨天，他们躺在火葬场的烟囱旁边的一条沟渠里，看着自己的老婆和孩子化作升腾的白烟。他们当初是爬到这里的，因为腿是瘸的，由于悲伤身体也很虚弱。后来康复了，就在医务室里为供给打起架来。在施瓦茨沃德先生管沃伯格先生叫了纳粹以后，沃伯格先生管他叫反犹太主义的狗娘养的。我敢肯定意第绪语里也有对应的说法，但是我不知道怎么说。

你的格斯

Chapter 20　　**各 得 其 所**

　　露丝·波斯特是我们的救星。她从三年级刚开始就爱上了丹尼。
（或者是其他的什么她对他特有的情感——她拉着他满城跑，仿佛他
是个拖拉玩具。）她的友谊和波斯特夫人的介绍让我们在老树巷的日
子还算过得去。波斯特夫人把我们介绍给小杂货店和更小的糖果店（以
确保赫尔曼先生和戴维斯先生知道，虽然看上去不太可能，但我有能
力并且会付给他们钱的）。露丝是我们在阿伦代尔学校四年级的全方
位的向导。露丝说的话，句句都管用。她告诉丹尼应该穿什么样的鞋，
要保持耳朵清洁（比利·摩尔就是因为耳朵不干净，所以再也没有人
愿意和他坐在一起）。对四年级学生来说很重要的一点是早上出发时
要带午餐票。显然，大家都知道谁持有午餐卡，可以与食堂管理员进
行愉快的交换，听到打孔器尖利的声音，而谁不行。据露丝说，如果
在九月到来时能把自己的声望建立起来，那么即使到了十一月，你不
得不放低姿态从家里带午饭，到时也没人会对你有成见。

　　露丝·波斯特告诉丹尼校车在 8:18 到达我们的街角。她告诉他，

他会和三个骨瘦如柴的白人女孩（她没说白垃圾 [1]，因为波斯特夫人不会允许她这样说的，但是她说这话的时候眼皮耷拉下来，我们知道她的意思）和一个戴着厚镜片的黑人男孩一起等车。露丝觉得那三个女孩不会惹出什么麻烦，而丹尼和那个黑人男孩罗杰（她的堂弟，一个白痴的儿子）也不会有什么问题。露丝让丹尼为人要好一点，但也不能太和善。她说他应该和她的堂弟罗杰打个招呼，但是在校车上不要和他坐在一起，因为这样对他们两个都不好。丹尼问露丝她会不会坐车上下学，和他一起走回家。露丝所回答的话，是我一直想说而从未能说出口的："你是大孩子了。你自己走回家。"真是谢天谢地，能有这么一个大胆直率的女孩在他身边。我向丹尼保证，在他第一天放学的时候我会准备好牛奶和饼干等他。

　　弗朗西斯科答应过来店里帮我做收尾工作，而我就躺在沙发上，盯着我们那污迹斑斑的、光影斑驳的天花板，直到他来。我把牛奶放回冰箱里，因为如果这些牛奶变质了，我就没钱再买新的了。吃麦片时用的碗、丹尼吃剩的面包皮、我自己的袜子和鞋、旧报纸和丹尼的玩具被我凌乱地堆在一旁，仿佛是个车祸现场。我一直想努力规划好我和丹尼的生活，不过对于我的失败，我也不清楚我们俩之中谁觉得更惊讶和难过。每天早上，我把他的被子猛地掀起来，对他说"早上好"，好像我说的是真的似的。然后看着他洗脸刷牙，催促、鼓励他吃早饭，看着他出门。我们在汽车房里的沙发上抱头

---

1. 对美国下层白人的绰号（尤其在南部和中西部）。

痛哭的日子一去不复返了。我们像斯大林格勒的士兵，只能高歌猛进，因为没有退路。

Chapter 21   **不 在 白 天 也 不 在 夜 里**

露丝·波斯特比她的那些女性小伙伴更喜欢丹尼·阿克顿，而且她也喜欢他那个奇妙的小家庭，她自己的家庭没什么特别的。在豪尔格先生的课上，丹尼就坐在露丝旁边，而且他是除露丝外唯一一个阅读水平达到蓝鸟级别的了。丹尼的住处在老树巷，离露丝家有三个街区。他有他自己的房间，和露丝一样。丹尼和他的外祖父和姨妈住在一块，他的姨妈在抚养他。还有一位黑人女士，她像一个上门护士。露丝的妈妈对那位黑人女士表现出浓厚的兴趣。

"我在问你呢，露丝，她是他们家的成员吗？"

露丝说她觉得不是。她说克拉拉·威廉姆斯在开普夜总会唱歌，就是岛上的那个爵士俱乐部（露丝说这话的方式和那位女士一样，把"那个"拉长）。露丝没说出克拉拉·威廉姆斯到底是什么肤色，不过她确定那位女士是个黑人。她有黑人的头发。她的头发无论是看上去还是闻上去都像是涂了精油，就是露丝的妈妈给她的女顾客们用的那种。她皮肤的颜色哪类都算不上——而像是猪排上面脂肪的颜色，或洗过澡以后虫咬的斑块边缘的颜色。有一次，克拉拉·威廉姆斯来看他们，她没关浴室门，露丝和丹尼就在客厅里看到了她化妆。她用海绵把整张脸都拍上粉底。（"如果用手指会把妆擦掉，"丹尼说，"弗朗西斯科说要是没有海绵，就别费事化妆了，那不过是在往手上染色而已。"）她用一个小刷子画眼皮，然后用一个大点的刷子来刷她明亮的紫红色散粉。接着她往一个小黑盒里吐了口唾沫，开始涂睫毛膏。丹尼刚要给她讲解，露丝就一拳打在他的肋骨上。她知道，她每天早上都看自己妈妈化妆。她才不需要一个白人小胖墩给她讲睫毛的事。然后他们一起看着克拉拉·威廉姆斯涂腮红。

克拉拉·威廉姆斯解开了衬衫扣子，这让露丝浑身起了层鸡皮疙瘩。

等她长大以后，学会了视白人如无物，学会了屏蔽那些坐在门廊上的黑人和在街上擦肩而过的白人的低语，还有他们那苍白又热辣的眼睛上方低垂的眉毛，等她早已忘记尼基·乔万尼[1]的诗歌，也不再像以前那样坐在修女的右手边引用安吉拉·戴维斯[2]关于自由的言语，到那时，当有人提起"有色人种"的时候，她会想起克拉拉·威廉姆斯往她丰满而无色的手臂上拍着粉底，直到它们变成粉棕色，然后她从翠绿色的手包里拿出一个带镜子的化妆盒，继续往已经呈粉色的胳膊上扑粉，从腋窝到指尖，尤其留意胳膊肘的地方，把粉用力拍进皮肤。

露丝和丹尼看着克拉拉·威廉姆斯从浴室出来。她涂了红色的口红，画了眉毛，啪的一声盖上小化妆盒。她把钱包上的金色搭扣扭上，

---

1. 美国歌唱家、诗人、诵读者。
2. 美国政治活动家、学者、作家。

他俩急忙飞奔回丹尼的房间里，坐在小地毯上。露丝想克拉拉·威廉姆斯可能会来查看他们，于是她目不转睛地看着漫画书里的贝蒂和维罗妮卡，她们正在驾车兜风。

Chapter 22　　**我 们 大 步 向 前**

　　克拉拉还没有完全准备好说再见。她一路走过来看他们，带了一束埃德加看不到的花，和一锅埃德加喝不了的汤，丹尼看着她捧着东西费尽周折的样子，然后就去篱笆下面找自己的棒球了。她当然会原谅他不帮自己。反正他也会想念她的，而她也会用不同的方式想念他，比他的方式更好。她把花和汤交给伊娃，就上楼去了。

　　她使劲摇着头，直到脖子都放松。等她终于冷静下来，她看向埃德加。那已经不是真的埃德加了，只是一具躯壳。可即便如此，选择离去也不容易。曾有一天晚上，在开普夜总会，那时埃德加的身体还好，他刚领了工资。而那天晚上大家都觉得克拉拉的表现要把艾拉·费兹杰拉[1]拉下神坛了。埃德加在钢琴上放了一个乳白色玻璃花瓶，里面装满了白玫瑰。

　　"嫁给我吧。"他在当晚说道。

　　此刻，她坐在他的床脚。她感谢奥齐的帮忙，也有点后悔，不应

---

1. 艾拉·费兹杰拉（1918—1996），美国女歌手，爵士三女伶之一，被誉为"爵士乐第一夫人"。曾赢得 13 座格莱美奖，并获国家艺术勋章和总统自由勋章。

该让奥齐掺和进来的。因为这样让埃德加很难堪，虽然他并不知情。其实这件事让他们两个男人都很难堪。她不想再作停留。她同情丹尼和伊娃，希望他们两人的生活能有所好转，不过她也不想再和他们的生活有什么瓜葛。她年近中年，曾经被一个有趣的男人宠爱，现在被一个更好的男人所爱，这个男人会一直在她生命中，一直爱她，直至老去，一起坐在门前的摇椅上摇荡。但现在克拉拉已无法想象自己和埃德加在任何地方的任何一个门廊前，一起摇荡，不过奥齐可能也无法像埃德加那样把她逗笑，但那也没关系，她可以自娱自乐。

"对我来说你美极了[1]，是一句古老的叠句

然而我该解释一下……"

---

1. 摘自歌曲《对我来说你美极了》。

埃德加·阿克顿，原名伊萨多·沃格尔，星期二去世，星期四下葬。克拉拉在星期天那天离开。

　　在葬礼上，克拉拉考虑着需要打包的东西。葬礼上来了几个犹太人，演奏着他们本民族古老又古怪的音乐，让人感到轻松。拉比的到场也带来了很多欢乐。这位拉比和克拉拉以前见过的都不一样，他身材消瘦，典型的美国人，急于取悦别人。托雷利夫人也来了，身着深灰色丝绸（托雷利家所有成员都是这身打扮），而丹尼就像一堆软塌塌的衣服，她看到伊娃有好几次都温柔地让他直起身子，但是等她一转过脸去面对讲坛，他就又缩成了一团。他们两个谁都没哭。葬礼过后，伊娃把托雷利带来的巨大的火腿藏进自己的房间里，以免冒犯了斯麦德里斯曼先生，因为他只带了面包圈、熏鲑鱼和四种鲱鱼，人们当时就吃这些东西。那个大家都喜欢的搞化妆的墨西哥人，带来了一大堆意大利饼干，领着丹尼出去了。等他们回来的时候，丹尼的小露丝和她那完美无瑕的妈妈正好过来。那位妈妈一直盯着克拉拉，直到克拉拉挽住奥齐巨大的胳膊，寻求庇护。波斯特夫人在桌子上留下了一锅乳酪通心粉，她拥抱了丹尼，拍了拍伊娃的肩膀，然后就把露丝推出了门。

　　埃德加葬礼结束的第二天，克拉拉帮伊娃把他的衣物打包。再过两天，她就要跳进奥齐那宽敞又干净的小汽车，一路向西，去往底特律。她和伊娃一起把埃德加的破衣服和更破的内裤送到非洲卫理圣公锡安教会后面的捐赠桶里。伊娃问她觉得丹尼还会不会恢复到从前的状态。克拉拉说她认为那取决于丹尼的性格，有些人即使遭遇了火车失事也能恢复，但是有些人连被蜜蜂蜇一下都克服不了。她们扔下衣服，克拉拉递给伊娃一支烟。

"奥齐想和我结婚，"她说，"在底特律。"

"当然了。"伊娃说着，在身后的砖墙上把烟头捻灭。

奥齐开着车缓慢地穿过大颈，然后故意越开越快，夏日的飞尘在身后飘舞，像棕色的滑石粉，落在克拉拉的裙子上，落在奥齐的头发里。克拉拉摸着他的大腿，就好像摸着钢丝弹簧。他们花了三天的时间到达底特律。奥齐听着收音机，克拉拉思绪飞扬。埃德加会化作一地白骨，静静躺在她余下的生命里，躺在她生命里萌发出的层层绿意之下。她会在收音机里听到深沉的英式男中音，或是看到一个与其他男人无二的白人侃侃而谈，或者看到一幅约翰·巴里摩尔[1]的画（埃德加肯定是模仿了他，全身上下，从头到脚，包括光亮乌黑的头发梢）的时候，感到埃德加突然出现在她身旁。

而现在她只想让自己尽快忘掉他的葬礼。她让奥齐在他们路上遇到的第一个农家摊位前停车，去买一些派。

---

1. 约翰·巴里摩尔（1882—1942），美国著名戏剧和电影演员。

到她年老的时候，她的肤色几乎全部褪去。只有脖子上还有一圈像丝带一样的棕色，但是她仍然坚持照射紫外线灯，因为照完以后她感觉很好；她不会再像小女孩那样抱什么希望，但是她喜欢她的医生。她有一位黑人的皮肤科医生，她把这件事告诉周围所有的人。

从顺滑的直发改回自然发非常困难，而且第一次剪头发让她感觉没有了遮掩，但是从她第一次在电视上看到那些黑人女孩，她们的爆炸头在她们明亮的脸庞上方爆炸出自我、巨大、美丽的树梢，她就在想："让我也来点那样的发型吧。"她找了一个年轻女人给她做头发，她喜欢那个美发店。他们喜欢她的热情，而她也喜欢他们的接纳。在星期天早上，她会做点园艺工作，她想过要写信给丹尼，甚至写信给爱丽思和伊娃，但是那样会写得太长。她估计丹尼不会有什么麻烦。她总能看到像他一样的年轻人，有时在图书馆，有时在电影院。他会留着微长的头发，穿着疯狂的喇叭裤和亮黄色衬衫，架着蓝色飞行员眼镜，还可能在瘦削的脖子上戴着一圈皮革和平标志。在她的想象中，丹尼体形苗条，皮肤光洁，穿着切尔西靴蹦蹦跳跳。但是也可能没有这么顺利，他也可能身材矮胖，戴着厚厚的眼镜片，脸上的汗毛长得像你两腿之间长出的毛一样。她记得有一次，她带丹尼进城办点小事，一个好看的黑人停下来，跟她说她长得像莲纳·荷恩[1]小姐。丹尼挺身上前（虽然他的身高只到那个人的胸部）扶了一下眼镜，说："哦，先生，我觉得莲

_____

1. 莲纳·荷恩（1917—2010），美国歌手、演员和舞蹈家。第一代好莱坞黑人女星。

纳·荷恩小姐根本就不是克拉拉·威廉姆斯小姐的对手。"丹尼曾经是她的小男人，她本来应该对他再上点心的。

星期天的下午，如果天气好，她会开车去郊外。有一次她搜到了一个播放老歌的电台。她从汽车仪表板下面的小柜里拿出唯一的一支库尔[1]香烟，把车窗摇下，一只手夹着烟，胳膊肘搭着，像一只酷酷的猫。她一直开，开了好几个小时。她想念着埃德加和奥齐，她一直在和他们两人说话，虽然不是同时说。她还想象着他们两人的墓穴立在一棵柳树下，中间留出她的位置……后来州警察发现了她那辆因失事而扭曲变形的车，方向盘和栏杆之间没有一点缝隙，隐约中她听到警察走来的脚步声，他声音轻柔，克拉拉听到他说："夫人……"

---

1. 日本香烟品牌。

来自丹尼的信

太阳系，

世界，

美利坚合众国，

纽约，大颈

老树巷 220 号

1946 年 5 月 11 日

亲爱的爱丽思：

我在伊娃的床头柜上发现了一个信封，上面有你的地址。托雷利在上面写了"转交"。我的老师豪尔格说我是个出色的读者，也是个优秀的作者。我的四年级阅读课成绩比大部分孩子领先一大截。我写了一些诗，有点兰斯顿·休斯[1]的风格，只不过不是关于黑人的。

我希望你每晚睡觉前会想想我们，会想："天哪，我做过的那些事情，真是太糟糕了。"这些都是曾经在我的生活里，但是如今不在了的人：我的哥哥，鲍比。我的妈妈，在给你做晚饭的时候死了。克拉拉。奥齐·帕特森。外公。你。

---

1. 兰斯顿·休斯（1902—1967），美国作家，主要以诗歌著称，被誉为"黑人民族的桂冠诗人"。

外公死了。我确定伊娃给你写信了，但是你没有来参加他的葬礼。只有我和伊娃和迪亚戈和奥齐和克拉拉和托雷利夫人，但是没有他们的孩子；还有斯麦德里斯曼先生，他经常给我们带面包圈；精明的托雷利夫人，她害怕带孩子来犹太会堂，但是又不想显得不够尊重。葬礼上的那个拉比和平常的拉比不一样，（我有犹太朋友经常去贝思·艾尔教堂，那儿的韦克斯曼拉比看上去应该当副总统或者州长。）而这个拉比看起来像兔巴哥。伊娃跟我说过她觉得外公实际是个犹太人。我倒不记得他做过什么犹太人的事。我们住在托雷利家时，我曾坐在托雷利家厨房另一边的小房间里，帮外公分邮件。他生病以后我就很少见到他了。妈妈说他有点糊涂了，以为我是他那个久未谋面的弟弟。然后，妈妈在大火中死了，你离开了，外公病情加重，再然后的那些——你听说了吗？——伊娃和我必须得搬家，带上外公，因为，他不能再当管家了，而且妈妈也死了，托雷利一家得把汽车房腾出来给新的管家和厨师住。伊娃说我会有我自己的房间，现在我确实有。我们再也没见到托雷利一家，听说凯瑟琳、玛丽和乔伊上了天主教学校。我并不想念他们。我现在有一个最好的朋友，露丝·波斯特。我们都是四年级阅读课上的佼佼者。

外公的葬礼之后，托雷利一家给我们留了一个巨大的火腿。于是接下来的一个星期我们都在吃火腿三明治和豌豆火腿浓汤。犹太人不吃火腿。

在外公去世前的很多个夜晚，奥齐和我常玩接球游戏。奥齐是个身材魁梧的大汉。他在高中的时候就是三个项目的队长。他在阿拉巴马州立大学打橄榄球，那个学校的橄榄球很强。是奥齐帮我们把外公搬到新家的。我和克拉拉和奥齐坐在前面，奥齐的傻表弟在我们后面开着小卡车，里面装满了我们的东西。托雷利夫人送给了我们一些旧家具，这样我们搬到新家的时候就不会空荡荡的了。克拉拉来看望我们，但是她不再和我们住在一起了。奥齐说和一屋子的女人还有一个生病的老头一起住对我不好。有时奥齐会直接向我的脑袋扔过来一个棒球。他说像我这样的男孩子应该知道什么时候该躲闪。他帮我练习唾沫曲球。等到天黑了，克拉拉就会出来叫我们。她总是打扮好，戴着闪闪发光的披肩，穿着深蓝色的裙子和丝绸高跟鞋，所以她在车道上等我们——没有到草地上来。然后奥齐和克拉拉会一起钻进他的奥斯莫比尔车，一起出去吃晚饭或者去开普夜总会。奥齐说"欢乐情仇"[1]，我也这么跟他说。然后我会一直坐在台阶上，直到伊娃叫我进去。

我不知道你为什么要把我从孤儿院带出来。（伊娃告诉我我不是像你说的那样，躺在一个篮子里，被人放在台阶上的。她说你看到了我，喜欢我的长相，逗引我到你那去，然后你和妈妈收养了我。）我的朋友露丝·波斯特是个黑人，她说黑人在美国遭受了很多磨难。而且露丝说她为我感到难过。

你不必回信。伊娃和我住的房子很好，在老树巷。

我问伊娃你是不是死了。她说她认为没有。她问我是不是想给你写信，或者给你寄张照片。我说不想，但是我的确想给你写这封信。

丹尼·隆巴尔多·阿克顿

---

1. 一部 1947 年美国电影的片名。

Chapter 23　无法磨灭的回忆

克拉拉的离去让我如此难以忍受，甚至让我说出一些后悔的话，做出一些后悔的事。星期一，丹尼碰倒了一瓶牛奶，我们看着牛奶瓶碎掉，牛奶流遍了厨房的每个角落。"她把我们甩了。"丹尼说着，一脚把湿漉漉的玻璃向墙上踢去。"她把我们像甩饼一样甩了，而且再也没回头，"他说，"她从来没爱过我们。"我扇了他一巴掌，是我不对。丹尼回到他自己的房间。我盯着地板上的牛奶，一直到它们开始凝固，然后我拿了一块海绵，把牛奶擦干净，把装牛奶的碎玻璃瓶堆放在垃圾箱里。我坐在角落里的野餐桌前，抽着烟，开始思考，这已经不是我第一次这么想了。我仍然难以相信芮妮死了，而我姐姐逃走了，只剩下我和丹尼，两个人的生活一团乱，只有我们两个人。管他神奇的反义词是什么，反正我要用的就是那个词，来形容这一切。

如果这状况发生在芮妮和我姐姐头上，丹尼肯定得回孤儿院，而我会一边想着伪造一张大学文凭，一边住在某个厕所远在走廊尽头的垃圾公寓里，躺在翻转折叠床上。有时候，丹尼和我会逛到老树巷的尽头，那里的房子漂亮一些。我们走过那些种着天竺葵的玻璃盒子和石头盆栽。丹尼会瞪大了眼睛，深深地吸气。每一次，我们开始往家走的时候，丹尼都会叹口气说："这条街闻起来像我妈妈的味道。"他自己幻想出了一个芮妮，一半是真实的芮妮，另一半则是掺杂了他从广播剧里听来的一星半点——埃莉诺·罗斯福的影子，还有他对芮妮的一点模糊的记忆。那是一个女人在他的小婴儿床前俯身，闻起来有股天竺葵花粉的味道。在我们把他从孤儿院带走之前，他肯定一直睡在婴儿床里。当他来到汽车房，连着四个晚上都从床上摔了下来，于是芮妮在地上铺满了枕头。每天早上，我走过他房间的时候，都看到他躺在地上，等着芮妮来抱他。如果我上前去照看他，他就摆摆手，意思是"你好"和"走开"。

我没和丹尼争吵过。如果我让他做他不喜欢做的事情，他就拿芮妮说事。"我妈妈很漂亮"，"我妈妈从来不强迫我吃鸡蛋"，"我妈妈是世界上最棒的厨师"，"我妈妈和我本来想从那个破房子里搬走，离你和那个愚蠢的爱丽思远远的"，"我妈妈每天晚上都会坐在我床边，看着我入睡"。我同意他说的关于芮妮的一切，有时候我说我为我们两个人感到难过，因为她不在了。有一天晚上，我们因为肉糜卷吵了起来，（"我不吃！"他说。"不行。"我说。）之后他自己回了房间，穿着衣服戴着玩具枪套就上了床。我坐在他的床角看着他。虽然他当时盖着被子，但他也要确定自己的身体一点也没有碰到我。

"你应该抱怨，"我说，"现在情况确实很糟糕。我内心凄苦的时候，实在气急了，就特想对着别人大哭一场或者大叫一通。甚至想要杀人。""杀谁？"丹尼说。"嗯，"我思虑了一下，说，"我想杀爱丽思。"丹尼点了点头。我在他旁边躺下来，但是并没有碰到他。我默默把他的玩具摆成了一个场景，觉得他早上醒来看到的时候，会被逗得笑起来。"破烂的安迪"骑在棕色的小马上，他那只破旧的蓝色兔子塞在一辆卡车里。"只有我们了。"丹尼说。我关掉了他房间的灯，回到自己房间。

他那时并没有一一细数所有已经离开我们的人，我也没有。他也从来没有说出口，在他遇到的所有人里，毫无疑问，我是最没有准备，而且基本上，也是做得最差的那一个。我心想他还这么小就这么老练，真是太糟糕了。

第二天，我清洗了厨房的地板，那还是我当时短暂的生平中的第一次，然后摆好了餐桌，做好晚饭。后来，我洗了碗，让丹尼烘干。我拿出一些饼干和巧克力牛奶，贿赂他帮我大扫除，然后他看着我，就好像我有什么坏消息要告诉他。

"一切都好，"我说，"我只是想说晚饭吃鸡肉还不错。"

"是很不错。"丹尼说。

"我想我可以给你讲个故事，"我说，"不是睡前故事。你已经长大了。但是，我依然可以给你讲个故事。"

丹尼问："我能出去吗？"

我听着外面传来绳球发出的啪啪的声音，盯着钟看了五分钟。然后我也走出去，抓住了球。

"我来发球。"我说，然后用力地击球，但是打得有点低。

我们打成了完美的平局。我有身高优势，但他更有斗志。

"从前，"后来我说道，"有一个小男孩，名叫……哈里。"

丹尼笑了一下，在沙发上躺下来。

"或者叫臭流氓罗兰德，"我说，卷着舌头发 r 的音，"也有可能他的名字是胖手指路易。"

丹尼翻过身来，这样他的头就靠在了我的头上。

"不要。"他说。

"好吧，"我说，"你懂了。他的名字是丹尼。丹尼是个神奇的小男孩。他有浅棕色的头发，配他棕色的眼睛正合适，等他长大以后，戴着漂亮的眼镜。眼镜特别好，因为可以帮他看清这个世界，而他也见识了很多，很多。他需要看得清，想得透，因为丹尼的生活刚开始并不顺利。丹尼出生的时候……"我停了下来。

关于丹尼小时候的事情我都是听芮妮告诉我的——他说他妈妈死了，他爸爸把他和他哥哥送到了"以色列的骄傲"孤儿院。我不知道是他记得更多，但是没有说出来，还是记忆的大门就此关闭，但是我没有理由去窥探一二。另一方面，我也长大了很多，对以前的事情忘不掉，更无法原谅，可能他也是这样。我摆了摆手，交给丹尼接着讲。

"丹尼出生的时候有妈妈，有爸爸，还有哥哥。当丹尼还很小的时候——"他让自己的声音变得尖利，以显示他有多小——"他的妈妈就死了。他太小了，还不知道发生了什么。但是丹尼有个哥哥，鲍比。鲍比说他们的妈妈从房顶上摔下来了，而他们的爸爸太难过，以至于颓废，不得不把丹尼和鲍比交给孤儿院来照顾。这倒也不坏，但是丹尼不喜欢那里。他想回家。他的哥哥鲍比说他们再也没有家了，他说'以色列的骄傲'就是他们的家，而格林伯格先生就像他们的爸爸。"

"过了一段时间，"我说，"他开始适应了那个地方。格林伯格先生……"

"还不错，"丹尼说，"丹尼当时还是个小孩。大家对他都还不错。"

"于是，接着发生了一件疯狂的事。有两个女的出现了——不知道打哪来的……"

"出乎意料。"丹尼说。

"对——出乎意料。她们想要一个小男孩。她们想要一个神奇的，长着棕色头发和棕色眼睛的小男孩。她们想要一个小男孩加入她们的家庭。最重要的是，在家里，芮妮·隆巴尔多在等着她的朋友们帮她找到那个完美的小男孩。"

"那她为什么不自己去？"

"这是个很棒的问题，"我说，"为什么她自己不去呢？"

"因为她在做饭，"他说，"她是个非常棒的厨师，每天都给托雷利一家做晚饭。"

"你说得对。她是个很棒的厨师。所以，这两个女人——丁丁和点点，看到了这个小男孩。'我的神哪，'丁丁对点点说，'就是他了。'"

"丁丁是谁？"丹尼说。

"你觉得是谁？"

"你就是丁丁。"他说。

"所以丁丁就说：'这个小孩不一般。''你说得对。'点点说。所以她们就让小男孩跟她们回家。他说'好'，尽管这意味着他得离开鲍比。她们把他带回了家，经历了长途跋涉——"

"还洗了个长长的澡，"丹尼说，"芮妮给我洗了个有史以来最长的澡。我从来没像那样洗过澡。"

"没错。他洗了个长长的热水澡，洗得格外干净。等到雾气散去，他看着芮妮，她也看着他。那时我就知道，她感觉他就是她一直想找的那个神奇的小男孩。"

丹尼把脸转向沙发垫。我把手放在他的背上。

"好了，男主角，"我说，"或许，今晚我们就讲到这吧。"

我们搂着彼此，我给他盖好被子。

"这个故事很好，"他说，"但是有点悲伤。"

后来的几个星期我们都给彼此讲这个故事，讲到爱丽思消失的那段，我们都说了一些刻薄的话，讲到埃德加的葬礼，我们都讲了几个关于那位拉比的笑话。我说埃德加在火灾那天救了丹尼一命，我们都喜欢这部分。我们没有详细讲述火灾的内容，但是丹尼告诉我他能看到烟，是从埃德加房间的窗户里看到的。于是我就知道，这意味着他也听到了声音。我们讲了从托雷利家搬家的故事，快乐地搬到老树巷。（再见啦，托雷利！你好，老树巷和街对面疯狂的梅森先生，因为他只穿工作服，不穿内裤！）

我迫使自己开车回到"以色列的骄傲"孤儿院，去找丹尼的哥哥，那个糟糕但是可爱的鲍比，但是我没找到。草坪上堆着狭窄的垫子，纱窗抵靠在栅栏上。我穿过操场，用一块石头撬开正门，走了进去。"他们给每个美国小孩都找了一个永久的家，"一个社会福利工作人员说，"战争结束是个很好的时机。他们准备在月底关门了。"我看到了她身后的一个个大盒子，板条箱还有床架。我很高兴地回到家里，继续讲"神奇的丹尼"的故事。他始终不知道他到底姓什么，我也不会再知道了。

Chapter 24　　**爱 的 阶 下 囚**

　　露丝·波斯特曾经告诉丹尼，耶稣的神殿里有金盘子和闪光的喷泉，还有美丽的水果堆在银盘子上。多罗茜·伯曼的家就是这样的。

　　"纯金的脸盆，金镊子，金调羹，里里外外的门上都安着金门枢。到处都是金色。《圣经》里就是这么说的。《列王记》第 7 章第 50 节。"露丝正和丹尼耳语着，这时一位穿着灰裙子，扎着白围裙的老妇人把他们领到了多罗茜的房间。"到处都是。"

　　他们其实根本不喜欢多罗茜。没有人喜欢多罗茜。露丝的哥哥告诉他们，到了高中，有些人会被取笑，有时情况会非常糟糕。但是在五年级，大部分人都混在一起，一年一年往上升。不过多罗茜·伯曼现在就已经惹人厌烦了。可她喜欢露丝，也喜欢丹尼。

　　多罗茜把他们带到楼下，走进装修好的地下室，那里布置得仿佛是个汽水店，有柜台，有转椅，还有一个巨大的粉红色霓虹灯指示牌，写着"伯曼家"。多罗茜靠在汽水喷泉上，就好像靠在一架儿童钢琴上。她伸出一只胳膊，弯着胳膊肘，用手撩拨着棕色的鬈发，眼睛直视着丹尼。她唱道："不知道天上为什么没有太阳，暴风雨天气……"

还露出了酒窝。

这种感觉比尴尬更糟糕。简直是恐怖。

多罗茜把可口可乐瓶从一个红色箱子里拿出来，他们都默默地喝着汽水。丹尼想，这次游访很可能要搞砸了。金门枢，结着霜的可口可乐瓶，还有自由。相比之下，露丝家才更像是个正常的家。在她家总是有个妈妈或者一个阿姨特意过来看看他们，确保他们没有在胡说，没有剐蹭地板，没有提前把晚饭吃掉。而伯曼的家里似乎空无一人。

多罗茜清了清嗓子，回到汽水喷泉那里。她用下巴示意露丝和丹尼坐在餐桌前。那餐桌和小餐馆里的一样，还配有红白相间的皮革椅子。多罗茜把手放在心口上。

"早上好，让人心痛的人儿，有什么新鲜事？……我得了星期一忧郁症，星期一到星期天忧郁症……"她唱着，"坐下。"

这比刚才更糟糕了。这种表演凄美得让人窒息，就是克拉拉·威廉姆斯曾经说起过的那种表演。它仿佛是把多罗茜·伯曼痛苦的心声都唱了出来。丹尼感觉快招架不住了。多罗茜不是任何人的掌上明珠。她妈妈每天开着干净的深蓝色凯迪送她到学校，把她打扮得仿佛是童话里的公主，穿着宽大的粉红色裙子，里面还有衬裙，脚上穿着派对鞋，这让她看起来更糟糕。

丹尼的身子向露丝倾斜过去，这样他们就可以一起面对了，往常露丝会躲开，但此时也向他倾斜过去。多罗茜把头向后仰，露出她胖乎乎的短脖子，汽水喷泉后面粉红色的霓虹字幕照亮了她下巴上的小细毛，和她金色的项链坠。她低沉、缓慢、忧郁地歌唱着。她唱得像比莉·霍利戴[1]。克拉拉说比莉·霍利黛连起床时都在哭。克拉拉说如果你唱蓝调，就得知道如果不能与悲伤为伴，那至少你的其他感情也得为它让路。

多罗茜行了个屈膝礼，坐到他们桌前。

"我唱得很不错。"她说。她对自己这么满意，反而让丹尼觉得好受了一些。"来玩个游戏吧？"

丹尼和露丝知道躲避球游戏。露丝擅长花式跳绳，而丹尼擅长弹玻璃球。此时他松了口气。他知道怎么玩游戏。

"咱们到这儿来。"多罗茜说。

"这儿"指的是储藏室，在汽水喷泉后面（多罗茜管它叫休息室）。里面堆满了一箱箱汽水，一盒盒饼干，一罐罐沙丁鱼，还有好几塑料盒的饮料搅拌器，和带装饰的牙签，还有小玻璃罐装的凤尾鱼卷。

"我们每个人都进去，出来以后做点……出人意料的事。丹尼，你先进去，出来的时候要惊到我和露丝。"

露丝和丹尼相互对视了一下。露丝喜欢吓唬丹尼，因为他很容易被吓到，有一次她用滚烫的梳子把他的头发烫平了，一直冒着热气。还有一次丹尼采了一把金银花送给露丝，把整整一束戳到她的鼻子底下，这倒是把露丝吓了一跳。但现在这个游戏跟那些都不是一码事。

多罗茜打开灯，把丹尼推进去，关上了门。丹尼把头顶在一箱饼干上，直冒汗，直到多罗茜终于开了门。她看起来很失望。露丝看着丹尼，

---

1. 比莉·霍利戴（1915—1959），爵士三女伶之一，美国爵士歌手及作曲家，绰号"戴夫人"。

说："多罗茜，你去。你知道怎么玩。我们只是客人。"她所说的"客人"就好像是傻子的代名词。多罗茜笑了笑，把他们两个都推了出来。

丹尼和露丝坐在那里，面前是空的可口可乐瓶。多罗茜出来了，只穿着内裤，表情严肃，拿着一个大的蓝色盒子，里面装着火柴。

丹尼把手放在露丝的手上。露丝说："谢谢你邀请我们来。"丹尼说："星期一见。"他们跑过刚才让他们进来的老妇人，跑过头上戴着蝴蝶结的几只小黑狗，跑过前厅金质的钟表和前厅洗手间金质的龙头，他们快步地走着，走到了一个角落。

结果那是个死角，走不通。角落里是厚厚的如地毯般的绿草坪，远处是另一幢大房子，前面立着门柱。你能看见有水流过那幢房子。

露丝说："我到那边去坐着，你去按门铃，问问你能不能给家里打个电话，找个人现在来接我们。"露丝说"找个人"时非常谨慎，丹尼对此很感激。他妈妈去世的时候，露丝什么都没说，因为这件事太让人难过，没法提起。而当他和他的姨妈伊娃从托雷利家搬到老树巷时，离露丝家只有三个街区，周围都是小房子，他家除了一张野餐桌什么都没有，托雷利家的台球桌变成了已经上锈的绳球装置，对此露丝也只说了句"很好"。

伊娃应该正在上班，给别人算卦。伊娃会说："哦，大男人，你能不能想办法去坐公共汽车？"

丹尼说："你去按门铃，去给你妈妈打电话。我坐在这儿。"

他们是最好的朋友这个秘密已经有一段时间了。丹尼知道应该让露丝去按门铃，因为她更擅长做这些。但是他知道这里的左邻右舍没有黑人女孩。丹尼知道他应该提出去按门铃，因为他是白人。但是当女管家问他为什么站在门口的时候，他感觉自己都快尿裤子了，他知道自己会害怕到吐在她的黑色浅口鞋上。于是他们只好又回到了多罗茜·伯曼的房子里，多罗茜正坐在石凳上，在一片广袤的前草坪的正中央。她穿戴整齐，光着脚踩在花岗岩的乌龟上，吸着可乐。

"你们俩，"她热情地说，"你们去哪啦？"

多罗茜把他们带到楼上。他们经过刚才那位老妇人，她在图书馆里睡觉的时候嘴一张一合。多罗茜·伯曼的房间几乎是丹尼看到过的最漂亮的了。那里若隐若现地闪着微光。床单上绣着粉红色雏菊，银色的花心闪闪发亮。她有自己的粉色平绒沙发，露丝此时正向那走去。她还有一张粉白相间的桌子，旁边是一把白色木头写字椅。椅子上的坐垫和她床上的粉色、银色和白色的枕头颜色相衬。一共有八个全无用处的枕头，完全只是装饰用，有两个是星星的形状。

丹尼想伸展开四肢躺在床上。他要脱掉鞋，解开腰带，然后在被子底下伸开双臂，去感觉全身上下的丝绸。他想在女孩们看不到他的地方把袜子蹬掉。只是呆站在这里，却不能触碰那些好看、无用又昂贵的东西，实在是太难了。他想把多罗茜·伯曼赶出房子，在房间里横冲直撞，把房间里的东西撕碎砸烂，然后一把火烧掉。消防车会立刻鸣鸣赶到，多罗茜·伯曼和她那几只讨厌的狗会坐在广阔的草坪上，八个穿着黑黄相间的消防服的消防员会架起水管，这样伯曼家的房子里就什么都没有了，除了烧黑的木头和湿漉漉的草坪。丹尼想，乔伊·托雷利家没有这样的房子，算他运气好。乔伊有一间漂亮的房间，有雕花的床头板，画着帆船的窗帘，还有画着帆船的精美的灯饰，但是他没有这里的一切，所以丹尼从来没想要杀了乔伊。

　　多罗茜打开她的玩具箱。她有大富翁和"对不起"棋盘游戏，还有飞行棋。露丝说："咱们玩'对不起'吧。大富翁得玩一天。"

　　他们玩了一局飞行棋。"有些人管它叫'蛇和梯子'。"多罗茜说，露丝和丹尼点了点头。如果换作是别的女孩，露丝可能会翻着白眼，丹尼可能会耸耸肩，但是当多罗茜开口说话的时候，丹尼眼前浮现出的是活泼欢快的多罗茜穿着蓝色印花内裤的画面，还有那一大盒的火柴，多罗茜光滑洁白的胸脯，肥嘟嘟的两个小土墩，和粉红的乳头。所有这些让人心烦意乱的事情一起在丹尼的眼前升腾。当她的棋子向后退时，丹尼看到的是棕色的鬈发在阳光的照射下泛出光芒。当她的棋子前进时，丹尼看到的是她穿着内裤的臀部。最后露丝赢了，多罗茜笑了笑。当露丝盯着多罗茜粉色衣橱里躺着的四个金质小盒时，多罗茜拿起一个放在露丝手里。"咱们后会有期。我也可以给你一个，丹尼。"多罗茜说道，只见丹尼把手放进了口袋里。

　　当丹尼长到十几岁，露丝搬去了几百英里以外的地方。他和新的朋友在黑暗的电影院里，看着恐怖电影。电影演的是几个白痴想要探索一个黑漆漆的恐怖的地下室。整场电影都伴随着观众的叫喊："不要进地下室！"但是丹尼从来不喊。他只是抓着扶手在思考，在大颈的剧院的最后一排，他想到的是，多罗茜·伯曼。

来自格斯的信

德国，图茨海恩
1947 年 4 月

亲爱的伊娃：

　　这里春意正浓。又有一堆孩子出生，又有一堆村姑嫁给了笨汉，就好像梅西百货商店的大减价一样热闹。我们繁衍生息。我们有绿草、有鲜花，那种能让小姑娘们为之疯狂的小蓝花。她们喜欢把草编成篮子，再装满花，然后把花篮放在人们的枕头上。不是我的，是其他人的枕头。

　　嘿，对了，我现在是格什·霍夫曼，一名犹太教师。嘿，你肯定会说，你的个人档案呢，格什·霍夫曼？我要说我不知道为什么大家都找不到我的档案。我说我曾经在斯特灵敦[1]和福里斯特训练营实习过。政府的人对我被遣送这件事感觉有点尴尬，所以没人太仔细地调查我。因为现在这里每个人都知道，我是"因为可耻的不公"才来到这儿的——这是我在引用一位来这里访问的英国人的话，他说话总是那样，一上来就带着讥讽美国人的调调。

---

1. 美国俄克拉荷马州一地名。

（实际上，英国人正把犹太人拴在床柱上，以免他们逃亡巴勒斯坦。）他们想趁着还没有更多倒霉事发生之前把我弄回家去，我觉得他们最好他妈的快一点。

你的格斯

Chapter 25　在布满阳光的街道边

犹太人真幸运。每次格斯站在斯特里考夫面包店里冒出的蒸汽中等着自己的黑麦面包时，他都这么想。还有每次他在高中附近的推车上抓起一个热油炸圈时，或者每次他在火车站吃牛胸肉快餐，看着角落里赌马的人做着自己的生意时，他都这么想。"还有幸运的格什·霍夫曼。"他想。正当学校董事会决定，既然他们要让那些聪明的犹太孩子掺和进来，那就应该聘请几个合适的犹太教师（最好是老兵，真正的美国人，最好能教数学或者拉丁语，也就是捣乱分子不太喜欢的学科）的时候，格什·霍夫曼就出现了。这是个脚有点跛，没有口音，目光锐利的犹太教师，能教数学和工程学。即刻高薪聘用。只经过了一轮快速的"效忠宣誓"。（"我宣誓，在法规所规定的该宣誓有效日期之前的五年之内，从未建议、鼓吹或者教授过，且此后也不会建议、鼓吹或者教授，通过武力、暴力或者其他非法手段推翻美利坚合众国政府或者纽约州政府……"）这段誓词像一杯冷咖啡一样被他吞了下去。

逛商店最令他开心了。他几乎每天都去逛街。单单是看到食物就能让他开心，而且他热爱大颈的食物。六整只烤鸡挂在橱窗里，直叫人流口水，点缀着番茄玫瑰花的金枪鱼，一碗鸡蛋沙拉，用橄榄切片拼出当天是星期几，午餐盒那么大的三明治——这家德国熟食店是由凯撒·威廉的一个远方表亲开的，来自大颈的犹太人都热爱这个地方；他们成群结队地来到这家叫做库克的店。他对他们说："'奥托'[1]是个多么有性格的人啊，我跟你说，十足的德国风范。"格斯可没想过哪个黑人有一天会走进一家由退休的奴隶主开的店里来买东西，还和他分享曾经在种植园里的美好回忆，赞美马萨餐厅所散发出的旧式的密西西比的独特魅力。犹太人还抱有这种虚妄而荒唐的想法。最终，犹太人会像所有人一样。他们会让那些本不太要紧的不满和委屈不断升级；他们会珍藏自己曾经受过的伤害和虐待，仿佛它们象征着美德。

再过五十年，格斯会读到犹太的青年男女写的长篇散文，甚至是整本书，讲述当他们还是大屠杀幸存者的孙子、孙女或者是侄孙子、侄孙女时的经历，仿佛这件事给了他们做任何事的权利。他们有些人会选择在前臂上文一串数字。这都不会让他感到惊讶。

他想，我们尽力了，看着美满的家庭开车去犹太会堂。他们信奉宗教，却并不狂热。父亲在一个街区以外的地方停好车，帮着妻子搀

---

1. 奥托大帝，德意志国王（936—973 年在位）。

扶老人们下车，接着，西尔维娅、蕾切尔和大卫从车里爬出来，像羽翼未丰的小鸭子，跟在大人身后。我们所有人，包括解放集中营的士兵，甚至是来到这里的幸存者——我们都在努力不让你们受到伤害。我们保护美国免受灾难，就像一个男人保护他的妻子。男人不在乎她在旅行中或者电影中看到恐怖情节的时候闭上眼睛。他因为她那甜美、任性的纯真而爱她。她给他可以保护的东西，一个不会有坏事发生的完美世界。保持那份完整的纯真，是一种荣幸，也是一种解脱，即便他们会为之争吵。

虽然格斯热爱中颈路人行道上的食物和喧嚣（十几双不同的高跟鞋叮叮当当，像是由一支丰乳肥臀的鼓乐队演奏的断奏曲），但他更喜欢摩根大通[1]银行。他读了他能找到的所有关于银行和洛克菲勒[2]的资料；当摩根大通和曼哈顿公司合并的时候，他持续关注着收购的进展，就好像他也参与其中一样。格斯觉得正是因为通过了摩根大通银行敞开的拱形大门，他那崭新而幸运的生活才徐徐展开。

当所有的地产大佬、影星和乐团领导们把衬衫、房子、可笑的赛艇和还没付钱的劳斯莱斯统统都赔进去的时候，摩根大通里的精明人早就溜之大吉了。道奇和沃尔特·克莱斯勒[3]和他们的朋友们或是搬出了大颈，或是到别处继续生活，或者死了。银行收回了他们

---

1. 美国最大的金融服务机构之一。
2. 约翰·D. 洛克菲勒（1839—1937），美国实业家，超级资本家，美孚石油公司创办人。
3. 道奇兄弟和沃尔特·克莱斯勒，分别是美国著名汽车品牌道奇和克莱斯勒的创始人。

半木质结构的都铎王朝的旧房子，连带着汽车房、泳池房和泳池，还有位于海湾边上的包豪斯建筑，以及十七英亩的楠塔基特[1]风格的地产，里面有白色沙砾环形车道和带有摩尔人风格的草坪装饰。银行把它们分成三份、四份甚至是六份，然后说："总得有人把它们买下来。"而犹太人说："拜托了，让我们来买吧。"那些摩根大通里的精明人，虽然自己不住在大颈，说："好吧，我们自1891年到现在还没有来过犹太人。当时那个爱尔兰富翁给自己的裁缝买了个房子，以便让他住得离自己近些，现在就让犹太人拥有这些房产吧。"最终，他们也会让美国黑人买下来，但是在20世纪50年代那时候还不行。（拉尔夫·本奇[2]，不行；乔·琼斯[3]，过一些时候，可以，因为毕竟每个城市都需要好的出租车服务；而最终，东亚人，可以，因为跟他们聪明的后代相比，犹太小孩看上去实在像是一个个懒鬼。而当伊朗犹太人在20世纪70年代到这里时，在格斯看来，那简直让德系犹太人如临大敌，想采取措施却为时已晚。格斯知道他们国家的历史；除非你把当初经你允许而搬来的那些人杀掉，不然是赶不走他们的。他们的孩子会和你的孩子混在一起。迟早，他们的孩子会和你的孩子结婚。迟早，他们结婚时也要跳扫帚、砸灯泡，狂欢的热烈程度不亚于当初的犹太人。他们的孩子会比你那单一种

---

1. 美国马萨诸塞州南部的一个岛屿，历史悠久而有趣。目前以视觉和表演艺术、博物馆和画廊著名。
2. 拉尔夫·本奇（1903—1971），美国政治学家、外交官、第一个获得诺贝尔和平奖的黑人。
3. 菲利·乔·琼斯，美国著名黑人爵士鼓手。

族的家谱里的任何一个孩子都漂亮。）

犹太人来了，从布鲁克林和皇后区来。他们拎着廉价的旅行箱，住在火车站附近，来到贝克山上。他们参与美国退役军人安置法案。那些幸运的老兵中了头彩，把五百美元现金放进信封，开着姻亲的车从弗拉特布什大道到拉姆齐路。《大颈新闻》刊登着一本正经的社论，抱怨那些脸上脏兮兮的孩子从正在行驶的超载货车上冲下来，把爆竹和坏习惯从别的区带进来。（最终，建造长岛犹太医院的富人们告诉编辑们闭嘴，因为他们的合伙人是犹太人。编辑们被告知只许写凯尼尔沃思[1]美丽的杜鹃花和消防队如何反应迅速，他们照做了。五年以后，《大颈新闻》就开始为泛音家具和科恩兄弟的蒸汽清洗店做起了广告。）犹太老兵们和他们怀有身孕的老婆搬进带有三间卧室的房子里，和左右两边的三室房子看起来都一样。夏天的夜晚，二十五个吵闹的犹太小孩——偶尔还有卡斯特利亚诺和奥布赖恩[2]——奔向宽敞的街道，玩着跑垒，或者丢沙包，或者翻棒球卡的游戏，直到某个小孩的小弟弟输得两手空空，开始哭起来。他们从街区的一边跑到另一边，跑过六个狭小的院子，追着萤火虫，追逐着彼此，然后连忙去看博比·费尔德曼再次从柳树上跳下来。格斯向两位施瓦兹夫人介绍了自己，她们分别住在拉姆齐路的两边。她们做了冰茶和柠檬水，把塑料水壶放在前门草坪的纸牌桌上。他见到了神父、会计、皮鞋商人和毛皮商，嘴

---

1. 美国新泽西州的一个镇。
2. 卡斯特利亚诺和奥布赖恩分别是典型的西班牙和爱尔兰族裔姓氏。

里一边喊着"嘿，法克斯"，"嘿，海伦·凯勒，注意"，一边轮流把孩子扔出去再接住，直到天色完全暗下来。

格斯沿着有家庭的街道走着，放慢脚步去听，去看，看看伊娃是不是在里面。

来自爱丽思的信

伦敦，南肯
昆斯伯里地区
1948 年 1 月 2 日

亲爱的伊娃：

上帝简直是密尔顿·伯利[1]。

戴安娜离开了我。或者说，我把她赶出去了。有人说——至少我是这么说的；谁知道你会说什么，可能这种事情从来没在你身上发生过——"重要的不是你的离去，而是你离开的方式。"这简直是放屁。她离开我的方式和我想的差不多，也就是说，她离开我的方式就是我离开她的方式，如果我的出手再快一点就好了。当时我在上班，她把她所有的衣服都堆进了朋友的一辆车里，等我回家时发现一封长长的，散发着紫罗兰香气的（还有拼写错误的）自我辩驳信。

我应该在老男人的圈子里找一个能让人忍受，又懂得变通的制片人。我们手挽手出现在报纸和开幕式上看起来会很美满，但私下里他

---

1. 密尔顿·伯利（1908—2002），美国电影喜剧演员。

可以去他的男孩或者姑娘们那里找乐子，而我可以在梅菲尔高级酒店区有一套非常非常漂亮的房间。实际上我有时候会幻想我的套间。赤褐色的墙面，乳白色的墙边，客厅里家具的表面是迷人的波纹绸，上面盖着马海毛套，感觉温暖又轻巧。布套上还得有几个蛀虫咬出来的洞，以显示我们基本上只不过是平常人。我的卧室一定要大，要和托雷利夫人家的一样大。不要提托雷利先生，想到他满脸的刮胡膏，吊裤带从胖乎乎毛茸茸的肩膀上滑下来，真是煞风景。

我知道我应该做什么，而且我当然知道该怎么做。只有白痴才会当了埃德加的女儿以后不知道怎么审时度势、抓住机遇。显然，我就是那个白痴。我希望你不是。我希望你现在已经成家，有一个美好的犹太丈夫帮你照顾丹尼。我所有的朋友都告诉我犹太丈夫是最好的一种，但是我在这里认识的唯一一个犹太人整日鲸吞豪饮，对歌舞团的美女左拥右抱。当我还在好莱坞的时候，人们就一直谈论谁是犹太人，谁不是。有埃莉诺·罗斯福，不过我倒看不出来她是犹太人。有沃尔特·温切尔、丹尼·凯伊、杰克·班尼、嘉宝三姐妹，还有劳伦·白考尔，她很棒。[1]如果我是以色列的总理，我就把她的面孔印在所有的邮票上。我不知道为什么犹太人认为这一切很有趣。

后来我去看过戴安娜一次，看到她戴着我送的那对可爱的耳环，闪闪发光，就好像前一晚的社交场合上某个走路有点内八的作家耳垂上点缀着的闪亮"星空"。让我想到了格鲁伯夫人，这个时候她肯定

---

1. 作者在此所列举的名字，都是上世纪美国演艺界的名人，均有犹太族裔背景。

会让我面对现实。"她就是个贱货，你还不了解吗？"

我彻底地放弃爱了。现在我靠演肥皂剧维持生活，剩下的时间，我就为我最喜欢的整形外科医生麦克因多尔和利顿医生筹钱。我们想在伦敦开一家诊所。我现在知名度更高了，大家也更喜欢我这只演唱小豚鼠了。还不赖。

盼复。

爱丽思

Chapter 26　弄 清 他 们 所 好

　　我以为我到四十岁之前都不会想要找我妈妈。我以为到那时候，我已经不会再生气了。我以为，我希望，到那时候，她的悲惨、虚无的人生快要走到尽头，而我则正处于幸福的中年，理解了她当时为什么离开我，把我和那个廉价的棕色旅行箱一起抛弃在我爸爸的门廊上。这些都没有毁灭我的一生。恰恰相反，这些是我求之不得的。到了四十岁，我会更加宽容。可能，到了四十岁，我会拥有一间漂亮的公寓，养一只漂亮的黑色狮子狗。然而，现在我二十一岁，还有一个丹尼，这使我总禁不住这么想，如果到时候我真能过上那样的生活，那我妈妈也肯定可以。

　　我等不及了。我有几件事需要告诉黑兹尔（我妈妈的名字）。

　　找到她并不像我想的那么难。她已经小有名气了，虽不像拉娜·特纳那么有名，但是在芝加哥家喻户晓。她已经是芝加哥的下一个艾米·森普尔·麦克弗森[1]了。（埃德加对布道者比对塔罗牌还鄙视。他说如果说宗教是大众鸦片，那他们也应该要求吸更好的毒品。）《纽约时报》上登有一篇关于她卑躬屈膝的文章——

"神圣、治愈和希望。"黑兹尔·洛根承诺说（请注意名字的新写法[2]），还配了一张漂亮的大照片。到哪我都能认出她，无论她穿什么衣服。照片里，她穿着一件打褶的希腊风格的什么东西，配了一条宽腰带。她的头向后仰去，仿佛要战胜什么的样子。我给弗朗西斯科看了那篇报道。他问我是想原谅她还是惩罚她，我说我很确定我不会原谅她。"好，"他说，"我来看孩子。"我走的时候，他和丹尼在打牌。

在战争期间，我看了关于欧洲儿童转移的所有新闻纪录片。为了免于纳粹的迫害，那些可怜的犹太孩子被送到世界各地。我曾经梦到犹太小孩被塞进拥挤的火车里，他们背着小书包，拿着泰迪熊在哭泣。怀抱希望的家长站在月台上，在孩子们的衣服扣子上系上纸条，给他们带上自己做的三明治。我白天在美发店扫地的时候会想到他们："当你们踏上通往更美好的生活的旅程，你们的身影会变得越来越小，你们的父母跪在地上悲痛欲绝。哦，你们这些幸运的家伙。"

---

1. 艾米·森普尔·麦克弗森（1890—1944），美国 20 世纪早期社会名流、福音传教士。
2. 黑兹尔的名字由 Hazel 变成 Hazelle，更加女性化。

可能我妈妈当时也希望我和埃德加一起能过上更好的生活。在我还小一点的时候，我喜欢想象着她从温莎向南一边开车一边掉泪，当巨大的羞耻感和失落感向她袭来时，她不得不把车停在路边。即便当我还是个小孩子的时候，我都猜想得到，她更像是那种会因为一件包裹太沉重而干脆就在路上把它丢掉的女人，以此来缓解身体的酸痛，寻求安慰。抖一抖手腕和手指，躬一躬背，把脸转向太阳的方向。

　　我"这个包裹"到达了芝加哥站，入住了一家体面的宾馆。我冲了个澡，把衣服留在浴室的蒸汽中（谢谢你教我，爱丽思）。我把头发往后梳，我希望那是个精致的发髻。然后我像贝亚和卡妮那样振作精神。（我仿佛还听见我姐姐说："给那个贱人点颜色看看，伊娃。让她看看你是谁。"）我在浴室里吐了一次，然后又冲了个澡。我打车去黑兹尔的教堂，新耶路撒冷教堂。出租车司机问用不用等我。如果我是个更现实、更理性一点的人，如果我不是个二十一岁还在骗自己的人，我可能会说"等我"。

　　大颈到处都是像我妈妈的教堂那样的房子。房地产经纪人把它们称作"小地产"。房子外面是多利斯式的圆柱和宽敞的白色门廊。也许在车道的前端还有一对石狮子，或者天鹅或者狮身鹰首兽，还有一对高大的雕花前门，上面配有金色的鹰或者铜质的拳头的门环，给人敲门用。房子占地两英亩，不是二十英亩。我爸爸告诉我不要被那些房子迷了眼。"那些房子都不是真正的有钱人盖的，"他说，"真正的钱是隐私，真正的钱是即便你大叫一声，除了仆人，没人能听到。而这些只是作秀。粗俗的作秀。"

然而，我姐姐经常说："这比贫穷强多了。"

一个高个子，长得像个僵尸的男人开了门，他穿着白袍，扎着银色腰带。他告诉我稍等一下洛根教母。我听了差点昏过去。我坐在走廊里，欣赏着大理石上面星星点点的花纹。（作为埃德加的女儿，我一眼就发现那实际不是大理石走廊，虽然它的效果和大理石一样。）黑兹尔从大厅一侧翩跹而至，伸展着双臂。接着她看到是我，于是把胳膊放了下去。

"查尔斯还以为你是媒体。"她说。

她一动不动地站在那里，打量我一番。

"长大了。"她说。

"我想和你谈谈。"我说。但那不是真的。我不想和她谈。我想像收拾一条鱼一样把她的内脏挖出来。

她领我穿过走廊和一间会堂，不出所料，会堂里面挂着勃艮第窗帘和一架双排风琴，讲台的两侧还有乱七八糟的金色小精灵或者婴儿骑着银天鹅的装饰。我假装没看到那些。我故意不露声色，表情看上去就像是正在穿过新泽西汽车站一样。

她请我在她办公室里坐下。一个有教养的人会给我倒杯茶或者咖啡或别的饮料。和她坐在一起，我能听见我爸爸的声音在我脑中轰鸣。

她一句话都没说。她对我微笑着，但是和以前不一样。以前，当我逗她笑的时候，我妈妈，会对这个世界咧开嘴露出傻笑，而且她曾经看我爸爸的目光非常温柔。而她现在的微笑很假，露着大白牙，神经兮兮，一种让人恐惧的强颜欢笑的姿态。

"我想念有妈妈的时候。"我说。背水一战了，我想。

"你多大了？"我妈妈说。

"我二十一了。"

"我生你的时候十五岁。"

我不得不说，她气色不错，比我好看。她现在的头发是金色的，眉毛依然乌黑，但是脸上光滑得一条皱纹都没有。她穿的那件灰色像是丝绸的衣服很好地显示出了她的阔气，并且掩盖住了她臃肿的身材。

"你当时怎么能把我留在门廊上？"我问。

"我当时二十七岁。我给你的时光已经很多了，不是吗，而且你知道我把你照顾得很好。（确实如此。）你似乎过得不错。我应付不来十几岁的青少年。而且，你爸爸和我迟早要分开。我的钱也快花光了。而且等他厌倦我的时候，孩子，他就厌倦你了。我了解他那种人。我是为你好。"

我很难集中精力听她在说什么，看到她现在是这样的装扮，听着她的声音低沉又轻柔。她背后的墙上画着六翼天使。

"你可以说我太冲动了。但是我的方法奏效了。"她说。

我什么问题也没法问她了。我在她那里再也得不到任何一个我想要的答案了。世界上的坏人不应该是平静、镇定的。他们应该歇斯底里，应该像希特勒和戈林那样执掌大权，或者像日本武士那样宁愿切腹也不投降。他们不应该跷着二郎腿，炫耀自己白色的长袜和娇美的脚踝。

"你爸爸怎么样？"她说。

此刻我人生中最激烈的斗争就在于是该有尊严地保持沉默还是掌握话语权。

"死了，"我说，"死于心碎。"

"不是因为我。"她说。

我站了起来。我妈妈又坐了一会，眼神放空，然后她也站了起来。我们两个差不多一样高，这倒也不奇怪。她陪我一起走回会堂，穿过假大理石走廊和大厅。穿着白袍的男人在等着我。

"你会在芝加哥久留吗？"她说。

"现在就要走了，"我说。

"如果你想看演出——"

"看你的演出？"我说，"如果你身上着火了，我肯定不往你身上撒尿。"

那是我后来对自己的表现感觉唯一良好的部分。

回到家里，等丹尼睡去，我给弗朗西斯科讲了最重要的部分。

"人哪，"他说，"不可小觑。"

我们喝着啤酒。

"卡妮给我打电话了。她被选为拉伊地区的家庭教师协会主席。"

他说。

"这对她是个好差事。"我说，然后我们一起笑了起来。

他告诉我，贝亚和卡妮关掉了贝拉多娜。他说我们想要聚在一起越发困难了。"而且，"他说，"还有那个牙医和小女孩，也就是贝亚的新婚丈夫和刚出生的孩子。""即使我好几年看不到他们，"我说，"见到他们我也总是会很高兴的。"

"他们还问起了你，"弗朗西斯科说。他向我举起他的啤酒瓶，"我说你在赚钱，在养丹尼，在走正路。"

Chapter 27　**是 时 候 了**

　　每个月的第三个星期四是龙森夫人光临的日子。她只有二十五岁，但看上去有四十岁。她每个月都拖着沉重的脚步爬上我的台阶，和我聊她死去的宝贝女儿。琳达是一年前在自己的婴儿床里死的。他们晚上把她放到被窝里，到了早上，龙森夫人就发现她浑身青紫，一动不动了。医生们也没说出个所以然。龙森夫人每次来我这里都在屋子里踱着步。她告诉我她对上帝，对医生们，还有对她丈夫有多么愤怒。她还说正尝试再要个孩子。

　　我翻动着塔罗牌，因为她希望我这么做。等我一拿到上面带有一个男人的牌，我就说："你得原谅你的丈夫。他也非常悲伤。"我把"权杖首牌"翻过来，倒置着，对她说："只要你对你丈夫怒气未消，你就不会怀上孩子的。"上个月，她让我和她的女儿通灵。我说琳达还不会发出什么消息，因为她还是个婴儿。但是我把头向后仰过去，咯咯地叫着，然后东倒西歪地摇着我的椅子。等我坐直以后，我说琳达很漂亮，也很幸福。我看到她了。她穿着浅黄色的小哈衣，上面画着小鸭子。她在和其他小朋友一起玩耍，铺着毯子坐在一大片绿地上。

在我所有读牌的顾客里，我最为龙森夫人感到难过。我希望她不要再来了。

又到了第三个星期四，这次她来晚了几分钟，与先前判若两人。她涂了口红，穿着漂亮的衬衫，头上顶着太阳镜，像个电影明星。她看着我乌突突的玻璃，把自己的钱包扔到一把椅子上。

"天哪，这里有点阴森。"

我洗好一沓牌，放到她跟前。

她微笑着拿过牌，像摇一杯马提尼那样摇着牌。

龙森夫人告诉我她怀孕了。她说这都归功于我，然后咯咯地笑起来。她说，当然，她的丈夫也有一点功劳。她一直和她丈夫说起我。她说龙森先生在联邦调查局工作，是负责寻找纽约失踪人口的一个头儿。她还告诉我，克雷特法官约十年前被宣告死亡，而他失踪已经有快二十年了。"这是大案。"她说。我开始洗牌，但是龙森夫人把手放在了我手腕上。

"我告诉了泰德你有多厉害，"她说，"我告诉他你怎么帮人们寻找失去的东西，你为我的一个朋友找到了那副钻石耳环，你甚至还找到了那个失踪的女孩。"

我之所以找到了科恩夫人的耳环，是因为我让她从百货商店沿着自己走过的路找一遍。她先在商店里试了六套衣服，然后让司机送她回家。后来她在等丈夫回家的时候喝醉了，然后就躺在阳光房里的柳条沙发上睡着了。耳环就是在沙发垫子下面找到的。至于那个离家出走的女孩，我的确是找到了她。她很年轻，住在格林尼治村，在瑞吉欧咖啡馆当服务员，喜欢到处乱搞。但我之所以能找到她，是因为我能想到，假如我有她那对多金而糟糕的父母，我会跑去哪里。

"他们现在正和一个来自国际警察组织的灵媒合作，全力寻找克雷特法官。泰德说我应该问问你愿不愿意加入，协助他们。他说他会和你谈谈，如果你通过审查，你就可以去协助了。而且有报酬。"

龙森先生上台阶的时候我正在洗牌。他问了我无数的问题，让我填了很多表格。我本来不想答应的，但是当我看到龙森先生的时候，我浑身都被点燃了，自然就同意了。我不会跟他上床。我甚至不会和他调情。我实在是厌倦了现在的生活——熏肠三明治，戴着缺一个镜片的眼镜，每个月付账单，人生最大的乐趣就是跟丹尼玩绳球，还有弗朗西斯科时不时摸摸我的脖子。而现在，我只想跟在魁梧的泰德·龙森身后远足，在我们一起寻找乔·克雷特法官时，看着他在卡次启尔山脉沿着泥土的踪迹昂首阔步，看着汗水从他粗壮的脖子后面往下流，看着他西装下面硬朗的肩膀。而我实际也是这么做的。那位失踪的乔·克雷特法官，是纽约最高法院的一位法官，最后一次被人看到是在 1930 年 8 月的一个夜晚，在市中心曼哈顿上了一辆出租车。

亨克·克鲁瓦泽长得就像个灵媒。泰德·龙森跟他介绍我的时候，原话说的是"她是你这一支的，克鲁瓦泽"。我说我是阿克顿小姐，帮助咱们进行调查。当时正值夏日，其他人都穿着黑色西装，都梳着利落的联邦调查局发型，在耳朵上方露出宽宽的一圈粉色皮肤。而克鲁瓦泽先生（他们让我这么叫他），穿着狩猎装，梳着像爱因斯坦一样的发型。他戴着红色贝雷帽，拄着橡木手杖。手杖的头刻成了狐狸的形状。"克鲁瓦泽先生住在法国。"他的翻译说。他最近成功地帮助国际警察组织找到了两个女孩的尸体。她们是被人从法国绑架的。他在葡萄牙的一个软木果园里发现了她们的尸体。克鲁瓦泽先生不会说英语。泰德·龙森和其他人想要表现出不怎么在乎他的样子，但实际上他们很佩服他。

克鲁瓦泽先生很享受此次调查之行。我们一路走，他一路跟自己说着话，有时还哼几句小曲。他沿路采了一些野花，然后递给我。等我两手被占满，他就拿几朵插在他的扣眼里。他对着野兔和松鼠咯咯笑，对着蝴蝶挥舞着双手。当他说话的时候，翻译一边走一边大声喊出他说的话。有一次，克鲁瓦泽先生喊"萨莉·卢·里兹"，然后笑了起来。萨莉·卢·里兹是克雷特法官失踪前几小时找乐子的舞女。"哦——嗨——哦。"克鲁瓦泽先生说。联邦调查局的人面面相觑。其中一个人说他曾经在六年前采访过萨莉·卢·里兹。"她现在在扬斯敦照顾她年迈的母亲，看上去一塌糊涂。"他说。克鲁瓦泽先生又念了几次"萨莉·卢·里兹"，只是因为他喜欢它的发音，接着他指向了一排树。

在最大的那棵树下面有一圈光滑的石头，上面长满了苔藓。克鲁瓦泽先生通过翻译告诉我们，在最大的那个石头下面有一些骨头。等到有些人脱掉夹克去把石头拉起来的时候，翻译说克鲁瓦泽先生非常抱歉，因为那些骨头不是法官的。

　　那些人继续拉石头。我们都站在周围。克鲁瓦泽先生斜靠在树上，用手帕擦着脸。"真可惜。"[1] 他说了几次。"这是个女人。这不是萨莉·卢·里兹。"[2] 我们两个都饶有兴趣地看着他们往下挖。突然，联邦调查局的探员们兴奋了起来，摄影师开始咔嚓咔嚓按响快门。石头下面有一具中等大小的骨架。克鲁瓦泽先生在胸前画了个十字，然后前去查看。他开始说话，翻译告诉我们这是一个大约六十年前死去的女孩的骨架。克鲁瓦泽先生眼里充满了泪水。翻译说，那个女孩是个女仆，她告诉自己的情人她怀孕了，因此他杀了她。然后他就出海了。泰德·龙森告诉两个最年轻的人呆在骨架旁边，我们余下的人则一起走回了联邦调查局的车里。他们把我、克鲁瓦泽先生和翻译放在了附近一间餐厅，说他们一个小时之后回来。

　　"我们可能得在这呆一天了，"泰德·龙森说，"我们得查一查这具尸体。"餐厅里阴暗又湿热，角落里的风扇向我们吹着热气。我们吃的派也热气腾腾。我告诉翻译，我们可能只能喝点柠檬水，来点火腿奶酪三明治和薯条。我说我对这糟糕的食物感到抱歉。他告诉克鲁瓦泽先生，克鲁瓦泽先生笑着说："柠檬水！太好了。"[3] 克鲁瓦泽先生对着翻译说了一会话，然后翻译说，在我们等候的时候，克鲁瓦

---

1. 法语，原文为 "*C'est dommage*"。

2. 法语，原文为 "*C'est une femme. Ce n'est pas Sally Lou Ritz.*"。

3. 法语，原文为 "*Limonade! Parfait.*"。

泽先生提议我们可以玩个游戏。我说当然可以。翻译让我描绘世界上的任何一个东西。"任何东西，"他说，"哪里的都行，哪怕是外太空的也可以。"

我热得汗流浃背。裙子粘在我腿上。我的脚甚至都在鞋里流着汗。我描绘了我小时候在阿宾顿光顾的霍尔曼玩具店的橱窗。每年，圣诞之前的两个星期，我都和我妈妈去那里欣赏橱窗。那里总是布置得很漂亮，我们会去挑选我最喜欢的一个玩具。我爸爸会在圣诞节之后的一两天把我想要的玩具送给我。我的每个圣诞节的记忆里都有霍尔曼先生、我爸爸还有我妈妈。

我描绘了我最喜欢的圣诞橱窗。霍尔曼先生用钓鱼线挂起了十几个闪闪发光的雪花，这样它们看上去就好像飘在橱窗里一样。橱窗的边框上挂的是红白条的手杖糖。橱窗里还有一个小村子，全部都由红色和黑色组成，村子后面是一个用镜子做的湖。在湖的周围，一直到角落里，是乡村田园和丛林的微缩景观，绿色的松树被白雪覆盖，装束古朴的村民拿着包裹匆匆而行，还有几辆老爷车。就在村子的尽头，有一个谷仓，里面亮着灯，大门猛然打开，一头母牛和一头小牛犊躺在正中间。而克鲁瓦泽先生把所有的这些，包括金色灯光下的母牛和牛犊，都在餐盘垫背面画了出来。他对我笑了笑，放下了钢笔。他两手握住我的手，对翻译点了点头。他是如此认真专注，表情意味深长。我感觉不需要翻译，我已经知道他在说什么了。

翻译轻声友善地传达："你不适合做这份工作。"

"别担心。你的秘密在我这很安全。"

克鲁瓦泽先生攥了一下我的手，然后递给我一张纸巾，让我擦擦眼睛。克鲁瓦泽先生又开口了，但是这一次我猜不出来他在说什么。

翻译说："克鲁瓦泽先生感觉你还没有发现你的天赋。"

克鲁瓦泽先生又说话了，这一次，他看上去对翻译有点厌烦。

"对不起。他是说你还没有找到你的专长所在。克鲁瓦泽先生能看出你既是一个母亲又是一个女儿。"

克鲁瓦泽先生继续在说。

"像一个母亲和一个女儿。他看到了那个小男孩还有那个西班牙的老人。他们很爱你。他说你很快就会找到职业方向。"翻译停顿了一下，"他说当那一刻到来的时候，请你不要失去勇气。"

克鲁瓦泽先生亲吻了我的手。

泰德·龙森走进门，和我们一样汗流浃背。我只看了他一眼。他们把我们分别塞进不同的奥斯莫比尔车，送克鲁瓦泽先生和翻译回到了城里。那两个年轻的联邦调查员开车送我回家，告诉我不能谈论我看到的任何事，也不能重复我听到的任何话。我给丹尼和弗朗西斯科讲了白天发生的事。包括找到骨架的那一段，没找到法官，还有神奇的餐盘垫。我没有讲自己是个十足的骗子。我告诉他们克鲁瓦泽先生提到了他们俩，但是我没说他说我是个母亲和一个女儿。丹尼说他也可能成为一个联邦调查员，弗朗西斯科和我点了点头，但实际上我们肯定会竭尽全力阻止这样的事情发生。

整个星期弗朗西斯科都在我这里过夜。天太热了，我让丹尼睡在客厅的地板上，只铺一层床单。蟋蟀每天晚上大声鸣叫。因为天太热，我们每天黎明就醒来了。星期六的拂晓，弗朗西斯科说我们还不如现在就吃早餐呢。于是他挤了一些橙汁，做了炒蛋和香肠。我给丹尼做了肉桂吐司。他吃的时候撕掉了面包壳，还吃了我的香肠。

弗朗西斯科跺着脚，突然站了起来。他指着自己的胸口，把他的叉子、盘子、鸡蛋和吃剩下的香肠都推到地上。他的脸变成了深红色。我和丹尼盯着他看。我把丹尼推开，打电话给接线员。丹尼在一旁吓得上蹿下跳。

"哦，上帝呀，"我说，"我需要一个医生。我爸爸噎住了！"

接线员声音温和而友好。"你住在哪里？"她问。我告诉了她地址，她说："哦，你附近没有人。"——我以为她的意思是白人，于是我叫道："我不管你叫什么人，给我找个医生来接电话！"她照做了。

"我是斯奈德医生。"他说。

弗朗西斯科的脸已经快成紫色了。

"哦，他噎住了，他噎住了！他没法呼吸了！"

那医生的嗓音仿佛丝绸一般。"没关系。你做两下深呼吸。现在告诉我，他多大年纪了？还有，你能告诉我他刚才在吃什么吗？"

我说他年纪很大了，在吃香肠。

"好的。用力击打几下他的后背。"

我站在弗朗西斯科身后，使出最大的力气捶打他。他抓住他的椅背，但是情况没有改变。丹尼在角落里哭了起来。

"没有用，"我说，"哦，上帝呀！"

"那好吧，现在，让他躺下。"我让丹尼帮我扶弗朗西斯科躺下。

他吓得浑身僵硬，脸色更深了。他的手攥成了拳头。

"枕头，"我说，"他需要枕头吗？"

"现在不需要，"医生说，"他躺下了吗？"

我说他躺下了。

"现在我们得这么做——会有点吓人，但是你必须照我说的做，而且现在就得开始。"

"你说吧，"我说，"我需要洗手吗？"

"现在不用管这个，"他说，"去拿一把最锋利的刀，再拿一张餐巾。"

"餐巾？亚麻餐巾？"

我疯狂地朝丹尼挥舞着胳膊——"去拿张餐巾！快！"

"现在，告诉他你要开始救他。"

"我要开始救你了。"我对弗朗西斯科说。他用深色的眼睛盯着我。我告诉医生："我告诉他了。"

"很好。跪在他的——你习惯用左手还是右手？"

"右手。"

"那么跪在他的右侧。找到他的喉结。你摸到了吗？"

"摸到了。"

"好。在它下面有个小一点的肿块，你能感觉到吗？"

我感觉到了，但是我得按压住弗朗西斯科细嫩的皮肤和他胖乎乎的脖子，我对他说了抱歉。

"现在，在它们两个中间，"医生说，"有一道小沟。用刀尖在小沟那里斜着切一个小口。只斜着切一下，切开皮肤，半英寸长的切口就可以。然后你要把切口打开一点。你会看到一层薄膜，一层薄薄的半透明的膜，就像青蛙的表皮一样，把那层膜也切开。然后用你的拇指和食指保持那个切口敞开。"

我担心我会切到他的嗓子。

"你还需要餐巾来止住流出来的血。不会流很多血的。没有关系。"

"丹尼，"我尖叫道，"餐巾！"丹尼当时就站在我旁边，他把餐巾递到我手里。我把电话听筒交给他。

"你告诉我医生说的话，"我说，"把脸转过去。"

我把刀切进了弗朗西斯科的脖子，血开始往外渗。我用拇指和食指把切口撑开。

"他说你需要一个吸管，"丹尼小声说着，一边盯着厨房里的挂钟，"你需要两根。"

"去拿吸管，"我说，"在食品柜里。"我把刀留在了切口的地方。我用左手拿起电话听筒。

"我切开了。他看上去好像要死了。"

"他不会死的。把吸管插进切口里。"

"我要把刀拿出来吗？"

他停顿了一下。

"是的，立刻把刀拿出来。把吸管插进去，然后往里吹几口气。四次。往吸管里吹。"

丹尼把条纹的纸质吸管递给我，我把它们插进切口里，就好像插进奶昔里一样。我往里面吹气。弗朗西斯科的脸色变成了深红，然后是浅红。眼泪顺着他的脸颊流了下来。

"好了，好了。他没事了吗？"

"嗯，他还不能说话，"医生说，"但是他能呼吸了。让吸管一直插在那里。你有胶带吗？"

我转向丹尼。"我们有胶带吗？"

他给我拿来了透明胶。他把听筒放在我耳朵边，因为我的双手开始发抖了。

"现在，用胶带缠住吸管，然后粘在皮肤上。你需要把吸管固定住。"我看着丹尼，他把听筒交给我。他用胶带缠住了吸管，然后把胶带底端粘在弗朗西斯科的嗓子那里。

"你有剪子吗？"医生说。

"剪子。"我说。丹尼跑到我的房间，拿来我缝纫用的剪子，沿着胶带剪了两个非常整齐的切口。

"我们粘好了。"我说。

"好，"医生说，"非常好。现在，吸管只留两英寸就可以，其余的部分剪掉。"

我照做了。

"现在，"他说，"我会打电话给接线员，让她派辆救护车。"我把我们的地址和电话号码告诉了医生，他也把他的电话号码告诉了我们。我和丹尼分别坐在弗朗西斯科的两侧，轻抚他的双手，望着吸管。

"你今夜救了别人一命。"斯奈德医生说。

我一遍一遍清洗着脸和手，浑身颤抖着，直到救护车到来。我告诉丹尼他做得有多么出色。我们开着弗朗西斯科的车，跟着救护车。一路上丹尼都向前倾着身子，下巴放在仪表板上，透过大雾向前看。在他们收治并安顿好弗朗西斯科之后的二十分钟，我们也到了医院。其实已经没有什么需要我们做的了，但是我们既不想坐下，也没有睡意。我们在医院里转悠，吃着餐厅里硬邦邦的糕点。我告诉丹尼，为了争取更多的探视时间，我们就说我是弗朗西斯科的女儿，丹尼是他的外孙。丹尼眉开眼笑地问："那你的妈妈是谁？"我说我从来不知道我妈妈是谁。他摇了摇头。"我明白，"我说，"真是同病相怜。"

我们央求护士让我们坐在弗朗西斯科的病房里，看着他睡觉。丹尼从我腿上滑下去，盯着看邻床的病人睡觉，他的腿被滑轮吊起来，简直有一个人那么大，而且像是一个浑身长了斑的人。丹尼问我那个人得了什么病，我让他去问护士。他站在大厅里，等着护士经过，小声问了他的问题。护士告诉他："是象皮病。"丹尼回来告诉我，我们俩都觉得这个词听上去真滑稽。丹尼又说了十几次"象皮病"。

接下来的四天，我们都在晚饭时间去了医院。每次，我们都错过了贝亚和卡妮。我们带了些水果，弗朗西斯科说："哦，这不是去年的托雷利吗。"我们从克里格尔店里偷来了香草奶昔，分给弗朗西斯科。我们轮流握着他的手。在最后一天，我遇到了基思医生。

"你是那个小外科医生？"他说。

"正是。"

弗朗西斯科喜欢的一个护士，也是医院里最友善的护士说："你会成为很棒的护士的。"

基思医生等护士走了才开口说话。

"你不会的，"他说，"你的性格不适合当护士。但是你刀用得可真不赖。"

丹尼和我带弗朗西斯科回了家。我想我们或许可以让他搬到我爸爸以前的房间里住，但是丹尼说："他不会喜欢待在上面的。那样太孤单了。如果你把他放在你的房间，我就住在客厅对面，这样我就可以给他拿东西，比如水什么的。我可以帮忙。"

我打开了阁楼卧室的窗子，让房间里的尿骚味和老人的气味以及薄荷醇的气味统统散去。我把我爸爸留下的所有痕迹都清理掉，除了他的眼镜和书，还有一瓶几乎快用光的姿姗妮牌须后水。在我还是个小姑娘的时候他就开始用这个牌子了。这个气味曾经在我妈妈的家里能从星期天维持到星期二。

那几天，我都睡在客厅的沙发上，以防万一。有一晚，我照看完丹尼和弗朗西斯科，然后收起我的毯子和枕头，我的收音机，我的书，还有我的睡衣，上楼去了阁楼的房间。那一刻正是我想要的。我把我爸爸的眼镜放进鳄鱼皮眼镜盒，放进我的床头柜，把须后水瓶放进我最底层的抽屉。我把我的那套"小蓝书"和诗歌放在书架上，紧挨着他的书。我能听见我爸爸引诵约翰·考柏·波伊斯[1]对惠特曼[2]的评价："'即使在越发阴郁的情况下，他也让我们恢复勇气和欢乐。'"他总是用最深沉的声音说"阴郁"这个词，压低眉毛，逗我发笑。对于命运这个话题，我爸爸引用过所有人的话，从莎士比亚到爱默生，然后他会指出，除了希腊人，大家都同意：谋事在人，成事在天。

　　我去拜访了斯奈德医生。前台没有护士，我就坐在他的候诊室里，腿上放着一瓶麦卡伦苏格兰威士忌，翻看着杂志。这时他走了进来。我有点失望。他相貌平平，还有皱纹，头发稀疏。我说了两遍我的名字还有地址，他才知道我是谁。他把我带到他的办公室，那里只容得下他的办公桌和椅子，还有我的椅子。我把酒放在他桌上，告诉他弗朗西斯科已经出院回家了。他说这是个好消息。我们互相对望。我告诉他基思医生说起了我的外科手术技能，他笑了起来。"鲍勃·基思可不傻。"他说。我双腿交叉，让裙子向上滑到我的丝袜顶端。斯奈德医生从桌子后面出来，把我拉起来。他撕扯着我的胸罩，直到握住我光滑的乳房。我则用手压住他，直到他变得那么硬挺，我甚至担心他会伤到自己。我们在他桌子上躺下，把他的文件和笔推到地上。这时，他的护士敲起了门。我整理好我的裙子和胸罩。他整理好领带。我匆

---

1. 约翰·考柏·波伊斯（1872—1963），英国小说家、诗人、哲学家、讲师，曾旅居美国多年。
2. 沃尔特·惠特曼（1819—1892），美国著名诗人，代表作有《草叶集》等。

匆照着镜子重新涂了口红，他则在一旁注视着。他从我的肩膀看过去，把下巴上的口红擦掉。我们在镜中对望彼此。我们都气喘吁吁，还有点兴奋。除此以外，还对彼此和我们自己深感满意。

弗朗西斯科好多了。他做了墨西哥鸡汤和玉米饼，丹尼给我们看了他拼写比赛的成绩，卷子顶端一个大大的红色 100 分。弗朗西斯科亲吻了他。当丹尼布置餐桌的时候，弗朗西斯科给我看了一份宾州车站理发店的合同。他要把它卖给豪尔赫和格雷西，因为他们想扩张。

"我要退休了，"他说，"我们在银行里有点存款。"

"我要参加拼写比赛队，"丹尼说，"我们要参加锦标赛。"

我们喝着汤，为自己欢呼起来。当卖冰激凌的卡车开过来，我给了丹尼一美元。我们三个坐在后院的野餐桌前，心满意足地吃着我们的冰棍。我想，我要当个医生。

Chapter 28　好久不见

　　我开始感觉我在哪都能看到格斯·海特曼。他那长长的尖下巴，凸起的长着麻子的颧骨，向左倾斜的宽大的肩膀，就在我前面开着车。我以为能在大颈看到格斯，这个想法太荒谬了。他可能早就死了，即使没死，也不会选择回到这里。我告诉弗朗西斯科，他说："是啊，我还在拿骚五金店看到戴高乐了呢。就在我身后。"

　　事实证明，格斯看到我了。他一直在找我。他给托雷利家打了三次电话，他说每次打电话，他都感觉比自己重新回到埃利斯岛，并且必须说自己是纳粹受害者格什·霍夫曼还要觉得恶心。他没能联系上托雷利夫人。不然我想她会告诉他我们在哪里的。他第一次打过去，是一个带有英国口音的傲慢姑娘接的电话，她可能是新来的家庭教师。第二次是一个害羞的黑人女仆接的电话，她以为他要卖什么东西。后来的两次是乔伊接的电话，他对着听筒大喊"喂喂喂"，然后就挂断了。有一次，他给自己以前在成功湖村的电话号码打电话，但是接电话的女人并不认识叫芮妮·海特曼的人，然后一个男人接过电话，告诉格斯不要再骚扰他老婆。格斯说他从来没有觉得自己胆小，直到他坐在电话簿前，找到了我的姓名以及在大颈的地址和电话号码，但是却没有勇气拨通电话。

他不想再做格斯·海特曼了。他只想当格什·霍夫曼，那个犹太数学老师。但他想找到我。他从来没有告诉我如果芮妮接起电话，他会对她说什么。

丹尼和我去斯特里考夫面包店就像其他人去教堂做礼拜一样。我们每周日都定时光顾。但如果某一个星期东西不好，你就会发现我们在某个星期三下午去挑选巧克力巴布卡蛋糕。格斯就是在那里看到我们的。他说我们看上去就像同一个人，只是一大一小。他看着我把票递给斯特里考夫的一个店员，她递给我一个盒子和一个白色小纸袋。正当我们挤过星期天购物的人群，挤过拿着购物清单的老人和带着小孩的少妇，格斯钻进自己的车，跟着我们回到了家。他把车停在一个街区以外的地方，站在我们的街角。"就像个间谍一样。"他说。他看着我和丹尼拿着我们买的杂货。弗朗西斯科帮我们开着门，像以往一样，他说："欢迎凯旋的英雄们。"

格斯说他看到弗朗西斯科的时候，感觉恨透了他。他说他无法想象我怎么会嫁给这样一个人，但是他看到我拥抱了弗朗西斯科，看上去我很爱他，所以他觉得，今后就没有必要再和我联系了。我换上棉布裤子，丹尼和我在一旁玩起来，弗朗西斯科把杂货收拾起来，我们开始吃晚饭。格斯躲在我们的树篱后面望着我们疯狂地击打着绳球。当丹尼把球缠在球杆顶端，我欢呼着回到屋子里，辅导丹尼学数学，并研究我自己的医学院校申请表。我回头张望，什么也没看到，只听到有汽车发动的声音，丹尼拽了拽我的毛衣。

　　那天晚上下起了瓢泼大雨，把树枝都打弯了，每过几分钟，天空上就出现几道白色的裂痕，然后是一片黑暗，漆黑的街道上，雨水像油一样流过。雷声把丹尼惊醒了两次，我给他唱着歌。在唱到《你有没有看到杰基·罗宾森的击球》[1]的第三句的时候，他又入睡了。我帮他盖好被子，把他玩旧的手枪套也放进被窝里，以防他再次醒来。弗朗西斯科在看我们设计好的成绩单，然后把它打印到国家批准的带有水印的纸上。我在看《有机化学》，稍作休息的时候，浏览着"小蓝书"里关于现代数学的内容。弗朗西斯科已经把我高中文凭和大学文凭做得像模像样，还签好了名。曾经请他理发的一个顾客有个连襟，他有新墨西哥、纽约和新泽西三个州的印章，现在，我们也有了。弗朗西斯科根据我可能执业三十五年的推断，帮我付了上医学院校的分期付款，他说我是个还不错的投资项目。他把我欠他的钱都记在一个账本上。有时他会在账本上乱写：教丹尼西班牙语，10000 美元；给伊娃画眉，

---

1. 1949 年由美国爵士钢琴家巴迪·约翰逊（1915—1977）创作的歌曲。

2000 美元。我们"决定"让我以优等成绩毕业于新墨西哥大学。（不是最优等成绩。因为我爸爸曾经说过"别太过分"。）我申请了纽约的医学院，我希望他们对新墨西哥的看法和我一样，那里也是美国，是合法的，只是完全开放，而且有些地方不为人知。我的新墨西哥大学成绩单"表明"我门门功课都拿手，包括古典音乐和植物学（全面发展），而且我为最近去世的安德鲁·亚速尔医生当了三年的实验室助手。他在推荐信里强调，他之前从来没有推荐过女性；而且，他相信，我一定会为医学领域做出贡献，并且完全不影响我的女人味。亚速尔医生"赞赏"了我对儿科医学的天然兴趣。他"强调"了我对医学的投入，我的技能和我的谦逊。他还"建议"我不要结婚。弗朗西斯科和我都认为亚速尔医生是个自大的混蛋，但是，他是由我们一手"创造"出来的自大的混蛋。我们没让我"成为"全国优等生，以免碰巧招生委员会里有人会因此生事——出于"帮助"或"妨碍"我的申请，给全国优等生办公室去电话。

Chapter 29

月 亮 有 多 高

来自爱丽思的信

> 伦敦，南肯
> 昆斯伯里地区
> 1948 年 9 月 3 日

我最亲爱的伊娃：

    我能理解你为什么从来不给我写信。我很抱歉我没再给你写信。因为写信实在是太难了，那感觉就好像在每一面镜子上镌刻我的丑陋和狼狈。我努力地去做一个更好的人。我甚至都不像以前那么爱照镜子了。

    我们的诊所开起来了。我还是歌唱小豚鼠，而且现在我还是董事会的成员，这就意味着我得向有钱人开口要钱，每周都如此，代表麦克因多尔医生和那些小伙子，还有，在我自己看来，还代表芮妮。通常和我搭档的，是一位非常帅气但是重度伤残的皇家空军少校。我想大部分人看不出他的帅气。我估计他们只能看到他被毁掉的残缺的肢体。这正是我们的法宝——因为一旦那些有钱人开始退缩（通常是因为泰迪的残肢不够灵便，把一盘蟹肉点心打翻在地上，或者错误地估计了杯子到他那扭曲的嘴边的距离），我就适时地凭我的美貌介入，轻而易举地把他们领到另一个房间，这样他们就能舒舒服服地给我们写支票了。我们已经配合得炉火纯青了。我爱泰迪，他也爱我。如果我要跟一个男人上床，那一定是个只有一只胳膊，半张脸，对咖啡有所喜好的矮个子苏格兰人。

我已经当过六次洲际咖啡馆的客座明星了，现在看起来我们的伦敦西区滑稽剧要一直演下去了。我在信里附上一张支票，希望对你们大家有所帮助。今后，只要我还活着，并且还工作，我会每个月给你寄一张支票。

哦，伊娃，请原谅曾经我对你做过的所有卑鄙无耻、难以启齿、无法饶恕的事情。我知道如果把这些事情一一列出来，那将会是一长串深重的罪孽。我并不是有意远离——只是我想可能没有我你会过得更好，而且，至少在这里，我是个有用的人。如果你给我写信，让我回家，我会回去的。

如果你可以，请原谅我。如果你可以，请让我改过自新。

你的姐姐爱丽思

格斯·海特曼站在我的厨房门前，帽子上滴着水。他衣衫褴褛，而且浑身都湿透了。

"格斯，"我说，"我的天哪。"我压低了声音，因为丹尼的缘故。

他对我笑着，毫无底气。

"看看你。都长大了，"他说，"成了家，还有个小男孩。"

弗朗西斯科从鼻子里哼了一声。

格斯跟弗朗西斯科打了招呼。弗朗西斯科不会跟他说"我不是她的丈夫，你这个傻子"，所以我礼貌地告诉他了。弗朗西斯科走进厨房里的餐桌旁坐了下来，拿起了放大镜。我真希望我能伸开双臂搂住格斯的脖子，两脚高高地向后翘起来，或者尖叫着他的名字，或者做出像其他任何一个正常的女人看到自己喜欢的人竟然还活着而应有的举动。我让格斯进来，把他的湿帽子放在冰箱顶上。

我们在客厅里坐下来。弗朗西斯科呆在厨房里，竖起耳朵听。格斯告诉我他已经在大颈住了几个月了。一个月以后，他就要开始在高中教课了。他说自己是个独行侠，现在大家都叫他格什·霍夫曼，他是在德国改的名字。把一个德国名字换成另一个德国名字，这让我无法理解。他说起在德国的艰难岁月，说起如何找我，没有给我打电话，却在面包店里看到了我，但我几乎听不进去。我在等他问起关于芮妮的事。

"让我给你倒杯水吧，"我说，"我猜你想找芮妮。"

他说他找过她，也找过我，但是他后来失去了勇气。

我必须得把实情告诉他。我简短地给他讲了讲，没讲细节。尽管如此，这件事讲起来也很困难。他用双手捂住了眼睛。

他说："哦，上帝呀。哦，可怜的芮妮。我很抱歉。"他把头埋进两只手里。我也跟着道歉。我说在他们把芮妮送到医院的时候她就死了。然后我开始解释，我们当时附近没有医院，但是很快就会有了。这时格斯抬起头来看着我。我想他现在可能要问我爱丽思和芮妮之间是怎么回事。

他说："那火是怎么着起来的？"

我说我不知道，没人知道。

"自燃，"他说，"可能是这样的吧。你姐姐现在在哪？"

我告诉他她去英国做手术了，我们之间没有联系。

他说："太糟糕了。你本来家人就不多。"

我说对他来说也是如此。格斯问起了我的爸爸，我告诉他埃德加病了一段时间，然后去世了。他说他对此也很抱歉。他又问起了我的丈夫和我的儿子，这时我听到弗朗西斯科在厨房里咕哝着什么。我说我其实没有丈夫，而丹尼是我领养的儿子。格斯看起来很愤怒，我想关于丹尼生平的细节还是改天再告诉他为好。或者永远也不告诉他。格斯问我有没有收到他的信。我说没有，他的身子在沙发上沉了下去。

"那太糟糕了，"他说，"如果你收到了我的信……"

弗朗西斯科说："我要煮咖啡。谁想来一杯？"

格斯站了起来。"见到你很高兴，"他说，"我们应该改天再一起喝咖啡。或者我们可以玩牌。"

我说我会很高兴的。我告诉他我在斯特里考夫面包店附近工作，通常五点钟下班回到家。我问他是不是已经想好了下次相聚的时间，他说没有。他问我做什么工作。我说我是灵媒，帮人读塔罗牌。说起这个，我并不觉得光荣。

"她还为联邦调查局工作过。"弗朗西斯科说。我知道他觉得我应该告诉格斯我在申请医学院校，而不是像格斯想的那样，准备像个巫婆那样靠算卦度过余生，对着生活体面但是不幸的人胡说八道。

"真想不到。改天你也得给我算算。"他走进厨房，取下自己的帽子。走出门的时候，他和弗朗西斯科握了手。

我坐在餐桌旁，弗朗西斯科把那些印有水纹的纸张移开，然后合上了打字机的盒子。那些宝贵的纸张就是我的成绩单了。

"他以为你是我的丈夫。"我说。

弗朗西斯科将了将头发，翘起一条眉毛。"那是自然。"

"这算怎么回事？"我问。

弗朗西斯科倒了两杯啤酒。

"闪电停了，"他说，"丹尼今晚能睡个好觉了。"

"他怎么这么落寞？"我说，"我的意思是，我能理解。是因为芮妮。"

"失去芮妮的确很让他难过。但最主要的是，那个男人感觉失望了。他以为当他终于鼓起勇气来找你的时候，会产生某种魔力，你的可爱能让他改头换面。很有可能，经过这几年，他在心中早已把你的可爱无限放大了。然后，你们能够完全理解彼此，在感情到达最浓烈炽热的那一刻，你们就合二为一，融为一体，直到永远。我想，在他心中，芮妮早已不复存在了，倒不是他希望她死掉。但是，看你现在，并没有在这里一直等着他，而是带着个孩子跟个肥佬生活在一起，哪来的浓烈炽热那一刻呢？"

"哎呀我的妈呀。"我说。

"我要睡觉了，"弗朗西斯科说，"明天，我们就把你那份无懈可击的成绩单交过去。我给你的有机化学打了 A-。说'晚安，孩子'。"

"晚安，孩子。"我说。我就坐在餐桌旁睡了过去。黎明的时候，我把自己拖回到床上。我已经习惯了这个想法：人们活着的时候，你爱他们，或者不爱，然后他们死了，你就得想念他们，哪怕你并不爱他们。我已经习惯地认为格斯死了，而现在他不仅还活着，而且还愚蠢地生着气。他把我周围那些死去或者离开的人全都带回了这间房子，和他那顶让人沮丧的湿漉漉的帽子一起，还有那张布满皱纹的冷峻的面庞。

我开车到大颈高中，在停车场读《物理学基础》，直到三点钟的铃声响起。感觉又来到了佛罗伦萨花园酒店。我看着格斯护送一群男孩上了校车，保证他们不会相互扭打，或者滑到车轮底下去。看着最后一辆车缓缓开走，他点了一根烟。这时我走了过去。我为那晚的事情向他道歉。倒不是我犯了什么错，但我还是感觉很抱歉。本来需要我展示善心的时候，我却只把坏消息告诉了他，我的表现也让我很吃惊。我对这件事很抱歉，我就是这样告诉他的。

格斯把头上的帽子往后推，最后看起来跟个农民一样。"能从你这里得到消息我感到很欣慰，"他说，"或许我们可以一起吃晚饭。我是个傻瓜，"他说，"咱们重新开始吧。"我说我觉得这个主意不错，他说："去我那里吧？我可以做饭。"我觉得他可能需要精打细算，就像我当时那样，所以我同意了。我告诉弗朗西斯科我要去哪里，他让我穿宽松的长裤，蓝毛衣和海蓝色的平底鞋。他说涂点口红倒也无妨。"你们这是要约会吗？"弗朗西斯科问。"不是。"我说。

格斯的住处干净，整洁，空空荡荡。沙发表面是芥末黄色的织锦材料，上面放着一个棕色的枕头，墙上没挂任何画。客厅里有张摇椅，但摇椅上没有椅垫，下面是一小块破旧的地毯，还有一块小地毯铺在他厨房的水槽前面。我顿时感觉我是如此深爱着我老树巷的房子，还有丹尼的卡车和赛车，还有他的臭袜子，还有弗朗西斯的三副老花镜，还有每周五我的长袜都要经历的旅程：从浴盆到楼梯再到我的房间，我们每个人都帮助我的长袜找到它们的归宿。

他的住处闻起来有一股意大利面酱料的味道，而且不是弗朗西斯科做的那种酱。格斯问我想喝什么，我说威士忌酸酒。"我没有这种酒。"他说。我说："那你有什么就喝什么吧。"于是他给我倒了一杯红酒，尝起来简直像是在舔马鞍。我在沙发上坐下来，想着自己有多不应该来到这里。格斯在我旁边坐了下来，一只胳膊放到我肩膀上。

"哦，天哪，"我说，"就跟电影院里的小屁孩一样？"

"我想你了。我非常想你。如果你收到了我的信……"

"我没收到，"我说，"我以为你已经死了，不知道在什么地方。或者没死，但是也不会回来了。我不觉得你是个德国间谍。没人这么想。"

"那就好。谢谢。所以说，你没有丈夫。"他眯起眼睛。好像是在说，我可能没有丈夫，但是有个情人。又像是在说，虽然我嘴上说我没有丈夫，但可能我是个习惯性说谎的人。我问晚饭吃什么，他回到了厨房。后来我们吃了意大利面和烤糊的肉丸子，还有我们的两份沙拉，格斯把一整瓶酒都倒出来了。我们后来发现自己又坐在了丑陋的沙发上，喝着白兰地。

"我真希望你收到我的信了。"格斯说。

我对正常的性行为并不在行。我也对别人动心过，但是从燃起爱火到感情褪去也就一个星期的时间。大多数晚上我都梦到自己和认识的人做爱，从奥齐·帕特森到麦克阿瑟将军[1]。除了和斯奈德医生的那档子事儿，我在这方面的生活几乎是空白。我有丹尼，还有一个爱我的给我做饭的男人，我周围都是已婚人士。我想要一段缓慢的、浪漫

---

1. 道格拉斯·麦克阿瑟（1880—1964），美国著名军事家、政治家。

的甚至有点让人害怕的感情。我想让我们手牵着手，发现我们谁也离不开谁。我想让格斯亲吻我的脖子，一直向上，到我的耳边（我一直觉得我会喜欢这样），然后再回到我的脖颈，就在我的马尾辫的下面，他把肩膀那里的毛衣推到一边，然后是一连串的热吻。我的头会向后仰去，靠在黄色织锦上，然后，慢慢地，慢慢地，就像打开一件礼物那样，格斯解开我羊毛衫上的扣子。他会亲吻我的每一寸肌肤，我的乳房，还有两腿内侧，最后，我的身体开始有感觉，并让我惊讶。它会做出以前从未有过的狂野之举，与我以前经常的做饭、安抚别人和管理家庭完全不是一码事。我所期待的，是欲望的瀑布倾泻而下。

结果实际情况是，格斯和着自己走调的小曲喝醉了。他踢倒了白兰地瓶子，我们把酒瓶扶起来，擦了地板，但整个房间仍然弥漫着法国车祸的气味。格斯把我的毛衣从我头上搋下来，结果勾到了我的耳环。我直挺挺地坐着，两手放在大腿上，就好像是在治安混乱的街区里坐公共汽车的妇女一样，只是，我当时只穿着胸罩。他狂热地亲吻我，而实际上他没有总是亲到我的皮肤。为了解开我的胸罩他费了一番周折。我怕他把它撕烂，所以我自己把它解开了，扔到了沙发上。他又把它扔到地上，就在洒过白兰地的地方，然后他开始吻我的乳房。他把脸埋在它们中间摩擦。我喊了几次"哎哟"，他停了下来，看着我，眼神依旧游离。我把双手放到胸前。"你刮到我了。"我说。他看了看我的脸，还有我光溜溜的胸部，我想他此时才真正看清我。他双手捂着脸，然后站了起来。他把我的毛衣递给我。

"你现在该走了，"他说，"对不起。你该走了。"

我把毛衣从头上拉下来，把湿乎乎的胸罩塞进包里。格斯在哭。

"我很抱歉。"我说。我的确很抱歉。

他打开了前门。

"我不会再去烦你了。"他说。

我进门的时候弗朗西斯科正坐在那里。

"糟糕透顶。"我说。

"你还是他？"

医学院的考试，我的成绩比平均分高。我寄去了优异的成绩单和卓越的推荐信，在等待回复的日子里，我在灵媒事业上继续大放异彩。我养成了克鲁瓦泽先生的习惯，看到什么就大声地说出来，说出世上各种生物的名称，只是因为我喜欢那个发音。我的顾客们像一条条鳟鱼一样跳跃着，对我表示赞同，并且眼看着自己的幸福未来徐徐展开。我一天接待五个顾客，然后把钱存进银行。我给丹尼租了一个萨克斯风，好让他参加六年级的爵士乐队。他每周三晚上乐队排练的时候都穿一件红色的马甲。露丝的一个朋友告诉露丝丹尼很可爱。周三晚上，弗朗西斯科去参加人权协会的会议，按他的话说，那里很差劲，满是陈年的红方威士忌和苏格兰威士忌，还有几张朱迪·嘉兰的新唱片。而每到周三，我就坐立不安地等他们两个回家。

那天比往常要暖和。大雪在翠绿的草坪上留下了几条狭窄的白色条纹，仿佛春天已经临近了似的。我把丹尼的东西收拾好，然后躺着读报纸，结果睡着了。我梦见了我爸爸，他那时还年轻，身体也健康，系着白领带（肯定很适合他），拿着几瓶香槟走下几级光亮的大理石台阶。台阶很光滑，所以灯光在它们的圆角上弹跳。但是他走得很自信，昂首挺胸。丝毫没有向下看。他把酒瓶扔进两个装着冰块的大桶里，然后向我这个方向看过来，对我眨了眨眼。我向他走过去，不知哪里来的白色漂浮物像风滚草一样从我身边拂过。

　　"一个是香槟，"他说，"一个是蛋蜜乳。我还带了三明治。"而在冰桶旁边漂浮着的是格鲁伯夫人的炒鸡蛋和奶酪三明治，每一个都放在一个白色的软盒里。

　　"你需要的都在这里。"合唱团女孩对牧师说道。他敲了几次他演出用的银顶手杖。

　　那时差不多是午夜，我穿着睡衣，格斯在门口。

　　我泡了茶，我们坐在厨房里，一语不发，看着茶叶被浸透。我不情愿地拿出了一盘饼干。

　　"你在生我的气吗？"格斯说，他的语气就仿佛自己有千万个理由可以生气，但是对方没有任何理由生气。

是的。我是在生他的气，就好像他在北方大道上的一家高档餐厅一晚接一晚地放我鸽子似的。

"我不知道你想要什么，"我说，"我甚至都不了解你了。"

"你了解我，"他说，"我也了解你。"

你是了解我的。

如果你开始一段感情，是因为十分孤独，或是想念一个男人趁着你的姐姐和他的妻子在后院亲嘴时逗你开心的场景，或是在毫无准备、倍感无助时依旧觉得要是不纵身跃上这辆即将开行的列车就会后悔终生，那这样的开始的确不能算最好，但我觉得，也不能算最差。

在厨房的餐桌旁，格斯握着我的手，上前来吻我。我把我的杯垫盖在茶杯上来保温，格斯笑了起来。他确实吻了我，但不是吻我的嘴唇，而是吻了我的耳根。

"大家都睡了吗？"他问。

"我希望是这样。"

我们一起上了顶楼，走进我的房间，躺在我的床上。

"很久没有人看到我不穿衣服的样子了。"他说。

"一点也不好看。"

我还从来没有对别的事情有这么强烈的欲望，那就是看格斯光着身子，然后也让他看我赤身的样子。

"哦，"我说，"让我来吧。"

当时正是冬天，我们都穿着好几层衣服。我把他的运动夹克放在角落里的小木椅上，然后回到床上。他的眼睛一直盯着天花板看。

"看着我，"我说，"能见到你，我真是太高兴了。"

"希望如此，孩子。"他说道，然后闭上了眼睛。

先解开所有的扣子，脱掉白衬衫，然后是背心，皮带，裤子，然后我准备去脱他的内裤，鞋子和袜子。我敢肯定，哪个男人在只穿这几样的时候都不是他最帅的时候。我解开了他的黑色鞋子，接着拽掉他的袜子。我以前看过我爸爸赤裸的样子，还有丹尼的。我还看过米开朗琪罗的《大卫》雕像的画。格斯跟他一点也不像。

"我有点冷了。"格斯说。

我用嘴去亲吻他平滑的胸膛。他尝起来就像咖啡一样。我从他的一个肩膀吻到另一个肩膀，沿着他肚子上的黑线向下，然后我停了下来，集中注意力。我说出了他的名字。

格斯睁开眼睛。他用一个胳膊肘支撑着坐了起来，开始一件一件地脱掉我的衣服，一直到只剩内裤和袜子。他亲吻着我的乳房。"上次的事情我很抱歉。"他说。他隔着内裤亲吻着我。我是到半夜才把袜子脱掉的。一切都出乎我的意料，但是也没有什么吓人的。

格斯说着话，我侧耳倾听。他给我讲了去图茨海恩的长途跋涉，还有和他同行的吉卜赛男人，还有他们路上不得不舍弃的那些人。我睡过去又醒过来，伸手去抱他。他还在讲，关于在开往德国的船上认识的一个跛脚的男孩，还有格里塔和她的两个小女儿，安娜和卡罗琳。

我听见从丹尼房间传来了开门的吱吱声，接着我们听见他往便池尿尿的声音。他的脚步停在了通往我房间的楼梯底下，然后我听见他回到了自己的床上，没有关房间门。

格斯起来穿上了内裤。月光中，他的身体泛着银光，格外好看，不像他通常只穿内裤时那么尴尬。他的那条瘸腿看起来纤细优雅，仿佛和他正相称。格斯笑着，去拿他的眼镜。

"我马上就回来，"他说，"祝我好运吧。"

我睡着了，然后被格斯的笑声惊醒。

"我见过丹尼了，"格斯说，"他的数学可能需要帮助，他觉得你应该多出去走走，而且我们一致认为，像今晚这样明亮的月色让人很难入睡。我跟他说我发现睡前喝杯牛奶，吃几块饼干有助于入睡。所以我们就尝试了一下。还有，你们的饼干快吃完了。"

他在我旁边躺了下来，在我从来没躺过的那半边床上，他仰面躺下，叹了口气。他把我拉到他身上。他讲了普福尔茨海姆的人，讲一个人没有双腿，只能坐着小车走，然后我又睡着了。我的手摸着他的头发，他的手放在我的臀部。我在黎明时分醒过来，看见他睡着了还在哭。我用手擦去他脸上的眼泪，他的身子贴着我蜷缩起来。他还在睡，但我们之间已没有距离。

早上，我们踮着脚走出我的房间。这实在很荒唐，好像在这么小的房子里，有人进来大家会注意不到似的。丹尼已经穿好衣服，坐在厨房的餐桌旁。格斯进屋的时候，他站了起来。

"很高兴再见到你。"格斯说。他伸出手,丹尼和他握了手。

"你想来点早饭吗?"丹尼说,"伊娃的煎饼做得很好吃。"

丹尼给格斯倒了一杯橙汁。他表现得好像自己是男主人,又像个管家,伺候大家吃早餐。仿佛他是我爸爸的灵魂附体。他倒好咖啡。对天气品头论足。把糖碗装满,拿到餐桌上。他小心翼翼地叠好餐巾,放在格斯的胳膊肘旁边,并放了一把茶匙。当格斯拿起装着糖浆的小瓶,准备往煎饼上倒时,丹尼把手放在格斯的胳膊上。

"你需要把它加热一下吗?"他一边说着,还看了我一眼,仿佛在说,"快去。"

吃完早饭,格斯洗碗,丹尼把餐具擦干。我说我有些杂事需要跑腿,如果丹尼不是像当时表现的那么好,如果他没有学会阿克顿一家在所有人面前表现出的礼貌举止,如果,最主要的,他不够爱我,那他肯定会说:"谁拦着你了,这位女士?"

格斯从他那破烂的公寓搬到我家来了,拎着一个旅行箱和一盒子书。他修好了前廊的台阶,围着弗朗西斯科的车忙活了一阵子,最后它终于发出发动机轰鸣声。弗朗西斯科与格斯握了手。前两个星期,格斯睡在沙发上,为了显示出善意,而非伪善,不过两者也差不多。最后,在第二个星期六的晚上,弗朗西斯科和丹尼让我们都坐下。他俩提议,下个周五是个好日子,我们所有人都应该理好发,擦好鞋,前往市政厅。后来我们就一起去了。

来自伊娃的信

纽约，大颈

老树巷 220 号

1949 年 4 月 2 日

亲爱的爱丽思：

回家吧。

你的妹妹伊娃

来自爱丽思的电报

致：伊娃·阿克顿
纽约，大颈
老树巷 220 号
1949 年 5 月 2 日

晚七点到拉瓜迪亚机场，英航。

泪。

————————

　　有一张荷叶形边框的黑白照片，我在我红色的人造皮革相册里放了一张，在爱丽思的加垫白色皮革相册里放了一张，那个相册的一个角上还有 IR 的字母图案。丹尼上大学也带了一张放在镀银相框里。照片中，在踏跺公园海滩尽头的一大片郁郁葱葱的草坪上，五个人坐在一大块条纹的野餐毯子上。一个胖胖的帅气的老人，肤色黝黑，漂亮的银色鬈发垂在宽松的白衬衫衣领边，慈祥地笑着。他举起一瓶啤酒，对着镜头祝酒。一个比他年轻一点——其实也不再年轻——的男人也举起他的酒瓶。你可以看见酒瓶上的水珠。太阳照在他的牛角框眼镜上，你看不到这个人的眼睛。他大大的笑容透露出一丝警惕。一个戴着大牛角框眼镜的十一二岁的孩子趴在草地上，啤酒瓶在他背上搭起一个拱形。他直视着镜头，胳膊肘埋在草丛里，笑容几乎都被自己撑着脸的双手盖住了。他赤着脚，胖乎乎的脚丫在身后竖起来，有人在他的一只脚上放了一顶蓝白相间的布鲁克林道奇队的棒球帽。照片中的两个女人分别从照片的两边向里面倾斜着身子，给照片中的人加了一个穹顶。高一点的女人跪在地上，穿着浅色的长裤和浅色轻薄的无袖衬衫。你能看到从她衬衫下面露出来的蕾丝胸罩的肩带边缘。她深色的头发高高地梳起，戴着长长的闪闪发亮的耳环。她微笑着，你可以看到她洁白的牙齿。她的手正向上举着，一根手指上摇晃地挂着她的太阳镜，仿佛有人刚刚叫她把眼镜摘下来。她用另一只手朝中间举起了一个银色的热水瓶。而她脖子上系着的围巾的尾端在她身后飘荡。

　　另一个女人也跪着，在坐在她身后的人的上方形成了一个拱形。她穿着白衬衫和棉布裤子，裤腿卷到脚踝，你可以看到毯子上她光着的脚。她深色的头发扎成了马尾，而她的眼镜在头顶上闪耀着光芒。她旁边的草地上放着一双拖鞋。她的右胳膊向外伸出，几乎碰到了另一个女人的手。她的左手放在了那个男孩的后背上，而戴着眼镜的男人的手则放在她的手上。

　　在他们身后的水里有四艘帆船，在照片的右上角有一只海鸥的翅膀。太阳悬挂在头顶正上方，躲在大片的云彩里，阳光均匀地洒在他们每个人身上，洒向几乎被老人挡住的野餐篮子，洒向一只飞近一团蜡纸的海鸥，洒向一排水上小屋，洒向光滑洁白的沙粒，洒向远处一顶顶小白帽，洒向我们目光所及的一切。